# LLÁMALO QUÍMICA

D.J. VAN OSS

Traducido por
DAVIANA RIVAS

# CAPÍTULO UNO

## Instituto Golden Grove

El día de la feria de becas Nitrovex fue un día despejado, soleado y perfecto. Un presagio de lo que estaba por llegar.

Katie estaba revisando su proyecto a última hora para asegurarse de que fuera brillante. No quería arriesgarse a que algo quedara fuera de lugar. La evaluación iba a comenzar en solo treinta minutos, y, si quería ganar, todo tendría que quedar perfecto.

Dio un paso atrás, se llevó las manos a las caderas y sonrió.

«Perfecto e inevitablemente grandioso», pensó. Su creación consistía en un gran móvil creado a base de intrincados trozos de vidrio que colgaban de un reluciente alambre plateado y giraban sobre sí mismos. La más leve brisa movía las piezas como si fueran copos de nieve multicolores flotando a cámara lenta. Era valiente, era llamativo, era su obra maestra. Ella misma lo sabía.

Le echó un vistazo a Peter, que se encontraba un par de mesas más allá, inclinado sobre su proyecto, haciendo algo con un tubo. Su ondulado cabello negro caía sobre sus ojos azules. El corazón de Katie dio un vuelco, aterrizando firmemente. Suspiró. «Tranquila».

Miró a su alrededor, observando los otros proyectos. Era lo de siempre. Kenny Terpstra y su bobina de Tesla. Katie estaba bastante segura de que había sido su padre quien había construido la bobina por él para la feria de ciencias de sexto curso. Parecía que Ronny Sharp había sacado un par de renacuajos del arroyo, los había metido en la piscina azul de su hermana y a eso lo había llamado «El milagro de la vida». Al final de la fila, Lisa Banks estaba tratando de obligar a un par de ratones blancos a atravesar un laberinto, pero estos parecían más interesados en subir por su brazo.

Katie sonrió internamente. La competencia era escasa este año. Mejor para ella.

Había dejado de intentar convencer a sus padres de que el arte era su pasión, pero hoy era su mejor oportunidad para demostrarles que era capaz de crear algo mejor que un simple dibujo que colgarían de la puerta del refrigerador o exhibirían en la parte posterior de una estantería polvorienta.

La feria anual de becas Nitrovex era la mayor esperanza para muchos de los estudiantes de último año de Golden Grove que querían ir a la universidad. El primer premio estaba financiado por John Wells, el siempre optimista fundador de la planta química local donde los padres de Katie trabajaban como ingenieros químicos, y era un premio tan grande que para algunos estudiantes determinaba a qué universidad podían permitirse ir.

Este no era el caso de Katie. Sus padres estaban dispuestos a enviarla a prácticamente cualquier escuela decente. Siempre y cuando no se tratara de la

Escuela de Arte Mason en Chicago a la que había puesto el ojo desde segundo de la ESO. No, eso no sería «práctico» y ella necesitaba pensar en una «carrera».

Katie les había rogado tanto que, finalmente, le habían dado una oportunidad. Si ganaba la beca Nitrovex por su proyecto de arte, ellos pagarían la diferencia.

Ya podía verse en Chicago el próximo otoño, inmersa en un mundo de creatividad infinita junto a cientos de otros estudiantes como ella, riendo, compartiendo ideas. No más comentarios condescendientes como, «Eso está muy bien, pero ¿qué es lo que realmente quieres hacer con tu vida?» Allí la entenderían.

Ya sabía que iba a comenzar a hacerse llamar «Kate». Puede que incluso se cortara el cabello corto, como Audrey Tautou en *Amélie*.

Pero, primero, tenía que ganar.

Volvió a centrarse en su proyecto, admirando el resplandor del frágil vidrio conforme giraba lentamente. Incluso bajo las intensas luces fluorescentes del ruidoso gimnasio, su móvil era hermoso. «Imagina cómo se vería en una galería de arte de verdad».

Es posible que los pueblerinos locales no lo entendieran, pero la esposa del señor Wells, Mary, que era una experta en arte, seguramente reconocería su talento. Y ella era una de los jueces este año.

Ya era hora de que se fijaran en un proyecto de cultura y refinamiento. ¿A quién le importaba la vida sexual de los renacuajos o una catapulta construida con palitos de madera que podía arrojar una naranja a través de la habitación?

El único inconveniente era que el proyecto de

Peter también tenía posibilidades de ganar. Y, si ella ganaba, eso significaba que él perdería. Pero Peter no tendría ninguna dificultad para ingresar en la universidad que él quisiera, dado que sacaba buenas notas en todo.

Le echó otro vistazo a su proyecto. Tenía que admitir que era bastante impresionante. No estaba muy segura de lo que se suponía que debía ser, pero estaba compuesto por tubos de metal, cables y mangueras que sobresalían por todos lados y expulsaban una pequeña brizna de vapor o algo parecido.

Las comisuras de sus labios cayeron. Parecía que Peter era su competencia.

Katie había comenzado a trabajar en su proyecto a principios de verano, justo después de haber terminado el curso escolar. Luego, le había dicho a Peter que tenía un problema: cómo equilibrar el cristal en su intrincado móvil. Era lo suficientemente científico como para llamar su atención y atraerlo hasta el sótano donde Katie estaba trabajando en su proyecto. Aunque tenía que admitir que se había inventado el problema con el único fin de obtener su ayuda.

Todo había ido muy bien. Habían vuelto a conectar de nuevo, compartiendo pensamientos, sueños sobre el futuro después de la secundaria; y, en un par de ocasiones, sus manos se habían rozado «accidentalmente». Pero, entonces...

Un ceño fruncido apareció en el rostro de Katie.

Penny se mudó.

El 5 de julio, Katie y Peter habían estado recogiendo los palitos de cohetes que habían aterrizado en sus jardines durante los fuegos artificiales que habían lanzado en el vecindario la noche anterior, cuando un camión naranja y blanco se detuvo frente a la vieja casa de los Proctor al otro lado de la calle. No era el típico remolque que se engancha a la parte trasera del coche, sino que era más grande, el semirremolque. Observaron durante toda la tarde cómo sacaban muebles y más muebles, una mesa de billar, una mesa de pingpong y un televisor de pantalla grande.

Luego, apareció una furgoneta de color azul claro con matrícula de Illinois. Condado de Cook. Gracias a sus padres, sabía que eso significaba que provenía de Chicago y contaba con la sofisticación y cultura de las grandes ciudades. La puerta lateral se abrió automáticamente y del interior salió la Señorita Sacudida de pelo, Señorita Dientes perfectos, a cámara lenta, como si se estuviera preparando para una película.

Penny Fitch. Pantalones cortos y un reloj de Tiffany. Katie casi pudo ver los ojos azules de Peter ensancharse detrás de sus lentes mientras aparecía una sonrisa torcida en su rostro.

Y eso fue todo. Estaba claro. Katie necesitaba salvarlo. Salvarlo de esta usurpadora, esta nueva (y obviamente rica) chica de ciudad que había aparecido como si fuera la dueña del lugar.

Katie se había pasado todo el verano atragantándose al escuchar: «¡Hola, Peter! ¡Ey, Peter! ¿Cómo estás, Peter?» Entonces, comenzó el último año de instituto, y todo empeoró. Los casilleros de Peter y Penny estaban a tan solo un metro de distancia, mientras que el de Katie estaba en un piso totalmente diferente. Asimismo, durante el almuerzo, Penny siempre se sentaba al lado de Peter, pestañeándole y pidiéndole ayuda con sus tareas de química.

Penny lo estaba arruinando todo.

Peter no podía verla como la veía Katie. Él era demasiado amable. Esa siempre había sido su debilidad, que era exageradamente amable. Sin embargo, Katie podía ver lo que estaba pasando. Penny pensaba que lo conocía, que solo porque era linda, le gustaba la ciencia y estaba en campo traviesa con él, podía llevárselo como si fuera un cachorro adorable.

Y qué linda y risueña actuaba a su alrededor. «Penny y Peter, como dos gotas de agua. ¡Casi rima!» Kate le escuchó decir un día durante el almuerzo.

¡Bah! «No, no rima, idiota», pensó.

Con todos sus susurros, sus risitas nerviosas y sus sacudidas de cabello. Penny Fitch, la bruja tenue. Aunque cuando Katie estaba realmente enojada, usaba otra palabra peor que bruja. No en voz alta, por supuesto, porque ella aún era una buena chica.

Pero lo que más la inquietaba, lo que nunca se atrevía a pensar por más de unos segundos, era ¿y si Peter solo había estado siendo amable con Katie también? ¿Y si todo el tiempo que habían pasado juntos, creciendo, compartiendo batidos en Ray's Diner, Peter solo había estado siendo amable? ¿Y si ella no era especial?

No, eso no era más que un pensamiento negativo, por lo que se deshizo de él.

Era su misión proteger a Peter de esta nueva chica.

Fase uno: mantenerlo ocupado durante el verano. Eso significaba aumentar la necesidad de consejos sobre su proyecto para la feria de becas, acudir a fiestas en la piscina de su amiga con Peter (sin Penny, por supuesto), y cualquier otra cosa que se le pudiera ocurrir para mantener a raya a la bruja.

La fase dos, que empezó después del comienzo del curso, era más difícil: Katie se aseguraba, siempre que podía, de que Penny no hablara en privado con

Peter, se metía en sus conversaciones o se aseguraba de que una de sus amigas (a ninguna de las cuales le caía bien la nueva chica tampoco) hiciera lo mismo. Pero aún quedaba el problema de la proximidad en casa. Penny no vivía justo al lado (Katie todavía tenía esa ventaja), pero estaba lo suficientemente cerca. Demasiado cerca, a juzgar por las sonrisas y los saludos que intercambiaban, y las veces que habían salido a correr juntos.

Eso dio lugar a la fase tres, la fase final y la más complicada de todas: el próximo baile de bienvenida.

Katie había estado dejando caer pistas como plumas de plomo desde finales de verano: «¿Cuándo es el baile de bienvenida, Peter? ¿Cuál es el tema del baile de bienvenida, Peter? ¿Qué opinas de este vestido que he encontrado en internet, Peter?»

Incluso para ser un chico, parecía estar lejos de entender las pistas.

Katie no había ido a un baile de bienvenida hasta el año pasado, cuando Brian McDermott la había invitado. Era un buen tipo, pero usaba demasiada colonia y sudaba cuando bailaban lentamente. Tardó tres días en quitarse el olor de las manos. Peter siempre olía a limpio, como al jabón Ivory. Al menos ese era el jabón que tenían los Clarks en el baño de invitados la última vez que había estado allí.

Esa era la fase final, su forma de sacar a Peter de la línea de salida. Si pudieran simplemente ir juntos al baile, entonces podrían ver cómo sería si fueran una pareja. Se echarían la foto juntos bajo el arco de flores, sonriendo, ella con el vestido de gasa rosa que ya había elegido en internet, él con su esmoquin alquilado de Maxwell's y una corbata rosa que combinara con su vestido. Él vería la foto todos los días en su refrigerador, donde su madre seguramente la pegaría con un imán.

Sintió una ola de confianza en su interior. Conocía a Peter realmente bien. Era un friki de la ciencia, por lo que solamente necesitaría ver algo en acción, ver los resultados cuantificables, para darse cuenta de que deberían estar juntos.

Sería tan real como una reacción química, innegable. «¡Mira las tablas y los números, Peter! ¿Ves el gráfico?»

No era un plan perfecto, pero era bueno e iba a funcionar. Katie tenía un presentimiento, una voz en su interior que le decía: «Esta es la buena. Él lo verá, me verá y se dará cuenta de que deberíamos estar juntos».

El problema de la universidad lo podrían resolver después. Las relaciones a larga distancia funcionaban todo el tiempo, ¿verdad? En cuanto terminara la feria de becas, el plan «Llevar a Peter al baile de bienvenida» se pondría en marcha.

Conforme alguien pasaba por detrás de su mesa en el gimnasio, percibió un olor a algo terriblemente dulce y abrumador. Apretó la mandíbula conforme giraba la cabeza y arrugó la nariz. Los dientes perfectos, el cabello largo, negro y perfecto, y la ropa perfecta. La bruja estaba aquí.

Observó cómo Penny se acercaba a Peter, comenzaba a hablar con él, se reía y, luego, sí, ahí estaba, la perfecta sacudida de cabello. Katie se había apostado con sus amigas a que Penny había perfeccionado la sacudida de cabello y esa risita nerviosa practicando frente al espejo.

Katie entrecerró los ojos. Penny tenía su propio proyecto a dos mesas de la de Peter, pero allí estaba ella, revoloteando alrededor de Peter como una mariposa enamorada. Había una docena de chicos a los que se podría haber aferrado. ¿Por qué no los envenenaba a ellos?

«Ah, cierto. Porque Peter es demasiado amable con ella». Peter siempre era demasiado amable.

Katie observó cómo Peter seguía a Penny hasta su mesa y, allí, giraba una perilla insignificante en su pila insignificante de lo que fuera su proyecto. Una caja con un sombrero y un... ¿A quién le importa? Probablemente hizo que su padre se lo comprara por internet.

Bueno, podría disparar un cohete del tamaño de Saturno con campanitas a través del techo que a Katie le daba igual.

Katie volvió en sí y se puso a ajustar algunas de las piezas de su escultura. El cristal multicolor del elaborado móvil giraba lentamente, y cada pieza reflejaba fragmentos de luz. Ya había recibido miradas de admiración de los estudiantes e incluso de algunos de los maestros.

Tenía un buen presentimiento. Este era su año.

# CAPÍTULO DOS

## EN LA ACTUALIDAD

La explosión de fuego salió disparada de un tubo de ensayo que burbujeaba sobre un quemador Bunsen. Subió hacia el techo en una nube con forma de champiñón antes de evaporarse. La aturdida clase soltó un «Guau...» al unísono.

Peter Clark dio un paso atrás y apagó su mechero.

—Y por eso usamos nuestras gafas. Bueno, ¿alguien puede decirme cuáles son los tres productos de la combustión?

Su aula de estudiantes de secundaria permaneció en silencio, algunos mirando sus teléfonos, todos evitando el contacto visual con él. Cogió el pesado libro de química orgánica de su escritorio, lo sostuvo entre los dedos y lo dejó caer.

El ruido resonó como un cañón, provocando que todas las cabezas se alzaran al instante.

—La respuesta correcta es combustible, oxígeno y calor —caminó hacia la pizarra situada en la parte delantera de la clase y comenzó a dibujar con un marcador rojo—. El oxígeno ya está en el aire, y el calor es del quemador, lo cual nos deja con el combustible. Entonces, agregamos acetato de sodio anhidro e hidróxido de sodio y obtendremos una sustancia combustible llamada «metano». También conocida como «pedos de vaca».

Unas cuantas risas se escucharon por la habitación.

Bajó el marcador, se limpió las manos en sus vaqueros y le echó un vistazo al reloj.

—Bueno, todavía nos quedan unos minutos más, así que quería recordaros el examen que tenemos el próximo jueves.

Un coro de quejidos resonó por toda la clase.

—Sí, sí, lo sé, otra prueba. Soy cruel e inhumano. Pero no tendríamos que hacer la prueba antes de tiempo si un par de cabezas huecas sin nombre no me hubieran nominado para la cosa esta del premio de maestros.

Los quejidos se volvieron risas y sonrisas.

—¡Tú puedes, señor C! —gritó alguien, seguido por un silbido.

La clase se rio.

—Sí. Muchas gracias. Así que, siendo así, estaré en Des Moines el viernes de la semana que viene. Pero, no os preocupéis, el señor Potter ha accedido a dar la clase mientras yo pierdo el tiempo en algún banquete de premios.

—¿Tienes que llevar esmoquin? —gritó Nick Norton desde la fila de atrás.

Peter sonrió. Le encantaba su clase.

—¿Con mi salario de maestro? ¡Tienes que estar bromeando!

La clase volvió a reír.

—Una vez más, cuanto más estudiéis ahora, menos tendréis que estudiar la última noche...

El timbre sonó a través del altavoz del aula, indicando que la clase había terminado. Los estudiantes inmediatamente comenzaron a agarrar sus mochilas y libros.

—No olvidéis —gritó Peter por encima del ruido de las pisotadas—, que vamos a comenzar a trabajar en las leyes de gas y la teoría cinética el lunes. Leed acerca del experimento en la página ochenta y uno —se rascó la cabeza—. ¡Y no olvidéis vuestras gafas!

Mientras los estudiantes salían de su aula, Peter caminó hacia la pizarra y comenzó a borrar la lección del día, esperando que al menos uno de los estudiantes adormilados de su clase de Introducción a la química hubiera aprendido la diferencia entre la combustión y la quema. Esta era la última clase del día y, aunque la mayoría de ellos eran buenos chicos, no podían esperar a salir de allí y darle la bienvenida al fin de semana.

A decir verdad, la mayoría de ellos no usarían sus conocimientos de química una vez terminaran la secundaria. Peter se preguntó de nuevo cómo sería enseñar en un cursor o incluso en una universidad. En algún lugar donde los estudiantes realmente quisieran estar allí en vez de jugando a los videojuegos, yendo al centro comercial o pegados a sus teléfonos.

Bueno, había algunos amantes de las matemáticas que lo entendían, tal vez puede que hasta amaran la química como la amaba él. Aun así, Peter sentía que se estaba quedando sin formas de hacerlo interesante. Tal vez si tirara sandías desde la azotea del instituto para demostrar la teoría cinética...

—¿Listo? —le preguntó Lucius Potter desde la puerta—. El batido me está llamando.

Lucius era alto y anguloso, el maestro más mayor de Golden Grove. Era considerado por los estudiantes y sus padres como un elemento tan permanente como la carne letal que servían en el comedor. Acababa de celebrar su cuadragésimo primer año enseñando todas las clases de ciencias que existen. Estaba de pie, con sus largos brazos cruzados sobre su chaleco de lana negro, gafas negras de montura gruesa y un bigote gris y espeso que le daba un aspecto de profesor que a la vez ocultaba su naturaleza juguetona.

Generaciones de estudiantes del Golden Grove adoraban a Lucius Potter, muchos de los cuales llegaron a ser médicos, científicos o maestros, como Peter.

—Ya casi estoy —Peter se acercó a su escritorio, tocó un par de teclas en su computadora portátil para apagarlo y cerró la tapa—. Pondré las notas mañana en casa.

Todos los viernes después de las clases, Lucius y él se tomaban un batido en Ray's Diner, y luego hablaban sobre la ciencia y la vida. Principalmente sobre la vida, ya que ambos habían estado dando clases sobre ciencias durante toda la semana. Hoy, el tema casi seguro sería la manada de barbas chistosas que habían ido apareciendo por del pueblo para el concurso del domingo.

Peter agarró su abrigo. El verano se había acabado definitivamente, y la brisa otoñal de Iowa podía volverse bastante fresca a final del día.

Lucius entró en la clase, mirando a su alrededor. Todavía parecía maravillarse ante la brillante y limpia apariencia del nuevo edificio de la secundaria que habían construido hacía solo unos años. Peter tenía que admitir que era una gran mejora en comparación al viejo edificio de ladrillos donde él había tenido que asistir a clase.

—¿Tienes algún plan para este fin de semana? —preguntó Peter mientras llenaba su maletín con trabajo para la próxima semana. Lucius se encogió de hombros mientras se acercaba al escritorio de Peter.

—Nada especial. ¿Tú? ¿Irás al concurso de barbas el domingo?

—No, gracias. Están empezando a asustarme todos esos tipos con aspecto de araña que rondan por la plaza. ¿Por qué hay costumbres tan extrañas en este pueblo? —ese mismo verano, se había celebrado la «Convención de Larry» y el pueblo se había llenado con trescientos tipos, todos llamados Larry—. Además, necesito ponerme con estas pruebas de laboratorio, ya que tengo esa cosa en Des Moines el próximo fin de semana. Ojalá me enviaran la placa o lo que sea, así no tendría que dejar el trabajo. Algunos de estos chicos están al borde tal y como están.

Lucius se apoyó contra el escritorio.

—Tal vez los estás presionando demasiado.

Peter sabía que simplemente lo estaba intentando provocar. Dejó el lápiz sobre la mesa.

—¿Cómo hiciste tú conmigo? —replicó.

—Tú no necesitabas que yo te presionara. Tú querías pasar más tiempo en el laboratorio. Te llamaban «Clark Créditos Extra», ¿recuerdas?

—Tampoco es que tuviera mucho más que hacer por aquí.

—Bueno, yo creo que tenías algunas otras opciones. Quizás todavía las tengas —agregó en voz baja.

Peter no estaba seguro de lo que eso significaba, pero lo dejó pasar.—Además —continuó Lucius—, te mereces ese premio.

Peter asintió, pero fue un gesto sospechoso.

—Todavía pienso que tú los has metido en esto.—

¿A los estudiantes? Fue idea de ellos en realidad. Ellos fueron los que te nominaron la primavera pasada.

Peter resopló.

Supongo que no viene con un aumento, ¿no?

Lucius se rio entre dientes.

—No es probable, pero, hablando de eso... —colocó su maletín en el borde del escritorio, sacó un sobre manila y extrajo de este una página brillante—. Hay algo que me gustaría que vieras —empujó un folleto hacia Peter.

Peter lo escaneó y, luego, alzó la vista.

—¿La escuela Dixon? Esa está a las afueras de Chicago, ¿verdad?

—Si, esa. Di clases allí una vez. Solo un par de cursos de verano, reemplazando a un colega.

—¡¿En serio?! Nunca me lo habías dicho.

Lucius se encogió de hombros.

—Fue hace bastante tiempo. Cuando todavía usábamos cinceles y piedras en lugar de lápices.

Peter le dio la vuelta al folleto. Dixon era una escuela privada. Era antigua, prestigiosa y costosa.

—Y, ¿de qué va esto?

Lucius se inclinó y señaló la parte inferior de la hoja donde había una pegatina.

—Hay una vacante —explicó—. Están buscando a un nuevo profesor de química para los últimos cursos.

—¿Y?

—Bueno, por si no lo has notado, tú eres profesor de química.

Peter suspiró.

—Lucius, esto está fuera de mi alcance —depositó el folleto sobre la mesa—. Además, ya tengo un trabajo.

Lucius señaló hacia la fila de ventanas a la izquierda del escritorio de Peter.

—Sí, con una maravillosa vista de un cobertizo de almacenamiento y un basurero verde oxidado.

Peter se encogió de hombros.

—No lo sé. Me he acostumbrado a que Roger arroje patatas fritas contra mi ventana a la una y media todos los días. Me produce una calmante sensación de estabilidad.

—Supongo que sería difícil dejar eso atrás.

—Exactamente. Es como siempre me dices. «Si no estás donde debes estar, no estás en ningún lugar».

Lucius señaló su pecho.

—¿Yo digo eso?

—Sí.

El hombre mayor se frotó la barbilla.

—Creo que lo saqué de un episodio de *M*A*S*H* —se sentó en el borde del escritorio de Peter y se puso serio—. Peter, sabes que normalmente trato de no meterme en tu vida.

Peter soltó una breve carcajada.

—¿Desde cuándo?

—Vale. Pero esta oportunidad de trabajo en Dixon es particularmente buena. Con tu maestría, tu experiencia, y especialmente ahora que has recibido este premio, eres el candidato perfecto para el trabajo.

—No sé yo...

—Ellos también lo creen.

—¿Ellos? ¿Quiénes son ellos?

Lucius evitó su mirada.

—Me tomé la libertad de ponerme en contacto con un viejo colega que ahora es el director de la escuela. Le hablé de ti, y están interesados.

—No te creo...

—Sí, y quieren concertar una entrevista contigo. Si te interesa.—¡No me interesa!

Esta vez, Lucius lo miró directamente a los ojos. Peter odiaba cuando su amigo hacía eso. Por lo general, significaba que terminaría haciendo exactamente lo que Lucius quería.

—Solo ve a la entrevista. ¿Qué puedes perder? Tal vez deje caer algunas pistas por aquí sobre que estás buscando otro trabajo. Puede que así te den ese aumento.

Peter se rio de nuevo. Un aumento estaría bien, pero... Negó con la cabeza.

—No tengo tiempo para ir a Des Moines la próxima semana y mucho menos para ir hasta Chicago.

—Está a cuatro horas desde aquí. No en la luna. Al menos di que lo pensarás.

Peter sabía que una vez que a Lucius se le metiera algo en la cabeza, no lo dejaría pasar.

—Lo pensaré —accedió. Pero sabía que no lo haría.

Aparentemente, Lucius también lo sabía, porque sacó una revista enrollada de debajo de su brazo y la abrió.

Peter negó con la cabeza cuando vio la portada. *Química trimestral.* La cosa iba de mal en peor...

—¿Quién es esta vez?

—¿Qué quieres decir? —Lucius apagó las luces y se dirigió al pasillo, examinando el índice de la revista—. Ay, aquí hay algo interesante.

—Seguro que sí —Peter cerró la puerta de su clase con llave.

«Aquí viene», pensó.

—Un artículo de Jeremy Von Hornig. ¿Qué es ya, su tercer artículo en los últimos cinco años?

—Tú eres el que lleva la cuenta.

—Él también estaba en tu máster, ¿no?

Peter suspiró.

—Tuve que tutelarlo para nuestro final de termodinámica. Activó los aspersores automáticos en el laboratorio porque dejó un quemador encendido durante toda la noche.

—Y aquí está ahora, con un artículo en una revista nacional.

—Lucius, lo estás haciendo de nuevo. Yo estoy bien donde estoy. Me gusta mi trabajo.

—Solo me aseguro de que sabes que hay otras posibilidades más allá de dar clases en Golden Grove.

—Estoy al tanto. Además, te ha funcionado a ti.

Su amigo asintió, apretando la mandíbula.

—Cierto.

—Y nunca te has arrepentido, ¿verdad?

—¿De elegir la docencia? No, no me arrepiento.

Peter señaló la revista.

—Además, estas cosas se hacen principalmente por el estatus.

—Cierto. ¿Has mirado en Nitrovex últimamente? —insistió Lucius—. Hay muchos buenos químicos trabajando bien allí.

—¿Estás tratando de deshacerte de mí? —Peter negó con la cabeza.

—No. Es solo que he oído por ahí que están expandiendo sus operaciones en el extranjero.

—Yo también lo he oído —Peter siempre estaba pendiente de los acontecimientos en Nitrovex. ¿Qué graduado de química respetable no haría lo mismo? Sin embargo, la idea de un trabajo cómodo en Europa no le atraía.

—Conozco a John Wells bastante bien. Estaría más que dispuesto a recomendarte.

Conforme se acercaban a la entrada principal, Peter le devolvió el saludo a un estudiante que pasaba por allí.

—Gracias, pero no hace falta. Quizás algún día. Pero, ahora mismo, mis...

—... estudiantes me necesitan demasiado —terminó Lucius por él—. Sí, lo sé. Pero recuerda que no eres tan indispensable como te crees que eres.

—Por favor... —Peter alargó la palabra y añadió un dramático movimiento de mano—. Estás hablando con el profesor de ciencias del año.

—Mis disculpas, buen señor —respondió Lucius.

—Además, Nitrovex se dedica principalmente a la química orgánica. Yo soy más de bioquímica —añadió Peter mientras empujaba las puertas dobles de la entrada—. Créeme, estoy bien donde estoy —sacó las llaves del coche de su bolsillo—. ¿Te veo en Ray's?

Lucius parecía ir a decir algo, pero simplemente asintió con la cabeza.

—Claro —aceptó.

Afuera, Peter encontró su Camry azul y lo abrió con el llavero remoto.

«Estoy bien donde estoy», pensó. ¿Pero dónde era eso exactamente? ¿Atrapado en el único instituto de su pueblo natal, dándole clase a los pocos estudiantes que estaban realmente interesados en conocer la diferencia entre un lunar y una molécula? ¿Atrapado en el mismo pueblo en el que había crecido? ¿Superado por personas con las que había ido a la universidad, que habían conseguido trabajos prestigiosos y bien remunerados en compañías como Nitrovex?

Le echó un vistazo a la portada de la revista.

¿Tenía Lucius razón? ¿Había llegado la hora de seguir adelante y avanzar?

Abrió la puerta por el lado del conductor y entró en el coche, depositando su maletín y la pila de carpetas y papeles que llevaba encima en el asiento del pasajero. El folleto de Dixon se cayó al suelo, y lo recogió.

El lugar parecía un campus universitario, con estudiantes risueños caminando entre enormes árboles hacia majestuosos edificios antiguos. Sí que parecía una buena oportunidad. Y él sí que estaba cualificado. De hecho, con un máster, probablemente estaba demasiado cualificado como para dar clases en Golden Grove.

Quizás sí que se merecía un trabajo más prestigioso. ¿Cuántas malas notas de estudiantes desinteresados más iba a tener que soportar? No tenía nada en contra de Lucius, pero ¿de veras quería Peter malgastar toda su vida en Golden Grove? Nunca había salido de allí, excepto para la universidad y el máster.

Si no hubiera sido por su padre...

No, no iba a seguir por ese camino de nuevo. Pero no estaría de más planteárselo. Podría hacer al menos una entrevista, solo por probar, por así decirlo. Encendió su coche y metió la marcha atrás.

Además, era Chicago. Podría tener mucho que ofrecer...

«*No, Peter, no te vayas allí*». Habían pasado, ¿qué, doce años? Sí, doce años desde que le arruinó la vida.

Siempre que lo pensaba, se convencía a sí mismo de que solo había sido cosa de la secundaria. Ese lugar tan lejano, el lugar que todos debían dejar atrás antes de pasar a cosas más grandes y mejores, lejos de los embarazosos cortes de pelo, las bandejas del comedor y el drama. Aunque él sabía que era mucho más para algunos otros. Para Katie Brady, la feria de becas lo había sido todo, había puesto todas sus esperanzas en una frágil cesta.

Y había sido Peter quien había pateado esa cesta, esparciendo sus esperanzas por el suelo del gimnasio.

———

## *DOCE AÑOS ANTES.*
## *INSTITUTO GOLDEN GROVE*

El proyecto de Peter para la feria de becas era un cohete de propulsión química. No le importaba mucho ganar el dinero de la beca, simplemente no quería decepcionar a su profesor de ciencias favorito, el señor Potter.

Le lanzó una mirada a Katie, que estaba limpiando la pantalla de su móvil en una mesa cerca de la suya. Como la B va antes que la C, iba Brady y luego Clark. A lo largo de primaria y secundaria, incluso si hubieran querido evitarse, el alfabeto no los habría dejado. Lo cual no le importaba.

Siempre le había gustado Katie, no solo porque era su vecina y habían crecido juntos, sino porque Katie era... diferente. Se sentía tan a gusto con ella. Sentía que estaban... conectados de alguna manera. Y, al mismo tiempo, se ponía nervioso cuando tenía que hablar con ella. Así funcionan las «reacciones químicas en el cerebro» según lo que había leído en un artículo al respecto.

Por lo que, cuando ella le pidió que revisara un par de cosas en su proyecto a principios de verano,

Peter pensó que tal vez sería una buena oportunidad para descubrir si entre ellos había algo más.

Siempre habían sido amigos y siempre serían amigos, probablemente. Pero habían crecido. Katie había crecido, sin lugar a duda.

Al principio no estaba seguro de si debería tener esos sentimientos hacia ella, pero eso duró unos tres segundos hasta que la vio lavando el coche de su padre en pantalones cortos y una camiseta sin mangas el verano después de su primer año de instituto, el 8 de junio, el día de su cumpleaños. A partir de ese momento, se aseguró de estar en casa los domingos por la tarde, el día de lavado de coches. Al principio me sentía un poco culpable, pero es que ella era, bueno...

De acuerdo, la palabra era hermosa. No solo tenía un cuerpo hermoso, sino que una chica pecosa y cubierta de espuma con una camiseta de tirantes roja sin duda se ajustaba a esa definición. No era una belleza exagerada, inalcanzable, como la de una modelo de dos metros de altura. Era más que eso, y el no poder definirlo desconcertaba su confiable mente científica.

Como un átomo o una molécula, estaba ahí. Estaba ahí, en algún lugar, en cómo ladeaba la cabeza y sonreía, la lluvia de pecas alrededor de su nariz, el perfume que había comenzado a usar. ¿Cómo se llamaba? ¿*Lucky You*?

Le gustaba cómo olía Katie.

Tampoco es que pasaran tanto tiempo en su proyecto. En verdad, se pasaron la mitad del tiempo en su sótano, solo hablando, bebiendo de las botellas de Dr. Pepper que habían sacado de la vieja máquina que los Brady tenían en casa. Katie jugueteaba con el alambre y los trozos de vidrio. Él le daba algunas sugerencias cuando ella le preguntaba, principalmente sobre cómo balancear el peso, pero eso era todo.

Él solo... «Admítelo, Peter. Tú solo querías pasar tiempo con ella».

Peter volvió en sí mientras uno de los maestros anunciaba algo desde el sistema de sonido del escenario. Los jueces iban a evaluar los proyectos, empezando por las mesas delanteras y moviéndose hacia la parte de atrás, lo cual significaba que Peter tendría otros quince minutos antes de que llegaran hasta donde se encontraba él. Revisó el tubo de plástico que iba del tanque oxidante hasta la base de su experimento, y se aseguró de que estuviera bien ajustado.

Katie había trabajado muy duro en su móvil y, aunque él no era un artista, sabía que era muy bueno. Nitrovex sabía mucho de química, pero eso no significaba que solo escogieran ese tipo de proyectos. De hecho, la esposa del dueño era artista y, además, era una de las jueces de la feria de becas.

Le echó otro vistazo a su mesa. Parecía estar bastante confiada. Y debería estarlo. En el fondo, Peter esperaba que ganara ella. Incluso en la secundaria, Katie siempre había soñado con ir a la escuela de arte, pero él sabía que sus padres no estaban de acuerdo con esa idea. Una beca podría ser justo lo que les hiciera cambiar de opinión.

Revisó otro tubo y, luego, se detuvo. Los jueces se encontraban una fila por detrás de él, avanzando hacia la parte delantera del gimnasio. Eran cuatro adultos de aspecto serio armados con portapapeles. Peter tragó saliva y, luego, retrocedió. Sabía que su proyecto estaba listo y, si seguía toqueteándolo, podría terminar rompiendo algo.

—Bueno, señor Clark, todo se ve bien, ya veo.

Peter alzó la vista para ver la cara sonriente bigotuda de su maestro favorito.

—Gracias, señor Potter. Acabo de comprobar todas las conexiones. Creo que funcionará.

El señor Potter le dio una palmadita en la espalda.

—Oh, seguro que funcionará bien —su maestro tocó un tubo y comprobó una de las conexiones—. Tengo que decir que es bastante ingenioso hacer uso de las reacciones químicas como dispositivo de propulsión. No me sorprendería que existieran usos prácticos para este tipo de cosas.

Peter sabía que el señor Potter solo estaba tratando de darle ánimos, pero, aun así, sintió una oleada de orgullo. El maestro le guiñó un ojo y continuó avanzando por el pasillo.

De repente, Peter sintió un fuerte golpe en las costillas.

—Hola, Peter —lo saludó una ligera voz justo detrás de su oreja.

Se giró, sorprendido, y se chocó contra el borde de la mesa con la cadera, provocando que una de las tuberías de repuesto para su proyecto se cayera por el borde de la mesa contra el piso del gimnasio con un fuerte estruendo. Todos a su alrededor se sobresaltaron, especialmente Katie, que se estremeció junto a su escultura.

—Caray, Penny, lleva más cuidado —le recriminó.

Era Penny Fitch, su nueva vecina, que se había mudado a su calle durante el verano. Aunque a Peter le caía bien, (Penny siempre sonreía y le gustaba la ciencia), a veces podía ser un poco molesta. Aun así, muchos de los chicos la perseguían porque era menuda, tenía una melena larga y azabache, y los ojos azules, lo cual era una buena combinación.

Entonces, arrugó la nariz. Penny siempre usaba tanto perfume que olía como las tiendas de velas. No obstante, por muy bonita que fuera, no era realmente su tipo.

Le lanzó una mirada a Katie, que estaba mirando para otro lado.

—Lo siento —se disculpó Penny, sonriendo. Se echó el pelo hacia atrás y ladeó la cabeza, como si fuera una modelo a punto de ser fotografiada. ¿Por qué hacían eso las chicas?—. Bueno, Peter, ¿qué es lo que hace esta cosa? ¡Es impresionante! —tocó el tubo de plástico que conducía a la gran carcasa plateada de metal que era el tanque principal de propulsión.

Peter le sujetó la mano para detenerla.

—Oye, cuidado. Lo vas a poner en marcha.

Penny retiró la mano.

—Ups. Perdón otra vez.

Peter se encogió de hombros.

—No pasa nada —miró a la derecha—. Lo van a evaluar en unos minutos. Después de eso, puedes tocarlo todo lo que quieras.

Penny le lanzó una mirada burlona, y Peter sintió cómo su cara se ponía tan roja como una remolacha. Trató de pensar en algo que decir, cualquier cosa con tal de deshacerse de ella, pero su cerebro se había quedado en blanco. «Idiota», pensó.

—Vale —dijo ella después de lo que pareció ser una hora. Gestionó con la cabeza en dirección a la mesa de al lado—. ¿Crees que ella tiene posibilidades de ganar?

Peter se alegró de que hubiera cambiado de tema.

—¿Katie? Claro que sí. Tiene tantas posibilidades como cualquier otra persona aquí presente. O incluso más, probablemente.

—Si gana, debería darte las gracias por toda tu ayuda.

—Oh, yo casi que no hice nada. Ella hizo todo el trabajo duro.

Penny asintió, poco convencida.

—Bueno, espero que ganes tú.

—Ah. Gracias. Tú también.

—Vendré a verte más tarde —dijo. Entonces, se volvió con otro movimiento de cabello y comenzó a alejarse—. Buena suerte —le gritó de nuevo con otra sonrisa antes de lanzarle una mirada asesina a la escultura de Katie.

—Gracias —masculló.

De repente, deseó no haberle contado a Penny que Katie le había pedido ayuda. Tal vez no debería haberle hablado sobre ella cuando habían salido a correr. Peter era consciente de que existía una regla sobre recibir ayuda de otra persona, pero eso solo se aplicaba a padres o expertos, ¿verdad? Probablemente no pasaba anda por recibir ayuda de otro estudiante, siempre y cuando no contribuyeran demasiado.

Le echó un vistazo a Katie, que lo miraba mientras apretaba los labios con fuerza. Su mirada era tan fría como el mismo hielo y estaba dirigida directamente a su frente.

Katie se dio la vuelta rápidamente y se puso a enderezar algo sobre su mesa.

¿Estaba enojada con él?

No tuvo tiempo de averiguarlo porque los jueces ya estaban en su mesa.

Los siguientes veinte minutos fueron un borrón de alegría y un gran dolor.

# CAPÍTULO TRES



EL ESCARABAJO VOLKSWAGEN AMARILLO SE detuvo junto al letrero que anunciaba la entrada al pueblo. Kate apagó el motor.

Atisbó un pintoresco cartel de madera y ladrillo que proclamaba «Bienvenido a Golden Grove, hogar de los grifos».

Miró, a través del parabrisas, hacia el pueblo, aún familiar después de todos esos años. La torre de agua plateada que se asomaba por encima de los árboles, el techo rojo de la estación de bomberos, las copas de los árboles que comenzaban a tornarse amarillas y naranjas bajo el sol de un domingo de otoño. No parecía haber cambiado mucho desde este punto de vista. Era un lugar realmente hermoso, si solo estuvieras visitando una de las pintorescas tiendas y panaderías del centro o mirando desde los acantilados de piedra caliza al río Misisipi que fluía lentamente.

Tal vez para algunas personas, los trabajadores de Nitrovex, los dueños de las tiendas, los que habían vivido toda su vida en Golden Grove, estaba bien. Pero no para ella. Vivir en una ciudad más grande siempre había sido su sueño, su escape, incluso antes de que el instituto la hubiera acabado con ella.

Agarró el volante y resopló. Bueno, solo estaba de pasada por el pueblo, luego regresaría a Chicago. Nadie del instituto tenía por qué enterarse de que había vuelto. Podría sobrevivir unos días. De todos modos, se pasaría la mayor parte del tiempo en la planta química.

Giró la llave, y el coche volvió a la vida.

Quince minutos más tarde, estacionó el escarabajo junto a la acera de ladrillos frente a ese jardín tan familiar. Apagó el motor del coche y permaneció allí parada durante un momento, con las manos en su regazo, escuchando, mirando por la ventana lateral que había bajado de camino al pueblo.

Reinaba el silencio, el habitual silencio dominical de un pueblo pequeño, donde solo se escuchan unos pocos pájaros cantando y algún que otro coche que pasaba por ahí antes de desaparecer unas calles más abajo. A lo lejos se oía el ruidoso elevador de granos, un sonido que había olvidado, pero que significaba que el otoño estaba en pleno apogeo.

Se dio cuenta de que el arce que solía sombrear la entrada había desaparecido, pero el enorme olmo que depositaba brillantes hojas verdes en la entrada cada otoño todavía se encontraba junto a la puerta principal. Los arbustos eran más grandes, pero aún estaban bien podados.

Habían pintado la casa. Ya no era del color amarillo pálido que ella recordaba, sino una mezcla de verde claro adornado con blanco y amarillo. Se fijó en la variedad de plantas que habían colocado a cada lado de la escalera delantera, que conducía a un amplio porche apoyado en blancas columnas corintias redondas que habían adornado con sillas de mimbre.

El viejo columpio que colgaba del porche seguía allí, donde ella solía sentarse a jugar con sus muñecas, a leer o a jugar a los barcos con Peter. Kate sonrió, recordando. No todo había sido malo. Luego, le echó un vistazo a la familiar casa de al lado, y su sonrisa se desvaneció.

Suspiró, resistiendo la necesidad de poner el coche en marcha y regresar a Chicago. Los recuerdos de este lugar comenzaban a acecharla como una mano gigante. Incluso el ambiente parecía familiar y gélido, como si el pueblo la hubiera reconocido, recordado, y le estuviera diciendo que ya no pertenecía a este lugar.

«Lo siento, Danni. No he podido hacerlo. Encuentra a otro que lidere la campaña Nitrovex».

No. Su futura carrera dependía demasiado de esta tarea como para considerar la posibilidad de abandonarlo todo solo por un par de viejos fantasmas.

Agarró su maleta y se apresuró por el angosto camino hacia la puerta principal, mirando a ambos lados. Se sentía como una infiltrada, una espía en su propia casa. Se detuvo frente a la puerta principal y se sintió algo extraña al tener que tocar el timbre de su propia casa. Escuchó el familiar timbre, seguido por el sonido de unas pisadas.

El rostro angelical y fácilmente reconocible de Carol Harding apareció por detrás de las cortinas de encaje que decoraban la ventana que había al lado de la puerta. Carol era bajita y ligeramente fornida, y tenía el cabello corto y grisáceo.

Abrió la puerta y esbozó una sonrisa maternal.

—¡Katie! —exclamó conforme atravesaba el umbral con los brazos extendidos.

—Hola, Carol —Kate dejó caer su maleta y sonrió mientras abrazaba a la mujer que prácticamente había sido como una segunda madre para ella cuando no era más que una adolescente.

La mujer la soltó, pero la agarró por los brazos, observándola.

—Dios mío, estás tan bonita.

Kate sintió que sus mejillas se sonrojaban.

—Gracias.

—Bueno, entra, entra. —incitó Carol con un gesto de la mano.

Kate agarró su maleta y, cuando entró en el recibidor, fue recibida por el olor a pino fresco, pan casero y velas con aroma a manzana. No era el olor que ella recordaba, pero la diferencia parecía extrañamente reconfortante. No era la casa estéril de dos ingenieros químicos en la que había crecido.

Un pequeño gato naranja atigrado apareció de la nada y comenzó a frotarse contra su pierna.

Frunció el ceño.

—¿Sparky?

Carol se rio.

—No exactamente. Es hijo de Sparky, en realidad. Se llama Tommy.

El gato volvió a frotarse contra la pierna de Kate y, luego, desapareció hacia otra habitación.

—Sparky huyó hace unos años. Nunca se acostumbró a la nueva casa, supongo —explicó Carol.

—Ah —Kate sintió una punzada inesperada, a pesar de que Sparky le bufaba y actuaba como si ella no tuviera ningún derecho a invadir su espacio en el jardín—. ¿Nunca lo encontraste?

Carol negó con la cabeza.

—No. Sigo esperando que vaya a volver. Medio esperando que aparezca en el porche con un ratón muerto una mañana de estas. Pero, probablemente ya hace tiempo que se fue lejos.

Carol se limpió las manos en el delantal mientras caminaba hacia lo que una vez había sido el salón, donde los visitantes solían esperar. Era una acogedora habitación, decorada con el mismo empapelado de color rosa claro que Kate había elegido cuando tenía diez años. «Todavía queda bien», pensó.

—Entonces, ¿cómo te ha ido el viaje? —preguntó Carol conforme se sentaba en una vieja silla de terciopelo que se encontraba junto a una lámpara de mármol.

Kate depositó su maleta en el suelo y se sentó en una silla frente a su amiga.

—Bien. No ha sido tan largo como lo recordaba.

—Bueno, las percepciones cambian con el tiempo. Hace tiempo que no venías, ¿no?

Kate esbozó una pequeña sonrisa. ¿La acababa de atacar disimuladamente?

—Mi trabajo me mantiene ocupada. Escalando el escalafón y todo eso.

Miró a su alrededor, observando la habitación bien equipada, repleta de material de lectura y antigüedades de buen gusto. Pudo reconocer algunos de los objetos que procedían de la casa del huerto de Carol.

—La casa se ve muy bien.

Carol le devolvió una sonrisa.

—Bueno, me mantiene ocupada. Hay mucho que desempolvar. Entre esto, el centro comunitario y mi grupo de costura, siempre tengo algo que hacer.

Kate recordó que a Carol le gustaba coser como *hobby*.

—¿Todavía te reúnes con tus compañeros de costura? —inquirió.

—Ah, sí, semanalmente, aquí en la casa. Ahora somos doce personas —sonrió pícaramente—. Nos llamamos «las ovilleras».

Kate se rio.

—Bueno, siempre y cuando no os metáis en problemas —bromeó.

Carol arqueó las cejas, lo cual le dio a su rostro aspecto de inocente.—Oh, así es. Casi siempre —se inclinó hacia delante—. Ay, Katie. Qué bueno verte.

—También a ti, Carol. De verdad que sí.

—Por lo que me cuenta tu madre, parece que te está yendo muy bien —comentó Carol mientras enderezaba el mantel de la mesa.

—Bastante bien, sí.

—Y, ¿vas a trabajar con Nitrovex?

—Ese es el plan. Mi empresa hace cambios de imagen a empresas —pensó que sería mejor explicarlo—. Eso significa que hablamos con las empresas y averiguamos a qué se dedican y, luego, creamos nuevos logotipos, membretes, eslóganes, ese tipo de cosas. Es como cuando te haces un cambio de imagen.

Carol sonrió.

—No he tenido uno de esos en mucho tiempo.

—Con tu belleza natural no necesitas uno.

Carol hizo un gesto con la mano, como si no se lo hubiera tomado en serio.

—Ay, calla. Bueno, si le doras la píldora así a tus jefes, estoy segura de que te va a ir muy bien en tu trabajo.

Kate suspiró.

—Eso espero. Es la primera oportunidad que tengo de trabajar con una empresa grande. Nitrovex ha crecido mucho.

Tampoco es que ella supiera mucho acerca de la compañía realmente, a pesar de que sus padres solían trabajar allí. Podía contar con los dedos de la mano las veces que los había visitado en el trabajo. Esa y la vez que fue de excursión con la clase de ciencias en segundo de la ESO eran las únicas veces que había puesto un pie en el lugar.

—Sí, John Wells ha hecho maravillas con esa compañía. Siempre ha tenido la cabeza en su sitio.

Kate arqueó las cejas.

—Carol, ¿es que estás de cacería?

Su amiga entendió lo que quería decir por su tono de voz.

—¡Oye! Compórtate. John es solo un viejo amigo. Su esposa falleció hace unos años.

—Ah —no había leído nada al respecto en ninguno de los documentos sobre Nitrovex. Le agradaba la señora Wells, a pesar de lo que había sucedido en la feria de becas—. Entonces, ¿tienes... otros amigos? —sondeó—. ¿Wally, el cartero, todavía hace entregas por aquí?

—Si te refieres a amigos masculinos, entonces sí, por supuesto, me llevo bien con algunos de los hombres de por aquí —contestó Carol mientras jugueteaba con un botón en la manga—. Y, sí, Wally todavía se pasa por aquí. Y no, no es mi tipo. Espero que no hayas venido hasta aquí solo para interrogarme acerca de mi vida amorosa.

—¡¿En serio?! —exclamó Kate, ignorándola. Cruzó los brazos, disfrutando de esta pequeña sesión de burlas—. Entonces, ¿cómo es tu tipo? ¿Deportista? ¿Policía? ¿Pintor? ¿Científico?

—Hablemos de ti —dijo Carol rápidamente—. ¿Novio?

Kate entrelazó sus dedos alrededor de su rodilla.

—No. Soy tan libre como tú, al parecer.

—Bien. Quiero decir, que eso está bien Carol pareció distraerse con algo afuera de la ventana lateral. Repentinamente, se puso de pie—. Vente. Vamos a subir tu maleta arriba. Imaginé que querrías dormir en tu antigua habitación.

Cielos, su antigua habitación. Kate todavía podía imaginar las cortinas de girasol por las que le había rogado a sus padres, y el mural de My Little Pony que había pegado en el techo. Encantador.

—Supongo que sí —respondió mientras cogía su maleta del suelo.

—La pinté el otoño pasado. Espero que te parezca bien.

Kate se encogió de hombros. ¿Starlight Pony se ha ido? Por fin.

—Es tu casa. Además, todo tiene que cambiar en algún momento, ¿no?

Carol se dirigió hacia las escaleras situadas cerca de la puerta principal.

—Creo que encontrarás algo en el vecindario que todavía te guste. ¿Por qué no vamos a dar un paseo cuando te hayas instalado?

———

—Entonces, ¿a qué viene la caminata por todo el centro? —preguntó Peter—. ¿Una nueva rutina de ejercicios para la rodilla o qué?

Lucius alzó la vista de su reloj.

—¿Mmm? Ah, solo necesito comprar un par de tornillos en la ferretería.

Peter inclinó la cabeza.

—Mmm... la ferretería queda al otro lado del pueblo y está cerrada. Estamos a domingo, ¿recuerdas?

Lucius respiró hondo y se golpeó el pecho como un leñador.

—Pero es un día tan hermoso... Admiremos las vistas.

¿Las vistas? ¿En Golden Grove? La única vista que encontrarían este fin de semana sería la manada de locos barbudos que vagaban por las calles.

Lucius le echó un vistazo a su reloj otra vez. Caminaba a paso de tortuga, mirando a todos lados de la calle.

—¿Estás bien? ¿Te duele la rodilla? —le preguntó Peter finalmente.

Lucius se frotó la rodilla derecha.

—Ahora que lo mencionas, sí que me duele un poco. ¿Te importa si nos sentamos en un banco durante un rato?

Su viejo amigo caminó hacia un banco verde brillante situado bajo de uno de los árboles que bordeaban Broadway, una de las cuatro calles de la plaza del pueblo. Había un hombre sentado en un extremo del banco, con las piernas cruzadas, leyendo tranquilamente el periódico sin darse cuenta de que su absurda barba parecía estar atacando su rostro.

—Vale... —accedió Peter.

No es que tuviera prisa. La única otra cosa que tenía que hacer era calificar trabajos, lo cual no era su actividad favorita, y, además, podría ser divertido admirar el paisaje del centro con todas esas barbas.

Lucius se sentó en el banco, pero se levantó enseguida y comenzó a caminar de vuelta por donde acababan de llegar.

—¡Oye! ¿Hola? —lo llamó Peter, que estaba empezando a preocuparse mientras lo seguía—. Pensaba que querías sentarte.

Lucius le dirigió una mirada burlona mientras aceleraba el paso.

—¿Eh?

Claramente estaba actuando de manera extraña. ¿Sería indicio de un Alzheimer de inicio temprano? ¿Se le habría olvidado tomarse su medicación?

Lucius negó con la cabeza.

—Ah. He pensado que podría ir a comprar un poco de... pegamento.

¿Pegamento? Puede que fuera eso. Lucius había estado esnifando pegamento. El Dr. Lucius Potter esnifaba pegamento.

Peter corrió para alcanzarlo. Para tener Alzheimer a los sesenta y cuatro años y estar esnifando pegamento, Lucius sí que podía moverse rápido cuando quería.

———

A Kate le estaba costando mantener el ritmo de Carol.

—Dime otra vez por qué necesitábamos venir a la plaza.

Carol avanzaba a la velocidad de un tren de carga.

—Ahh, es un buen día para una caminata.

Una caminata tal vez. Pero Kate no tenía planeado echarse una carrera. Tampoco había planeado que se le pinchara la rueda del coche. Había salido para meterlo en el garaje de Carol cuando notó que el neumático delantero izquierdo estaba pinchado. Supuso que habría golpeado algo de camino al pueblo. Trató de no tomárselo como un presagio.

Una excursión al centro tampoco era lo que había planeado para esa tarde. O para ningún otro día en realidad. Hacía fresco y, aun así, estaba sudando. Lo último que quería era que alguien la reconociera y luego tuviera que mentir sobre lo maravilloso que era estar de vuelta en Golden Grove.

«Mala suerte», pensó al atisbar a una mujer que paseaba a un perro pequeño acercándose y sonriendo como si la reconociera.

—¡Carol! Hola —saludó la mujer conforme se acercaba. Luego, centró su atención en Kate—. ¿Esa es Katie Brady?

Ay dios. Estaba pasando.

—Hola —saludó Kate, que no reconocía a la mujer con la que estaba estrechando la mano.

El perro le olisqueó el tobillo y le hizo cosquillas con su húmeda nariz.

—¿Francine Butler? —dijo la mujer, aun sosteniendo su mano—. Yo era tu maestra de catequesis en primaria.

—Ah, sí, por supuesto —respondió Kate, forzando una sonrisa—. La señora Butler. ¿Cómo podría olvidarla?

—Estamos de camino a Ray's —ofreció Carol.

«¿Ah sí?» Pues Kate se acababa de enterar.

—Ah, no os detendré entonces —respondió Francine—. Me alegro de verte de nuevo, Katie. Cuídate —la mujer continuó andando, tirando de su perro, que estaba extremadamente interesado en olfatear una señal de stop.

«Uno menos y, con suerte, ninguno más», pensó Kate.

—Vamos —la animó Carol, que ya se había puesto en marcha—. Me apetece tomarme un batido.

Se encontraban por la zona de tiendas del centro. La Floristería Accidental, Betty's Beads & More... ¿Una tienda donde puedes crear tus propias velas? Esa era nueva.

Ah, Golden Grove, una sonriente y feliz trampa para los turistas ubicada a lo largo de los acantilados de piedra caliza del río Misisipi, tan segura y protegida. El único crimen que se habría cometido en el último mes sería probablemente que alguien habría tirado un envoltorio en el prístino césped de la plaza del pueblo.

No, aquí se robaban cosas mucho más sutiles. Sueños, esperanzas, dignidad... Amor. Kate se deshizo de ese pensamiento.

Carol seguía avanzando rápidamente por la acera, con Kate pegada a sus talones. Los árboles aquí eran enormes, la mayoría ya se estaban tornando de color dorado, rojo y burdeos. Era muy diferente a su vecindario en Chicago, donde todos los árboles estaban envueltos en jaulas de hierro. El cielo azul se asomaba a través de los altos arces que bordeaban Washington, una de las carreteras principales que conducía hacia la plaza del pueblo.

—No quiero llegar tarde —dijo Carol.

—¿Tarde? ¿Para tomarte un batido? —Kate echó a correr hacia adelante para alcanzarla, preguntándose de dónde sacaría Carol toda esta energía.

—Las colas pueden ser largas —contestó Carol mientras seguía avanzando hacia adelante.

¿Colas? ¿En Ray's Diner? Se imaginó una manada de ancianos haciendo cola en la puerta de Ray's, clamando por sus batidos y su café.

Cuando se llegó a dar cuenta, ya habían llegado a la plaza del centro donde se ubicaban la mayoría de los negocios de Golden Grove. La plaza estaba limpia, era sencilla y dolorosamente pintoresca. Aun así, Kate mantuvo la cabeza baja, no queriendo arriesgarse a ser reconocida.

De repente, Carol redujo la velocidad y comenzó a saludar con fervor como si hubiera visto a alguien. Kate estuvo a punto de chocar contra su espalda y tuvo que agarrarla por los hombros para evitar tropezar con ella. Un poco más adelante, se encontraba Ray's. Sin colas.

—Lo siento —se disculpó Carol, tirando de ella—. Guau, mira las barbas de esos hombres.

Kate giró para mirar en la dirección opuesta. Dos chicos se acercaban, conversando. Uno con una barba que parecía haber sido atrapada en un túnel de viento lleno de batidores de huevos, y la del otro con forma de nido de pájaro con... ¿Esos eran huevos de verdad? El de los batidores de huevo cargaba con un trofeo radiante.

—Me tienes que estar jodiendo —dijo Kate.

—Lo sé —coincidió Carol—. El molino de viento es mucho más agradable.

Kate frunció el ceño. «Él se lleva un trofeo básicamente por meter la cara en un ventilador, y yo no me llevé ni una mierda por diseñar una obra de arte de verdad. Otra más para la lista de cosas que no son justas».

———

—Vale, ya hemos llegado

Peter colocó la mano sobre el mango de latón desgastado de Ray's Diner, esperando a Lucius, que ahora parecía estar más interesado en saludar a alguien por la calle que en un batido.

Peter se movió para ver quién era, pero Lucius se giró y lo agarró del brazo.

—Vamos a echarle un vistazo al menú antes de entrar —dijo, empujando a Peter hacia la ventana donde estaba pegado un menú amarillo y viejo.

—Lucius, este menú lleva estando aquí desde que yo estaba en el instituto. Probablemente también estuviera aquí cuando tú estabas en el instituto.

Lucius se encogió de hombros. Entonces, una mano le dio un golpecito por detrás.

—Vaya, hola, Carol —dijo demasiado fuerte—. ¡Qué sorpresa! ¡Qué casualidad encontrarte aquí!

Peter le sonrió a su vecina de al lado, Carol Harding, y, entonces se fijó en la mujer más joven que se encontraba detrás de ella, mirando a un lado hacia un grupo de hombres con barba. Un destello de reconocimiento se disparó en su cabeza. El mismo cabello ondulado de color rojo. El aroma en la brisa... ¿cómo se llamaba el perfume? ¿Lucky You?

Todos los recuerdos se abalanzaron sobre él de golpe. Estaba reluciente y hermosa. El sol de la tarde iluminaba su cabello, tornándolo de color dorado. Era ella.

Katie.

———

Kate sintió una mano tocándole el brazo. Sorprendida, se dio la vuelta y tropezó con un hombre de sonrientes y brillantes ojos azules. De repente, se sintió algo mareada; y le temblaron las rodillas. No le habían temblado las rodillas desde que estaba en el instituto.

Todos los años que habían pasado se evaporaron.

—Hola, Katie Brady —dijo Peter Clark.

Carol estaba radiante.

—¡Qué coincidencia!

—Bueno, señorita Brady, ¿qué te trae de regreso a nuestra bella ciudad? —le preguntó el hombre mayor que acompañaba a Peter.

Le llevó un instante asociar el nombre con esa cara. Era un par de años más mayor, pero...

—Una visita de negocios, señor Potter. Me alegra verlo, y llámeme Kate, por favor —trató de no mirar a Peter. Necesitaba mantenerse tranquila. Podría matar a Carol más tarde en la privacidad de su antiguo hogar—. Me alegro de verte a ti también, Peter —agregó, extendiendo la mano hacia él. Su mano era cálida, fuerte. La brisa cambió de dirección, y entonces pudo percibir que Peter olía a... a los rayos de sol. Sus rodillas volvieron a temblar.

—¿No es maravilloso? —Carol parecía que iba a explotar de satisfacción—. Dos viejos amigos reunidos después de tanto tiempo —entonces una mirada astuta apareció por su rostro—. ¿Lucius? ¿No es encantador este vestido de Bernadine? Déjame que te lo enseñe —señaló hacia el maniquí que decoraba el escaparate de la tienda de al lado.

—¿Qué vestido? —Lucius la estaba mirando sin comprender nada. Carol le propinó un codazo, y, entonces, pareció comprenderlo todo—. Ah. Sí, por supuesto. ¿Ese es el vestido del que me hablaste el otro día? El que querías ponerte. Para ir a la iglesia, me refiero. Cuando lo compres.

Carol le agarró la mano y lo condujo hacia el escaparate de la tienda.

—¿No te gustaría verlo más de cerca? —lo arrastró hacia el interior de la tienda—. Vosotros id a Ray's sin nosotros.

Con un tintineo, la puerta se cerró detrás de ellos.

Kate estaba a solas con Peter.

—Eh, no tengo nada en contra de la señora Harding —dijo finalmente—, pero no creo que vaya a ponerse ese vestido para ir a la iglesia —señaló con la cabeza el corto y ceñido vestido negro que el maniquí en la ventana llevaba puesto—. No, a menos que compre dos y los cosa.

Kate se dio la vuelta, aún sin querer hacer contacto visual.

—Bueno, a Carol le gusta coser —comentó.

Reinó un silencio incómodo entre los dos.

—Oye, Katie, lo siento. Esto no ha sido idea mía.

Kate asintió.

—Lo sé.

¿Qué podía decir? ¿Has conseguido que me tiemblen las rodillas, idiota, adiós?

Podía sentir dos pares de ojos que los observaban desde el interior de Bernadine.

—Qué par, ¿no? —miró a Peter por primera vez y sonrió.

—Así es.

Kate todavía estaba tratando de procesarlo todo. Este encuentro «por casualidad», Peter, sus ojos. Sus ojos.

—¿Cómo estás, Katie?

Se estremeció ligeramente al escucharlo usar su antiguo nombre.

—Ahora me hago llamar Kate —aclaró.

Peter asintió.

—Vale. Lo pillo. Estás intentando pasar desapercibida en tu antiguo pueblo.

Kate hizo una mueca con su boca.

—Algo así.

Peter se frotó la barbilla.

—Bueno, entonces, deberíamos encontrarte un buen apellido falso. ¿Qué tal Humperdinck?

—Creo que ese era el nombre de tu hámster. No necesito un nuevo apellido. Solo quiero permanecer lo más anónima posible mientras estoy aquí.

—Kate Anónima, lo pillo.

El nerviosismo volvió a apoderarse de ella. De repente, las matrículas de los coches cercanos le parecían de lo más interesante.

—Me sorprende que me hayas reconocido —admitió.

—Venga ya, Katie, Kate. No te voy a olvidar —Peter sonrió, una desarmadora y torcida sonrisa, y se cruzó de brazos—. Estás genial, por cierto.

Kate sintió que su rostro se sonrojaba ligeramente. Entrecerró los ojos a la vez que su corazón daba un vuelco.

—Pues, ¡gracias! Y mírate a ti —dijo ella, tratando de desviar la atención—. Todo un adulto.

Peter extendió sus brazos.

—Sí, supongo. Estoy bastante seguro de que he dejado de crecer, al menos hacia arriba.

—Te ves bien. En forma, quiero decir.

¿En forma? Sonaba como si fuera su médico.

Él asintió.

—De correr, probablemente. Soy uno de los entrenadores del equipo de campo traviesa, así que eso me mantiene activo. Al menos hasta finales de otoño.

Esta interacción se estaba convirtiendo en una conversación real. ¿Es eso lo que ella quería? Tal vez si hablaban de una vez, todo terminaría por fin. Podría continuar con su trabajo, sin preocuparse por tener que volver a hablar con él mientras estaba aquí. Eso podría funcionar.

—Eh, entonces... ¿A qué te dedicas exactamente? —preguntó, como si no lo supiera ya.

Peter suspiró.

—Bueno, lo creas o no, enseño química en el instituto.

—¡¿En serio?! Apuesto a que eres uno de los favoritos.

—Pues, no sé yo —metió las manos en los bolsillos.

Era el acto de modestia, pero le funcionaba.

Kate se aclaró la garganta. Otro par de hombres barbudos salió de Ray's, pasando junto a ellos. Uno tenía una barba esculpida en forma de loro, como si estuviera sentado sobre su hombro. El otro parecía que estaba siendo tragado por un pulpo enojado.

—Entonces —dijo, tratando de ignorar la extraña interrupción—. ¿Tú te has quedado en Golden Grove?

—Sí, supongo —su sonrisa se desvaneció.

Kate permaneció en silencio por un momento, mirándolo a los ojos. ¿Eso era todo, entonces? ¿Habían cumplido con su deber conversacional?

—¿Has cenado ya?

¿Cenado?

—Se suponía que iba a tomarme un batido con Carol antes de que desapareciera.

Peter asintió.

—Yo también. Con Lucius —comentó—. Mira. Obviamente piensan que se supone que debemos ponernos al día como si fuéramos viejos amigos, ¿no?

—Parece que sí.

—Entonces, ¿por qué no les seguimos la corriente, nos tomamos una hamburguesa grasienta o un batido, nos damos la mano y les decimos lo genial que ha sido volver a vernos? Así podremos decirles que cumplimos con nuestro deber, y nos tendrán que dejar tranquilos.

Era un plan razonable y sensato. Incluso podría ser indoloro.

—Yo te sigo —dijo ella con un gesto de mano.

Peter le abrió la pesada puerta de roble.

—Después de ti —dijo.

Katie entró en el establecimiento.

—Dime, ¿todavía puedes obtener un almuerzo gratis si no dejas manchas de grasa en la cuenta? —preguntó ella.

—Síp.

—Déjame adivinar, nunca has almorzado gratis, ¿no?

—Nop —Peter sonrió, y la puerta se cerró detrás de ellos.

# CAPÍTULO CUATRO

Ray's Diner, era un típico café de pueblo pequeño. Aun usaban servilleteros de metal, asientos de vinilo rojo y una barra con una fila de asientos redondos. Su aspecto de cuchara grasienta y vieja no reflejaba la buena comida que el propietario, Raymond Chow, llevaba sirviendo durante los últimos treinta años.

Era el punto de encuentro para los lugareños, especialmente para el grupo de viejos jubilados que se reunían allí cada mañana a tomar café y conversar sobre la granja, cotillear y discutir desesperadamente sobre política. Los batidos de Raymond eran únicos, una combinación de un trozo de tarta convertido en un batido, eran legendarios y atraían a clientes habituales de kilómetros a la redonda.

Peter siguió a Kate adentro. Medio esperaba que el lugar estuviera vacío. Ya lo habían avergonzado bastante las travesuras de Lucius y Carol. Y, pero aun, había puesto a Kate en el punto de mira al pedirle que continuara con la farsa.

Pero había dicho que sí.

Y, allí estaba ella, paseándose por Ray's como si

nunca se hubiera ido. Su cabello ondulado era aún más dorado de lo que él recordaba y más largo, tanto que bailaba por su espalda.

«Pero ella se marchó. ¿Recuerdas?»

—¡Oiga, profesor! —gritó un hombre rechoncho vestido con una camisa de francla que acababa de salir de detrás del mostrador y estaba secándose las manos con una toalla a rayas rojas y blancas.

Peter se dio cuenta de que Kate lo estaba mirando.

—Hola, Ray. ¿Asiento habitual?

—Claro —Ray miró a Kate de pies a cabeza mientras agarraba un par de vasos de agua de la barra—. ¿Quién es tu amiga hoy?

—¿Hoy? —Katie se volvió para mirar a Peter con las cejas arqueadas.

—Oh, sí —continuó Ray con una sonrisa maliciosa—. Ten cuidado con este, señorita. Es el soltero más codiciado en todo el pueblo.

Peter negó con la cabeza.

—Ray, no es un buen...

—Solo estoy bromeando, señorita —lo interrumpió Ray, guiñándole un ojo a Kate.

Depositó los vasos de agua sobre la mesa y se fue a buscar un par de menús de detrás de la barra mientras Kate se sentaba al otro lado de la mesa.

Peter se limpió las palmas sudorosas en sus vaqueros. A Ray le gustaba bromear, pero no había visto a Katie, Kate, desde la graduación del instituto. Y eso fue de lejos. Después del fiasco de la feria de becas, se habían limitado a fríos saludos en el pasillo, nada más. Fue como si Kate se hubiera escondido en una especie de caparazón. Hasta que, unas pocas semanas después de la graduación, se marchó.

No la había vuelto a ver desde entonces.

—¿Cuánto tiempo llevas viviendo en Chicago? —le preguntó él, a pesar de que ya conocía la respuesta, pero con la esperanza de romper el hielo.

—Unos ocho años —Kate tomó un sorbo de su agua—. Cinco en la compañía con la que estoy ahora. Hacemos marketing y cambios de estilo para corporaciones. Solía ocuparme principalmente del diseño gráfico, pero he estado dirigiendo algunas campañas más grandes en los últimos años.

Peter ya sabía eso también. Cada año más o menos (¿o era más frecuentemente?), cuando estaba en su oficina, recuperándose de otra ronda de solicitudes de presupuesto o una conferencia de padres y maestros particularmente mala, buscaba su nombre en Google y la encontraba en el directorio de la página web de su compañía. Estaba hecha toda una profesional y lucía una confiada y brillante sonrisa en su rostro. Kate Brady, rodeada de una docena de jóvenes sonrientes y guapos, con sus gafas hípster que gritaban lo geniales que eran, en la página del directorio.

No estaba casada. Eso también lo sabía. Los chismes de pueblo llegaban lejos, incluso habiéndose ido ya hacía una docena de años.

Ray llegó cargando con dos menús de plástico muy gastados.

—Aquí tenéis, chicos. Dadme una señal cuando estéis listos.

Peter le pasó uno de los menús a Kate. Se fijó en su caro reloj deportivo, su elegante suéter, las mallas y las botas de montar que hacían que pareciera deber estar en un Starbucks del centro de Chicago en lugar de en un restaurante de Iowa.

—Parece que te está yendo bien.

—Lo suficientemente bien, supongo —respondió, encogiéndose de hombros.

Kate se puso a estudiar el hielo en su vaso de agua mientras lo agitaba.

«No dejes que se ponga incómodo, no dejes que se ponga incómodo...»

—¿Disfrutas de tu trabajo?

—Si, lo disfruto. Y ¿tú?

—Sí —¿Verdad?—. Estoy en el nuevo instituto ahora. En las afueras del pueblo. Dónde solía estar el autocine.

Kate asintió.

—Ah, sí. ¿Dónde solían pasar el rato todos los chicos populares? Lo recuerdo. La última vez que estuve allí fue probablemente en primaria.

Peter asintió.

—Yo también. Probablemente pasamos más tiempo pasando con nuestras bicicletas sobre los baches que viendo películas —hizo una pausa. No estaba seguro de que a Kate le apeteciera tanto recordar los viejos tiempos. Todavía recuerdo cuando vimos *Independence Day* sobre el capó del Buick de tu madre.

Kate arrugó la nariz.

—¿Es esa la peli donde el espeluznante tentáculo alienígena empuja al tipo contra la ventana y le hace hablar?

—¡Ay, perdón! Sí, se me olvida cuánto odiabas esa escena.

Ahí fue cuando ella lo agarró del brazo y, de repente, se sintió todo un adulto, como un hombre. «¡Una chica me ha agarrado del brazo por protección!», pensó. El recuerdo hizo que sintiera mariposas en su estómago, incluso ahora.

—Bueno, ha pasado bastante tiempo. —Kate se enderezó repentinamente—. No me voy a quedar en el pueblo por mucho tiempo. He venido para trabajar en un cambio de imagen con Nitrovex. Ya sabes, folletos, marketing, actualización de logotipos, renovación de la página web, toda eso. Tengo una reunión en la sede principal mañana.

¿Hoy y mañana? ¿Eso era todo?

—Guau, eso está genial, Kate. La chica del pueblo está triunfando.

Kate sonrió, pero fue más bien una mueca.

—Algo así, supongo —volvió a estudiar su menú—. Guau, ¿es que no ha cambiado este menú en absoluto?

—Lo dudo.

—Todavía recuerdo este dibujo del cerdo en el sombrero del chef —señaló el menú, sonriendo para sí misma—. Lo llamaba Porky.

—Sí, no estoy seguro de por qué se molesta en traerlos a la mesa. Yo ya lo tengo todo memorizado.

Kate cerró su menú.

—Si te soy sincera, no tengo hambre en realidad. ¿Qué tal si me tomo solo un café?

—Ah —Ese «ah» realmente quería decir «Ah, realmente preferirías estar en Marte que aquí conmigo». Era ese tipo de ah—. Claro —le hizo un gesto a Ray—. ¿Ray? Dos cafés.

Ray llegó en unos segundos con un par de tazas y una cafetera.

—¿Seguro que no queréis un filete de lomo o una hamburguesa? El especial de hoy es el sándwich de carne asada.

—No, gracias. Estamos bien —respondió Peter.

Después de que Ray los sirviera y se fuera, Kate le dio un sorbo a su café, todavía en silencio.

—Entonces, estás... —Peter le echó un vistazo a su dedo anular—. ¿Estás aquí solo por un par de días?

Ella asintió.

—Tengo mi primera reunión con el señor Wells mañana.

—¿Con cuál de ellos? ¿John Wells o su nieto el que se da la buena vida?

—No sabía que tuviera un nieto que se da la buena vida.

Peter asintió con la cabeza.

—Corey Steele —dijo.

Kate frunció su ceño.

—Suena como si fuera el nombre secreto de un superhéroe. ¿Es de Golden Grove?

Peter negó con la cabeza.

—Creció en Chicago, creo. Es el hijo de la hija de John y el jefe del grupo internacional. Causa revuelo cada vez que está en el pueblo. Rico. Apuesto. El año pasado trataron de reclutarlo para uno de esos elegantes programas de solteros.

Kate puso los ojos en blanco.

—Genial. Justo lo que necesitaba. Un rico mimado metiendo sus narices.

«Bien. Respuesta correcta», pensó Peter.

—En realidad, he oído que es un buen tipo. Probablemente no esté en el pueblo, de todos modos. Creo que pasa la mayor parte del tiempo en el extranjero.

—Estoy más interesada en el señor Wells. John —dijo ella—. Necesitaré que me cuente toda la historia de Nitrovex —se detuvo—. Es mi primera prueba importante, este trabajo. La verdad es que estoy un poco nerviosa.

—Estoy seguro de que te irá muy bien —la animó Peter, envolviendo sus dedos alrededor de su taza de café—. Todo suena muy emocionante, como si hubieras encontrado tu nicho en Chicago.

Dios, su cabello sí que era bonito. Ondas de color rojo y oro. Oro. Sí. Oro. Símbolo periódico, Au. Número atómico, 79. Masa atómica relativa, 196.96.

—Y bien, ¿listos para un batido de tarta? —era Ray, que se encontraba junto a la mesa, toalla en mano.

La cara de Kate era un poema.

—Ray, creo que estamos listos para que nos traigas la cuenta —pidió Peter.

—Claro, ahora os la traigo —respondió Ray antes de alejarse.

—Deja que pague yo —dijo Kate—. Tengo una cuenta de gastos.

—No. Eres la invitada. Además, ya tengo una cuenta abierta aquí.

El chiste no le funcionó porque Kate asintió sin sonreír.

El silencio era mortal. Tan mortal como doce años.

Kate estaba mirando su reloj como si la hubiera mordido.

—Mira, siento tener que salir pitando... —empezó a decir. Peter comenzó a levantarse de la mesa, dando gracias por la excusa.

—No, no, estoy seguro de que tienes muchas cosas que hacer —comentó.

Ambos estaban de pie, cara a cara, sin palabras. Se podía oír el tintineo de un vaso en la cocina.

—Gracias por el café —dijo ella.

—De nada. Que tengas buena suerte mañana

Peter extendió su mano instintivamente. Ella la tomó, sus dedos cálidos, suaves, eléctricos por un momento antes de que él los soltara.

Agachó la cabeza y, luego, la alzó de nuevo.

—Me alegro de volver a verte, Peter.

Peter asintió.

—Lo mismo digo.

Peter permaneció en pie, mirando hacia adelante, escuchando el tintineo de la puerta mientras ella salía de allí.

De repente, se preguntó si esta era la última vez que la vería. Tenía la sensación de que algo delicado y precioso se le acababa de caer de las manos y se había hecho pedazos contra el suelo, desapareciendo para siempre.

Ray se acercó, limpiando un vaso con una toalla.

—Linda chica. ¿Era una cita? —preguntó.

Peter permaneció en silencio durante un breve momento.

—No. Solo una vieja amiga —respondió finalmente.

# CAPÍTULO CINCO

Kate entró por la puerta delantera con la llave que Carol le había proporcionado y encontró a su anfitriona descargando el lavavajillas en la cocina. Se coló detrás de ella.

—¿Necesitas ayuda? —preguntó Kate en voz alta.

Carol dejó caer un tazón de metal, que chocó contra el suelo y se tambaleó por debajo de la mesa. Se agarró el pecho mientras se daba la vuelta.

—¡Qué diablos! —exclamó.

Kate estaba de pie con los brazos cruzados.

—Es que como me has ayudado tanto hoy, te quería devolver el favor.

Carol sonrió débilmente.

—No hay ningún problema en absoluto —arrugó la frente, confundida—. ¿Con qué te he ayudado?

Kate colocó las manos sobre las caderas.

—Pues en mucho, al parecer. Me has recordado las razones por las que vivo en una ciudad grande.

Carol comenzó a juguetear con un mechón de cabello suelto.

—Todavía no sé si entiendo...

Kate resopló, exasperada.

—Lucius y tú, y vuestro proyectito de emparejamiento.

Carol se arrodilló para recuperar el tazón de debajo de la mesa.

—Bueno, no veo qué tiene de malo que dos viejos amigos se pongan al día.

—Y yo no necesito que nadie me meta por los ojos a un viejo amor de instituto... —se detuvo inmediatamente y se llevó la mano a la cabeza.

—Lo siento, Carol. No quería decir eso.

Su amiga le dio un golpe en el brazo de camino al fregadero.

—Oh, sí, sí que querías. No te preocupes. Ya me han llamado entrometida antes.

Kate logró esbozar una sonrisa.

—Lo dudo.

Carol era una de las personas más amables y dulces que había conocido. Sus intenciones siempre eran buenas. Era su cerebro al que se le ocurrían ideas descabelladas de vez en cuando.—Sin mencionar que de camino a casa me ha abordado mi antigua profesora de matemáticas, una mujer que dice que era amiga del peluquero de mi madre, y Denny Anderson, que ahora aparentemente es policía. Y todos recordaban a la antigua Katie Brady. Parece que en este pueblo se ponen carteles de «se busca» de cualquiera que se haya largado de aquí.

—Oh, es solo un pueblo amistoso. Ya lo sabes —Carol colocó el tazón en la encimera y, luego, caminó hacia la mesa y se sentó.

Kate la siguió hacia la mesa y sacó su teléfono. «Debería revisar el correo, asegurarme de que nada haya cambiado para mañana».

—Entonces... —se aventuró a preguntar Carol—.

¿Cómo ha estado Ray's? —preguntó mientras fingía frotar la mesa.

—Solo nos tomamos un café.

—Ah. ¿Cómo está Peter?

—Bien, supongo.

—Mmm. ¿Te tomaste un batido de tarta? Lucio dice que el favorito de Peter es el de tarta de nueces pecanas.

Kate suspiró. Sabía que su amiga nunca lo dejaría estar, así que mejor terminar con esto cuanto antes.

—Carol, si te doy diez minutos para hablar de mi encuentro con Peter ¿prometes no volver a nombrarlo?

—Vale.

—Bien. El café estuvo bien. Peter parece estar bien.

Carol esbozó una sonrisa maliciosa.

—Sí, ¿verdad?

Kate hizo una mueca.

—Ya sabes lo que quiero decir. Parece... contento, supongo. Parece que le gusta estar aquí. Dando clases, quiero decir.

—Sí, le gusta. Y por lo que Lucius me cuenta, es muy bueno. Sus estudiantes lo adoran. ¿Te dijo que acaba de ser elegido «profesor de ciencias del año del estado»? El más joven de la historia.

Eso captó su atención.

—¡¿En serio?! Guau... No. Pero supongo que no es de esos a los que les gusta alardear.

—Así es. Otra de sus muchas buenas cualidades.

Kate negó con la cabeza.

—Sé lo que tú y tu secuaz, Lucio, estáis tratando de conseguir, pero antes de que vayáis demasiado lejos con lo del emparejamiento, te estoy avisando ahora. Todo eso pasó hace mucho tiempo. Yo era solo una niña, y Peter también, eso es todo. Todo el mundo tiene que crecer tarde o temprano.

—Bueno, hay varias maneras de crecer.

«¿Qué se supone que quiere decir eso?»

Carol se puso de pie y vagó hacia la ventana.

—Bueno, pensé que, ya que solo era el instituto, como has dicho, pues ya sabes... —Carol de repente estaba muy interesada en una maceta de cerámica que reposaba sobre el alféizar de la ventana.

—No... no lo sé.

Carol se giró hacia ella.

—Ay, Katie. Vi lo molesta que estabas ese día después de la feria. Y no creo que fuera solo por... —agitó la mano, aparentemente incapaz de decir las palabras.

—¿Porque Peter me delató y, luego, destruyó mi proyecto? —Kate terminó la frase por ella.

—Sabes muy bien que fue un accidente.

—El cohete, tal vez. Pero que me delatara y se pusiera del lado de Penny Fitch... Eso no fue ningún accidente —Kate se desplomó de nuevo en su silla—. Lo siento. ¿Podemos hablar de otra cosa, por favor?

—Está bien. Lo entiendo. Los viejos sentimientos a veces nos enojan.

—No estoy enojada —negó—. ¿Sabes qué? En realidad, me hizo un favor.

Carol agachó la cabeza mientras se sentaba frente a ella cerca de la ventana.

—¿Y eso?

Kate hizo un gesto con la mano.

—Bueno, si hubiera conseguido esa beca, probablemente habría ido a la escuela de arte, ¿verdad? Me habría pasado cuatro años haciendo jarrones de arcilla o pintando cuadros existenciales sobre lo trágico que es la desaparición de la selva brasileña.

—Pensaba que amabas el arte.

—Si, lo amo. Quiero decir, lo amaba. Pero, ¿adónde te lleva eso? ¿A trabajar en un Burger King mientras intentas que tus parientes se sientan lo suficientemente culpables como para comprarte un cuadro cada Navidad? —negó con la cabeza—. No, no conseguir esa beca fue lo mejor que me ha pasado. Me hizo pensar prácticamente, hacer algo práctico, algo útil.

—Supongo que te está yendo bien.

—Así es. Y si no arruino esta colaboración con Nitrovex, me irá aún mejor.

—Lo siento, Kate. No debí haberlo mencionado.

Kate se frotó la frente.

—No, está bien. Está bien.

—¿Quieres un té? Tengo un descafeinado de menta que sabe genial.

Kate asintió, una leve sonrisa vacilando en su rostro ante la ofrenda de paz de su amiga.

—Claro, gracias.

Carol le devolvió la sonrisa y, luego, salió por la puerta de la cocina.

Kate respiró hondo. «Habría ganado esa feria». ¿Y si hubiera ganado?

Pero así fue, ¿recuerdas?

Se frotó las sienes con las palmas de las manos. La tensión de este trabajo era muy similar a la que sintió ese día, viendo a los jueces analizar su proyecto, tratando de leer sus caras, esperando los resultados. Todo el trabajo, todo ese verano, las horas en el sótano. Con dinero y la universidad en juego.

## *DOCE AÑOS ANTES.*
## *INSTITUTO GOLDEN GROVE*

Katie vio a uno de los jueces de la feria de becas, el señor Riley, profesor de historia y entrenador de fútbol, rodear su móvil. Ojos moviéndose arriba y abajo, rostro inexpresivo, la mano sobre su portapapeles.

«Vamos, sonríe. Te haré sonreír, deportista. ¡Es arte! No es una estúpida pelota de fútbol», pensó.

Le echó un vistazo a su portapapeles, escribió algo y, luego, volvió a mirar el móvil, mostrándole algo a otro juez. Una sonrisa apareció en su rostro.

¡Sí! Si podía ganarse al entrenador de fútbol, eso era buena señal.

La señora Wells estaba dando vueltas alrededor del proyecto, asintiendo, sonriendo y gesticulando. A ella la tenía de su lado, tenía que estarlo.

Los otros dos jueces estaban escribiendo en sus cuadernos, hablando en voz baja entre ellos. Una era la señora Wrath, la bibliotecaria de la biblioteca pública. Sus compañeros, los otros jueces, seguramente pensaban que era inteligente porque trabajaba alrededor de muchos libros.

El último juez era un hombre que vestía un abrigo de tweed con parches en los codos. Era de la universidad, pero Katie no estaba segura de qué clase daba. Estaba sonriendo, pero había estado sonriendo a lo largo de todo el concurso. Katie frunció el ceño. Ilegible. Luego, se rio ante algo que había dicho la señora Wrath.

¿Rio? ¿Risa mala o risa buena? «Venga, que hay vidas de personas en juego aquí». ¿No sabían que ella quería parecerse a Amélie, usar camisas de franela y visitar una cafetería sucia el próximo año?

Su corazón latía como una máquina nerviosa. Entonces, vio a Peter, mirándola, y casi se le salió del pecho. Estúpidos y comprensivos ojos azules que prácticamente decían: «Espero que ganes, Katie».

Eso era todo. Iba a vomitar. Algo que no había hecho desde tercero de primaria, cuando Greg Harms se comió su propio moco en clase.

Entonces, se dio cuenta de que estaba conteniendo el aliento y lo dejó salir. Los jueces pasaron a la última mesa, Lisa Banks y sus ratones que se portaban mal. Tras un par de ceños fruncidos y un par de garabatos, eso fue todo.

«Señor, deja que gane yo, por favor. Solo por esta vez, déjame ganar algo. Prometo que no volveré a llamar a Penny la palabra que empieza por «p» nunca más y dejaré de espiar a Peter mientras lava el coche de su padre sin camiseta. Por favor, por favor».

Los jueces se pasaron aproximadamente un minuto o una hora deliberando en el escenario. Katie no estaba segura de cuánto tiempo pasó, ya que la percepción del tiempo no era una de sus mayores habilidades en ese momento. Finalmente, la señora Wells se acercó al micrófono. Luego, dio un paso atrás para hablar con un juez sobre algo, poniendo la mano sobre el micrófono.

«Cielos, dilo ya. O me dejas ganar o me disparas». Duffy, el conserje, podría limpiar el desastre con su fregona.

La sala permaneció en silencio, salvo por el zumbido y el silbido de algunos proyectos. El loro de alguien dijo «chico lindo», y todos se rieron. Excepto Katie.

—Estudiantes y profesores, muchas gracias por todo vuestro arduo trabajo para organizar otra exitosa feria de becas Nitrovex —dijo la señora Wells.

Hubo un aplauso cortés.

—Los participantes de este año han sido excepcionales, por lo que es muy difícil elegir un solo ganador.

Lisa gritó «¡ay!» cuando uno de sus ratones la mordió.

«Dilo, dilo, dilo», deseó Katie.

—Pero, primero, los subcampeones —anunció la señora Wells regiamente.

«Ay, madre de Dios».—El tercer premio, una placa, una beca de quinientos dólares y una tarjeta de regalo para la librería de Copperfield son para... —hizo una breve pausa—. Katie...

«¡No!»

—... Ferguson.

«¡Sí!» Katie se agarró el pecho. «Creo que me está dando un infarto. Eso ha tenido que ser un infarto». ¿Podrías sufrir un infarto a los diecisiete años y medio?

—El ganador del segundo premio, una placa y una beca de mil dólares es... Peter Clark.

La multitud aplaudió, algunos de los muchachos gritaron. Katie sintió una punzada de culpa cuando Peter se dirigió al escenario, sonriendo. «Buen trabajo, Peter».

—Y, finalmente, el ganador del primer premio.

«Bien, aquí vamos». Katie cruzó los brazos sobre el pecho y apretó, esperando poder mantenerse vertical durante los siguientes treinta segundos. La habitación estaba tranquila, silenciosa, como corredores esperando que se dispare el arma.

—Una placa y una beca de cinco mil dólares al año van para...

«Por favooooorrrr...»

—... ¡Katie Brady, y su hermoso móvil!

«He ganado. ¿He ganado? ¡He ganado!»

Fuegos artificiales estallaron en su cabeza. Alguien la golpeó en la espalda, la multitud aplaudía, algunos gritaban. Katie se tambaleó hacia adelante, con una sonrisa en su rostro, y caminó hasta el escenario mientras los estudiantes aplaudían y le golpeaban el brazo al pasar.

Fue como flotar en una nube. ¡Había ganado! Todas las horas, el trabajo, la rotunda validación de todo eso. Finalmente, algo bueno estaba sucediendo. A ella.

La señora Wells estaba esperando, sonriente, tendiéndole la mano. Katie la agitó, aceptó la placa y un trozo de papel. Las luces del escenario eran cálidas y cegadoras. El gimnasio era grande y ancho, repleto de gente gritando. Por ella. Katie miró a su derecha. Peter estaba allí, en el escenario, aplaudiendo, sonriendo, su rostro lleno de alegría, alegría real, por ella. Su pecho palpitaba. Fue mágico.

Las luces del escenario se atenuaron, las luces del gimnasio se encendieron y los aplausos se extinguieron mientras los estudiantes comenzaban a recoger sus proyectos. Katie aceptó el agradecimiento de todos los jueces, cada uno estrechándole la mano. Al final de la línea estaba Peter.

La abrazó. Él olía a limpio y brillante, como el sol. Sus brazos eran el lugar más seguro y cálido en el que había estado. Apoyó la cabeza sobre su hombro y no le importó quién lo viera.

¡Había ganado!

——————

### *En la actualidad*

Carol llegó desde la cocina, sacándola de su ensueño.

—Aquí está el té dijo, cargando con dos tazas humeantes.

Kate tomó la suya con ambas manos.

—Gracias.

—Entonces, ¿a qué hora es tu cita de mañana?

¿Cita? «Ah, sí... tu trabajo, ¿recuerdas?»

—Eh... nueve de la mañana en punto —y todavía tenía algunos apuntes que quería repasar antes de la cita. Además, quería visitar esa planta esta noche—. Lo que me recuerda. ¿Me prestas tu coche?

La cara de Carol se quedó en blanco por unos segundos.

—Tengo una rueda pinchada, ¿recuerdas? —preguntó Kate dulcemente.

Después de haberse encontrado a Peter «por casualidad», tenía algunas sospechas sobre su rueda pinchada.

Carol estaba negando con la cabeza.

—Ay, querida. Había planeado hacer la compra esta noche. Olvidé hacerla ayer.

—Entiendo.

Algo malvado se estaba maquinando en esa cabeza gris suya.

—Sí, necesito leche y pan y, eh... pepinillos dulces y... comida.

Kate asintió con la cabeza.

—Déjame adivinar. ¿Estarás fuera toda la noche?

Carol sonrió dulcemente.

—Olvidé los huevos. Y la coliflor. Será mejor que haga una lista.

Kate se llevó el dorso de la mano a la frente y fingió desmayarse.

—Oh, ¿qué voy a hacer ahora? Tengo una rueda pinchada y papá nunca me enseñó cómo arreglarla. ¿Quién puede salvarme de este apuro?

Carol se miró las uñas y, luego, se aclaró la garganta.

—Tal vez Peter pueda arreglar tu rueda pinchada —sugirió.

Ahí estaba.

—¿Nunca te rindes? —le preguntó a su amiga.

—Solo digo que él es hábil con los coches y está justo al lado. Además, si es solo un amigo, como tú dices, ¿qué daño puede hacer?«¿Qué daño? ¿Por dónde empiezo?»

Kate alzó la mirada hacia el techo. ¿Pero qué otra cosa se suponía que debía hacer? Necesitaba investigar el terreno antes de su reunión de mañana, pero no quería conducir por todo el condado con una rueda de repuesto. Es más, ella no tenía las herramientas para reparar la rueda. Y así podría ahorrarse una llamada de servicio temprana al taller.

—Bueno, probablemente esté ocupado. Ya sabes, consiguiendo pepinillos y demás compras.

—Oh, estoy segura de que no está ocupado —insistió Carol ansiosamente.

—¿Cómo lo sabes?

Carol señaló hacia afuera por la ventana de la cocina.

—Está ahí afuera lavando su coche.

Kate miró a través de las cortinas de encaje. Efectivamente, allí estaba Peter, vestido con pantalones cortos y una camiseta blanca, luchando con una manguera roja junto a un reluciente Mustang descapotable vintage de color rojo cereza estacionado en la entrada de su casa. «Ay dios».

Peter sacó una esponja del cubo de agua y se inclinó para lavar las ruedas.

—Bollos —soltó Carol de repente.

Kate se dio la vuelta.

—¿Qué?

—También necesito bollos. Y bananas.

Kate entrecerró los ojos.

Carol se puso de pie y se dirigió hacia la encimera.

—Entonces, estoy segura de que Peter estará encantado de ayudarte con tu rueda. Es muy hábil —comenzó a hacer su lista de compras mientras tarareaba un poco.

Kate se mordió el labio. ¿Quería pedírselo? La reunión forzada en el restaurante no había sido particularmente cómoda. Probablemente porque había sido en público, donde todos podían verlos. Y ella sabía muy bien cómo de rápido viajaban los chismes en los pueblos pequeños.

Miró por la ventana hacia donde Peter estaba limpiando el coche. Era lindo. El coche. Era lindo.

—¿Katie? ¿Kate?

Kate se volvió hacia Carol con las cejas arqueadas.

—¿Mmm?

—¿Cómo se deletrea «colinabo»?

—Prueba con algo parecido a nabo.

Carol parecía satisfecha con esa respuesta, ya que lo anotó en su libreta. Luego, alzó la vista y esbozó una dulce sonrisa.

—No dejes que te detenga —dijo. Pasó junto a Kate, abriendo la puerta de la cocina mientras continuaba tarareando más—. Bueno, ¡adiós! Tengo que apurarme.

Kate esbozó una sonrisa, aunque no tan dulcemente, a espaldas de su amiga conforme se marchaba. Esperó un momento. Luego, se levantó y caminó hacia la puerta de atrás. Puso la mano en el pomo y se detuvo, mirando por la ventana. Peter estaba enrollando la manguera, ya había terminado.

¿Y si él dijera que no? ¿Y si dijera que sí? Su corazón latía con fuerza. Era solo una rueda pinchada. ¿Por qué parecía ser una de las decisiones más importantes de su vida?

Respiró hondo, giró el pomo y abrió la puerta.

# CAPÍTULO SEIS

—HOLA, VECINO.

Peter se giró.

Kate no estaba segura de si esa era una expresión de sorpresa o placer en su rostro.

Rápidamente, se limpió las manos con una toalla y la arrojó sobre una silla cercana.

—Hola, Kate.

—Qué bueno verte de nuevo, Peter.

«Bien, está sonriendo. Esa parte ha terminado». Kate caminó alrededor del reluciente Mustang, que todavía goteaba tras el lavado.

—Bueno, pensé que sería una mala vecina si no pasaba por aquí ni una vez mientras estaba aquí. ¿Este es tu coche? —pasó la mano por el brillante cromo del panel lateral—. ¡Guao! —Kate no era una friki de coches viejos, pero este era lindo. Elegante y de aspecto poderoso.

—Gracias —Peter se acercó a ella y apoyó la mano en el guardafangos trasero.

—Espera... ¿Tu padre no solía tener un coche como este, pero destartalado? —preguntó, mirando adentro por la ventana del copiloto.

—Síp. El mismo.

—Ah Entonces, lo recordó. «Estúpida, Kate». Agachó la cabeza y, luego, la volvió a levantar—. Peter, siento mucho lo de tu padre. Sabía que había... fallecido —volvió a mirar hacia su vieja casa—. Carol me contó el resto. Lo de tú y tu madre y todo eso. Debe de haber sido muy difícil.

Peter asintió.

—Gracias.

—Lamento que hayas tenido que pasar por eso.

¿Qué más podría decir?

—Perder a un padre... no me lo puedo imaginar.

A pesar de lo distantes que eran los suyos a veces, no podía ni imaginarse a uno de ellos falleciendo, especialmente tan pronto... Y el padre de Peter siempre le había caído bien y bromeaba con ella. Siempre la llamaba Special K, esa era su pequeña broma.

—Sí. Realmente comenzó a deteriorarse cuando yo estaba haciendo el posgrado. Y mi madre lo cuidó tanto cuanto pudo.

Kate asintió, sin saber qué más decir. Peter se enderezó, con los ojos azules fijos en ella, y cruzó los brazos, con sus hombros bien amplios y hacia atrás. Era una postura fuerte, no triste ni derrotada. Como si el proceso de duelo lo hubiera hecho más fuerte.

—¿Cómo está tu madre? —preguntó ella.

—Bien. Genial, en realidad. Está en Nuevo México, si puedes creértelo. Su hermana también vive allí. Se pasa el tiempo libre haciendo pinturas al pastel y trabaja como bibliotecaria. Tiene muchos amigos.

—Eso está bien. Me alegro.

Hubo un momento, seguido por un silencio suavizante. Kate quería tocarle el brazo, hacer algo para demostrar que lo sentía, para consolarlo. Pero, colocó la mano sobre el reluciente espejo lateral cromado en su lugar.

—Entonces, ¿tú has hecho todo esto? —hizo visera con la mano y miró por la ventana trasera.

Peter asintió.

—Con un poco de ayuda de Lucius, un montón de fines de semana y muchos favores de Matt, el de JC's Body Shop —se pasó la mano por el pelo—. Le prometí a su hijo una A en introducción a la química —confesó.

Kate alzó la vista, tratando de examinar su rostro.

Su cara se enrojeció ligeramente.

—Eso era una broma, por cierto, en caso de que estés pensando decírselo al director.

Kate forzó una sonrisa. «¿Recuerda siquiera por qué perdí esa feria?»

—Bueno, estoy impresionada dijo.

Sus ojos sonrieron de nuevo.

«Vale, recuerda por qué estás aquí». Juntó las palmas de las manos con los dedos extendidos.

—Pues, la razón por la que he venido es porque me preguntaba si podrías ayudarme con mi pinchada —soltó, malamente.

—¿Tu pinchada, qué?

—Oh, la rueda pinchada —se volvió y señaló la calle donde estaba el escarabajo amarillo, que se hundía por el lado izquierdo delantero, cortesía del sabotaje de Carol—. Quería ir a ver la planta Nitrovex.

—Ah, yo puedo llevarte —ofreció Peter.

Kate inclinó la cabeza hacia un lado. «¿Qué?»

—¿Llevarme? ¿En tu coche?

Peter volvió a pasarse una mano por el cabello, y su pulso se agitó.

—Si, claro —dijo él—. Va a oscurecer muy pronto, y no podrás ver gran parte de la planta. Arreglaré el pinchazo cuando regresemos.

—¿De verdad? ¿Estás seguro?

«Porque yo no».

Peter negó con la cabeza.

—No es ningún problema. Tengo una luz para trabajar y un compresor. Probablemente sea solo una fuga lenta.

Su cerebro estaba dando vueltas. ¿Montarse en el coche con él? ¿Juntos?

—Vale, gracias —se encontró diciendo—. Pensé que debería echar un vistazo alrededor antes de la reunión.

Eso. Tenía que hacerle saber que solo se trataba de negocios.

—Suena práctico. Han crecido bastante en los últimos diez años.

Peter se dirigió hacia la puerta del pasajero, pero, antes de que pudiera alcanzarla, Kate ya se había acomodado en el asiento negro deportivo. El coche olía a una mezcla entre cuero pulido, polvo viejo y aceitoso, y un ligero matiz de gas. Kate se sintió extrañamente enamorada.

Peter se subió al lado del conductor, insertó la llave y la giró. El motor V8 cobró la vida, permaneciendo en un ronco ralentí.

Peter aceleró el motor varias veces, sonriente.

Kate no sabía que Peter fuera un entusiasta de la mecánica, pero tenía que admitir que el coche era genial.

—¿Lista? —preguntó.

—Claro.

Con el capó del coche quitado, Kate pudo ver el sol de la tarde que atravesaba los árboles. Se puso sus gafas de sol Armani, sonriendo. Esto podría ser realmente divertido.

El coche rodó hacia el extremo de la entrada hasta que alcanzó la calle. Después de mirar hacia ambos lados, Peter pisó el acelerador. El coche salió pitando con un chillido con el motor agitado. En unos segundos, habían pasado Brick Street y estaban cruzando la calle principal hacia el centro de la ciudad.

Kate miraba las tiendas moverse por la ventana de coche, reconociendo la mayoría.

—¡Oye, Bailey's Five and Ten sigue ahí!

—Sí, se llama Bailey's Variety ahora. Lo que más venden son cartas y baratijas.

Era la tienda donde solía comprar juguetes y donde obtuvo su primer My Little Pony, el que comenzó su colección.

—¿Aún tienes tu colección de ponis? —preguntó Peter como si pudiera leerle la mente.

Kate frunció los labios.

—Puede que sí. ¿Tú todavía tienes tu colección de cómics?

—Mmm, puede que sí. ¿Todavía te... muerdes las uñas cuando estás nerviosa?

Kate deslizó su mano izquierda bajo la pierna.

—Puede que sí. ¿Todavía te sale Pepsi por la nariz cuando te ríes?

Peter la fulminó con la mirada y, luego, volvió a girar la cabeza hacia la carretera.

—Solo hice eso una vez, y fue, ¿cuándo, en tercero de primaria?

Kate se rio ante su vergüenza.

—Era quinto de primaria, y te pusiste tan rojo como este coche.

Peter guardó silencio y giró a la derecha por la calle Franklin, que conducía a la autopista fuera del pueblo. Kate se preguntó si habría bromeado de más.

—Entonces, ¿todo sigue igual? —preguntó él.

Kate inspeccionó los negocios por los que pasaban. King Drugs, Copperfield's Books. Se había pasado muchos sábados por la tarde allí, en la sección de «fantasía para jóvenes adultos», enterrada en el último libro de Harry Potter.

—Casi todo, sorprendentemente. Es un poco más turístico.

Su ojo captó lo que parecía ser una galería de arte en la esquina entre Franklin y Elm. Eso era nuevo.

—Supongo que un pueblo pequeño nunca cambia mucho, ¿eh? —dijo Peter, disminuyendo la velocidad por una señal de stop.

—Mmm. Algunos cambian y otros no, supongo.

El coche aceleraba mientras se dirigían a la autopista principal fuera del pueblo, y el motor vibraba fuertemente.

—Oye, ¿Roger's Roost está cerrado? Casi se me olvida ese lugar —señaló hacia un pequeño puesto al lado de la carretera que lucía una gran estrella dorada incrustada con bombillas sobre un poste blanco y oxidado—. ¿Recuerdas una vez que vinimos hasta aquí con nuestras bicicletas solo para comprar un cono de chocolate, pero se nos olvidó que no teníamos dinero, y la señora nos lo dio de todos modos?

Escuchó a Peter reírse mientras reducía la velocidad del coche para girar en una calle lateral.

—Nada como un helado gratis.

El Mustang volvió a coger velocidad mientras se

dirigía hacia el sur por Eagle Bluff Road, la carretera que conducía hacia la planta Nitrovex.

Cuanto más velocidad cogían, más soplaba el viento contra el cabello de Kate en ráfagas. Se sentía bien. Podía ver a Peter mirándola, sonriendo. La ráfaga de aire fresco parecía expulsar las telarañas, y el sazonado aroma de las hojas caídas y la hierba dulce le hacían sentir como una niña otra vez. Tenía que decidir si eso era bueno o malo, y eso la espabiló.

Podía ver los tanques blancos asomándose por encima de los árboles.

—Supongo que vienes mucho por aquí —dijo ella.

Peter se encogió de hombros y condujo hacia una carretera de acceso.

—De vez en cuando. Dos o tres veces al año para excursiones. Tengo una en las próximas semanas, creo.

El Mustang disminuyó la velocidad al llegar a la entrada de Nitrovex. El viejo letrero de piedra y ladrillo todavía estaba allí, pero la planta ahora se extendía por el camino. Pasaron por almacenes y una hilera de edificios de fábricas de metal con los números del uno al seis pintados a los lados.

—¡Guau! Creo que cuando me fui solo había dos plantas —dijo mientras Peter detenía el coche en el gran estacionamiento delantero.

Kate había venido a Nitrovex para visitar a sus padres, pero solo había visto sus oficinas, en un edificio que ya ni siquiera seguía en pie. Nada parecía familiar.

—Sí, definitivamente ha crecido —coincidió Peter—. Se volvió internacional hace unos seis años y, por lo que tengo entendido, les está yendo bien. Tienen algunas plantas en Europa y una en Asia —el coche se había detenido, pero seguía en ralentí—. Supongo que es por eso por lo que estás aquí, ¿eh?

—Sí, supongo —respondió ella.

El peso del proyecto la estaba golpeando nuevamente. Este lugar no solo era mucho más grande de lo que recordaba, sino que además los tanques de retención en forma de píldora y el laberinto de tuberías enredadas le recordaban cuán poco sabía sobre todas estas cosas científicas. Había leído todos sus materiales y casi había memorizado la página web de Nitrovex, pero viéndolo ahora... parecía imposible.

Peter debió haberla visto mirando los tanques fijamente, porque dijo:

—Lo sé, impresionante, ¿verdad?

Apagó el motor y abrió la puerta.

Kate hizo lo mismo, luchando un poco por salir del coche.

—Ese edificio es nuevo, ¿verdad? —señaló.

—Síp. Ese es el nuevo edificio de recepción y oficinas —explicó Peter.

Era un edificio limpio y brillante de dos pisos, construido a base de aluminio y ladrillos, por lo que destacaba sobre los sucios edificios a su alrededor.

Peter le tocó el brazo y comenzó a caminar.

—Vamos. Las oficinas están cerradas, pero al menos puedes echar un vistazo alrededor.

Kate volvió a mirar el coche.

—¿No deberías cerrarlo con llave? —insinuó.

Peter se dio la vuelta, riéndose.

—¿En Golden Grove? Se nota que llevas tiempo fuera.

———

Pasaron media hora más o menos caminando por los terrenos alrededor del edificio de oficinas antes de regresar al coche. Luego, condujeron lentamente por la hilera de gigantescos edificios de acero de la fábrica mientras Peter le explicaba el propósito de cada uno. Agentes antiespumantes, aceite de maíz, síntesis química. Todas las cosas sobre las que había leído y que todavía intentaba comprender. Sin embargo, parecía ser la lengua materna de Peter.

Katie disfrutó viéndolo divagar sobre el polímero o algo así y la reacción química. No pareció darse cuenta de que ella no tenía ni idea de lo que estaba hablando. Parecía tan entusiasmado con la química como lo había estado al conseguir un nuevo juguete de Star Wars cuando eran niños. Sus ojos brillaban, y esbozaba una sonrisa torcida frecuentemente.

—Y, ¿qué piensas? —le preguntó Peter mientras caminaban de regreso al coche.

—Creo que todo esto me viene grande.

—Oh, ¡te irá bien! No necesitas saber todos los datos científicos, de todos modos, ¿verdad?

Kate frunció el ceño.

—Supongo que no. Principalmente necesito tener una idea de en qué dirección va la compañía. Luego, tendré que crear algunos diseños y estrategias preliminares, y presentárselos a mi grupo en Chicago para que lo aprueben antes de hacerle la propuesta a Nitrovex.

Lo cual solo había hecho antes para pequeñas empresas. Nunca para una empresa así de grande.

Peter llegó primero al Mustang y, esta vez, le abrió la puerta del copiloto.

—¿Quieres tomar el camino largo a casa? Probablemente tengas un poco de curiosidad sobre cómo ha cambiado el resto del pueblo.

¿La tenía? Peter no esperó a recibir una respuesta. Un minuto después, el coche cobró vida y estaba saliendo del estacionamiento de Nitrovex.

Tomaron un nuevo camino que conducía hacia el extremo oeste del pueblo. El coche disminuyó la velocidad y volvieron a torcer. El lugar le resultaba familiar...

Miró por el parabrisas.

—¿Esto es... Palisades?

—Si —Peter maniobró el Mustang por un camino liso y asfaltado, y un letrero de madera marrón confirmó que se encontraban en el Parque Palisades en letras amarillas—. El parque ya no está, pero el resto sigue prácticamente igual.

—Me encantaba este parque. Tenía ese largo tobogán con el túnel interior —recordó cuando se tiró de cabeza y terminó con una quemadura por fricción en el codo.

Se movían lentamente entre los árboles conforme la luz del sol del atardecer iluminaba el brillante capó rojo del coche. Era el momento perfecto. Disminuyeron la velocidad y se detuvieron en una salida. Luego, bajaron una pequeña colina y atravesaron unos pocos árboles y, entonces, atisbaron un amplio lago.

Kate hizo visera con la mano.

—Estoy tratando de recordar... Este es el lugar con la pequeña playa, ¿verdad?

—Claro. ¿No viniste aquí con la clase del último año después del baile de graduación?

La brisa fresca que soplaba del lago provocó que

Kate se estremeciera y tuviera que cruzar los brazos para entrar en calor.

—No fui al baile de graduación —admitió.

—Ah... pensé que habías ido con Adam.

Kate negó con la cabeza.

—Para entonces ya estaba a punto de irme. No podía esperar a graduarme —miró a Peter y, luego, volvió a fijarse otra vez en el lago. «Y tampoco fui al baile de bienvenida».

Peter se movió en su asiento y se aclaró la garganta.

—Siempre se me olvida el frío que hace aquí. Probablemente debería subir el capó —dijo mientras le daba al interruptor del lado inferior izquierdo en el tablero.

El motor gimió mientras la parte superior negra del convertible se desplegaba y se colocaba en su lugar a su alrededor. El coche parecía más pequeño, casi claustrofóbico.

Peter puso el Mustang en marcha.

—Creo que será mejor que regresemos —anunció.

Mientras salían del parque, a Kate no se le ocurrió nada que decir. Todo parecía tan... extraño. Las tiendas, la planta, el parque. ¿Qué era lo que decían? «¿No puedes volver a casa nunca más?»

Condujeron dirección al este por las afueras del pueblo y cogieron la Eagle Bluff Road, que se encontraba al lado del río Misisipi. Aquí se encontraban algunas de las casas más antiguas, casi como las de Cape Cod, con persianas verdes y buhardillas de pizarra, encaramadas en los escarpados acantilados de piedra caliza con vistas al río. Una de las partes más pintorescas de Golden Grove.

Peter giró a la izquierda hacia Park Road y, entonces, algunas de las casas le resultaron familiares. Esa casa blanca fue donde tuvo su primera fiesta de pijamas con... no podía recordar su nombre. La casa de ladrillos, en la que vivía Neil, donde le picó una avispa mientras estaba en su columpio de neumático, y su madre le tuvo que poner bicarbonato de sodio en la pierna. La mayoría eran recuerdos de la primaria. Los recuerdos de la secundaria, por otro lado, eran más escasos.

Entonces, como si fuera una señal, atisbó el familiar edificio de ladrillo marrón y rojo del instituto por la derecha. Parecía más pequeño, por alguna razón. Todavía tenía «INSTITUTO GOLDEN GROVE» grabado en piedra sobre las puertas delanteras de madera, pero había un letrero nuevo de color marrón y blanco sobre postes cerca de la entrada que decía «Centro comunitario».

Tal vez era porque acababa de pensar en las avispas, pero sintió como que algo la había picado por dentro. No era una punzada caliente y agudo, sino fría y profunda. Miró hacia adelante a través del parabrisas del coche.

Peter permaneció tan callado como ella durante el camino de vuelta a sus casas. Kate se sentía mal, pero no se le ocurría absolutamente nada que decir.

—Hemos llegado —Peter giró hacia el camino de entrada, llegó hasta el fondo y se detuvo. El motor se apagó y la tranquilidad de pueblo pequeño se hizo cargo nuevamente.

—Gracias por el paseo —Kate trató de desabrocharse el cinturón para salir, pero el pestillo no se movió. Miró a Peter—. No parece querer...

—Perdona. A veces hace eso —extendió la mano,

agarró ambos lados del pestillo cromado y le dio un tirón.

Kate podía sentir el calor de sus manos.

—Prueba ahora —dijo Peter.

Esta vez, Kate consiguió desabrochar el cinturón.

—Gracias —dijo.

—No hay problema. Cuando quieras.

Kate abrió su puerta y se levantó de su asiento. Peter se acercó por la parte trasera del coche, una nueva brisa le revolvía el pelo. No era justo, su cabello. Se imaginó a sí misma pasando los dedos por el...

Bajó la mirada al sentir el zumbido del Fitbit que llevaba en la muñeca, aliviada de tener la excusa del mensaje. Hora de irse.

—Es del trabajo —anunció—. Están tratando de contactar conmigo probablemente —alzó la vista—. Será mejor que regrese a la casa y vea qué quiere mi jefe. Podría ser sobre la reunión de mañana.

—Claro —Peter agachó la cabeza y, luego, la volvió a alzar—. Entonces, ¿tendré la oportunidad de despedirme de ti antes de que te vayas?

Kate sonrió débilmente.

—Claro. Estaré por aquí mañana como mínimo. Quizás el martes. Luego de vuelta a Chicago.

Peter asintió con la cabeza.

—Vale. ¿Hasta luego, entonces?

—Hasta luego.

Kate se giró sin pronunciar ni una palabra más y tomó el familiar camino a través del césped hasta su casa. La casa de Carol. Ella ya no vivía aquí.

Respiró hondo y, luego, frunció el ceño. ¿En qué estaba pensando, dando vueltas por el pueblo con Peter? Ver la planta era una cosa, ¿pero el parque y la vieja escuela? Debería haber regresado antes para prepararse para su reunión de mañana. Tenía ideas preliminares de diseño y muchas preguntas por anotar si quería dar al menos una impresión medio decente de sí misma.

Estaba en Golden Grove por trabajo. Nada más. Tenía cosas que hacer.

# CAPÍTULO SIETE

Peter volvió a meter el compresor de aire en su garaje, dejando caer la manguera enrollada al lado. El neumático de Kate parecía estar solo desinflado. Lo había rellenado y no había escuchado aire escapándose, ni había visto ningún clavo. Pero estaba oscuro y no podía ver mucho, de todos modos. Si se trataba de una fuga lenta, Kate se daría cuenta de ello por la mañana cuando se volviera a desinflar. Y, entonces, tal vez necesitaría su ayuda otra vez...

Está bien, suficiente. «Tienes trabajo que hacer en la escuela, ¿recuerdas? ¿Tu trabajo? ¿Calificando exámenes?»

Sacó las llaves del Mustang de su bolsillo, cerró la cremallera de su abrigo de cuero, se subió al coche y lo puso en marcha.

«Estúpido, estúpido, estúpido». ¿Qué había estado pensando al llevar a Kate al lago de esa manera? Vio cómo se había estremecido. Pensó que no sería un gran problema, pero no había estado pensando como ella.

El coche casi se condujo él mismo hacia la escuela

en la ruta que había tomado, ¿cuántas? ¿Miles de veces ya? ¿Y cuántas miles más habría?

Una vez fuera del pueblo, al oeste, su mano izquierda agarró al volante mientras metía cuarta, ignorando el límite de velocidad. Si Denny estaba patrullando esta noche, podría salirse con la suya y conseguir que solo le diera una advertencia y una ceja arqueada. Eso esperaba.

Condujo el Mustang demasiado rápido en una curva. La gravilla suelta del arcén arañó los neumáticos mientras se agarraban a la carretera. Era muy divertido conducir el coche y todo, pero se había olvidado de lo delicada que era la tracción trasera. «Imbécil». Disminuyó la velocidad.

«¿Cómo debe ser volver a una ciudad que creías haber dejado atrás para siempre?

Y él era, al menos en parte, culpable...

———

### *DOCE AÑOS ANTES.*<br>### *INSTITUTO GOLDEN GROVE*

Peter estaba abrazando a Katie. Era algo que había querido hacer durante mucho tiempo, sostenerla, sus manos acunando la parte baja de su espalda. Había soñado con eso, y más, este verano mientras la veía trabajar en su proyecto para la feria de becas.

Estaba tan orgulloso de ella por haber ganado. Había trabajado mucho, sí, pero también había perseverado. Sabía cuánto significaba la beca para ella, no solo por la universidad sino también por ella. Por su arte.

Dio un paso atrás, finalmente, con las manos todavía alrededor de su espalda.

—Buen trabajo, Katie —la felicitó.

Su rostro brillaba, una luz brillante.

—Gracias.

La soltó de mala gana e hizo un gesto con la cabeza hacia el piso del gimnasio.

—Supongo que mejor empezamos a recogerr.

Ella asintió.

—Sí, supongo.

Comenzaron a caminar hacia las escaleras del escenario.

—No me sorprendería que la señora Wells quiera tu pieza para su galería de arte privada —dijo Peter, tratando de ser alentador.

Katie arqueó las cejas.

—¿Tú crees?

Habían llegado a sus mesas. Peter caminó hacia su móvil, que todavía estaba girando lentamente, delicadamente.

—Por supuesto —dijo, asintiendo—. ¿Quién sabe? Algún rico industrialista podría verlo y ofrecerte mil dólares.

—¿Solamente mil? —bromeó.

—Lo siento, cien mil. Y un viaje por Europa.

—Así, sí —dijo ella, acercándose a su mesa, donde reposaba el cohete que le había ganado el segundo premio. Tenerla aquí, tan cerca, sonriéndole, le parecía un premio mucho más grande. Lucía como un campo de flores amarillas. Podía sentir su calor cuando ella estaba a un metro de él, oliendo a cielo. *Lucky You.*

«Acertaste con esa». Todo era muy poco científico, desconcertante y fantástico.

Katie estaba esperando, sonriendo, brillando en su

victoria. «Hazlo ahora», pensó. ¿Podría haber un mejor momento?

—Entonces, mmm... —comenzó. Tragó saliva. El rostro de Katie era la viva imagen de la expectativa, cejas ligeramente arqueadas, ojos marrones brillantes —. Me preguntaba, si no vas ya... con otra persona... si querías ir al baile de bienvenida. Conmigo.

Su rostro irradió aun más, si eso era posible.

—Sí... —comenzó a decir, asintiendo con la cabeza.

Escucharon una conmoción a sus espaldas. Miró por encima del hombro de Katie.

Penny Fitch estaba hablando con dos de los jueces en la mesa de Katie. Estaban inclinados hacia ella, con los rostros atentos, asintiendo mientras escuchaban.

Escuchó las palabras «Peter Clark», «reglas» y, posiblemente, «descalificado». Se formó un nudo en su estómago. Katie debió haber visto su semblante porque su sonrisa desapareció.

—¿Señorita Brady? ¿Señor Clark? ¿Podrían venir aquí, por favor? —los llamó uno de los jueces, el señor Riley, el entrenador de fútbol, indicándoles que se acercaran.

Peter miró a Katie y, luego, se acercó, sintiendo como si le estuvieran pidiendo que entrara en el despacho del director. Cosa que nunca había sucedido. Katie lo siguió a su lado, perpleja.

El señor Riley le hizo un gesto a Penny, que estaba de pie junto a él, y a otro juez, la señora Wells. Penny miraba a todas partes excepto a Peter y a Katie.

—Tenemos que hacerte algunas preguntas, Peter. A ti también, Katie.

—Está bien —dijo Peter. Sus palmas empezaron a

sudar.

El señor Riley se frotó la nuca y se concentró en Peter.

—La señorita Fitch nos ha informado de que es posible que, voluntaria o involuntariamente, haya incumplido una de las reglas de la feria.

Kate abrió los ojos como platos.

—¿Qué regla? —preguntó, su cuerpo tensándose.

El señor Riley miró a la señora Wells, quien solo sonreía débilmente y estaba jugueteando con las manos.

—La regla sobre haber utilizado ayuda externa —explicó el señor Riley.

Katie alzó la barbilla.

—Peter no haría nada malo con su proyecto.

—El proyecto del señor Clark no es el problema. Tú eres la acusada de recibir ayuda externa. Por parte de él.

Peter sintió un ardor arrastrándose por su cuello. Era la misma sensación que había tenido cuando su padre lo pilló en la parte trasera del garaje fumando un cigarrillo que había robado de su caja de anzuelos. Le lanzó una mirada a Penny, que estaba ocupada estudiando sus zapatos.

—¡Eso no es cierto! —exclamó Katie con las manos en puños—. ¡Yo soy una artista! Él es un friki de la ciencia. ¿Por qué necesitaría su ayuda?

—Lo siento, pero tenemos que comprobarlo —dijo la señora Wells suavemente—. Para ser justos con los otros estudiantes. Entiéndelo.

—Tenemos una fuente confiable —añadió el señor Riley—. Solo necesitamos verificar algunas cosas para ver si son ciertas o no.

—¿Quién? ¿Qué fuente confiable? —exigió saber

Katie con la mandíbula apretada.

El señor Riley se volvió hacia Peter y se frotó el cuello otra vez, obviamente incómodo por estar en esta posición.

—Señor Clark, ¿tiene algo que decir al respecto?

Katie se volvió hacia él. No se atrevió a mirarla a la cara, pero no necesitaba hacerlo. Podía sentir su ira.

—No estoy seguro —dijo Peter finalmente.

¿Qué estaba sucediendo aquí? ¿Qué les había dicho Penny? ¿Y por qué?

—Déjame preguntarte directamente, entonces. ¿Ayudaste a la señorita Brady con su proyecto?

¿Ayudarla? ¿Se refería a este verano? ¿Pasar el rato en su sótano era romper las reglas? Su cerebro estaba en blanco. ¿Qué podría decir? No podía meter a Katie en problemas. Pero tampoco podía mentir rotundamente.

—No realmente —dijo—. Somos amigos. Solo hablábamos.

—¿No realmente? ¿Seguro? La señorita Fitch dice que le dijiste que estuviste ayudando a la señorita Brady con su proyecto durante todo el verano.

La ira de Katie se había convertido en vuelto gélida. Peter se frotó el cuello. ¿Cómo habían pasado las cosas de grandiosas a horribles tan rápido?

—¿Señor Clark? ¿Ayudó a la señorita Brady con su proyecto o no? ¿Sí o no?

Miró alrededor de la habitación como si tal vez alguien pudiera venir y sacarlo de allí. Sus ojos se posaron en Katie, que lo miraba con los ojos abiertos, suplicante, desesperada.

—Puede que sí.

«No me haga decirlo», pensó. «No me obligue a lastimarla».

—¿Puede que sí?

—Bueno, respondí algunas de sus preguntas —las palabras salieron de su boca—. Técnicamente, sí, supongo. Eran preguntas sobre su móvil, pero no era...

El señor Riley no lo dejó terminar, sino que lo cortó con la mano levantada.

—Entonces, me temo que no tenemos más remedio que descalificar a Miss Brady de la competencia. Lo siento, señorita Brady, pero las reglas son las reglas —se volvió hacia Peter otra vez—. Señor Clark, ahora es el ganador del primer premio. Felicitaciones. Y lamento que haya tenido que ser en estas circunstancias.

Las piernas de Peter temblaron como si estuviera en estado de shock. ¿Felicitaciones? ¿Por qué? ¿Por arruinar la vida de Katie?

Dio un paso atrás, confundido. La señora Wells negó con la cabeza. Le ofreció una sonrisa pálida a Katie, que todavía estaba allí parada, mirando hacia el vacío, tan congelada como un bloque de granito.

Penny había desaparecido. Los jueces se marcharon hacia el fondo. Los estudiantes se pusieron manos a la obra, derribando sus proyectos, ajenos a que algo horrible, terriblemente malo había sucedido.

—¿Por qué, Peter?

Entonces, se giró. La cara de Katie era una máscara de dolor. Excepto por sus ojos, que ardían y chispeaban.

—¿Por qué les has dicho eso?

—Yo... yo no podía mentir, Katie —es todo lo que pudo decir.

Katie ladeó la cabeza. Normalmente era lindo, pero ahora era un feo gesto de amargura.

—No, me has arrojado a los tiburones. ¿Fue idea

de Penny o tuya? Dios no quiera que una artista gane el gran premio.

—¿Qué? No es eso en absoluto. No me importa el premio.

Katie asintió furiosamente.

—Cierto. ¿Por qué te importaría? No necesitas esta beca. Puedes obtener una docena de becas por ciencias. Todas las universidades las ofrecen. Prácticamente se las entregan a cualquiera —permaneció ahí parada, de pie, furiosa.

—Eso no es justo, Katie.

Ella puso sus manos en sus caderas y dio un paso hacia él.

—¿No es justo? Eso es gracioso, Peter, muy gracioso. Te diré qué no es justo. No es justo que vosotros con vuestros estúpidos cohetes y renacuajos obtengáis la beca todos los años, solo porque el estúpido Nitrovex es una estúpida compañía química —dio otro paso hacia él, señalando su pecho con el dedo—. Por una vez, solo una vez, tenía una oportunidad, y lo has arruinado.

Peter dio un paso atrás, sorprendido por la furia en los ojos de Katie, sus manos buscando una mesa, tratando de mantenerse de pie. En cambio, su talón chocó contra algo duro. Su pie rodó hacia adelante, y él cayó hacia atrás. Había pisado el estúpido tubo de metal que se le había caído antes.

Agitando los brazos, agarró el borde de su mesa y giró torpemente sobre su experimento. Las piezas se estrellaron unas con otras. Balanceó un brazo en un último intento de mantener el equilibrio, mirando por encima de una palanca roja. Los tubos silbaron y las mangueras se enroscaron cuando el tubo más grande cayó hacia adelante, liberando la presión.

Era cámara lenta en su cerebro, pero terminó en un horrible instante. Un pesado tubo blanco siseó y salió disparado de la mesa, volando directamente hacia la escultura de Katie.

Peter cayó de espaldas contra el suelo, boca abajo, pero el sonido de la destrucción fue peor que realmente verlo. El choque y tintineo del vidrio, los metales cayendo, objetos aterrizando estruendosamente en el suelo.

Y, sobre todo, el agudo lamento de incredulidad de Katie.

—¡Mi móvil! ¡Destruyes mi vida y ahora también mi arte!

---

### *EN LA ACTUALIDAD*

Las llantas del Mustang chirriaron cuando giró hacia Park Road, la carretera que conducía al instituto. El nuevo instituto. No el antiguo donde todo le había salido tan mal con Katie.

No, Kate. Eso fue hace doce años. Y las cosas parecían haberle ido bien. Parecía que amaba su trabajo, y debía ser buena si le estaban dando la oportunidad de trabajar con Nitrovex. Cuando había espiado su compañía en internet hacía un año más o menos, había descubierto que trabajaba en una organización bastante grande.

«Sí», asintió para sí mismo. «Kate Brady está bien». Más que bien. Le estaba yendo bien en Chicago, vestía bien, con un buen reloj y gafas de sol de Armani. No le pegaba, pero bueno.

No era lo peor. Era mejor, incluso, parecía exitosa. Se veía bien, sonaba bien. «Se veía bien». Se quitó el pelo de la cara. Todavía podía oler el aroma de su perfume en su mano. Debía proceder de la manija, ya que le había abierto la puerta.

No pudo evitar sentirse un poco melancólico por lo que pudo haber sido. «Bueno, todos nos hacemos mayores. Todos seguimos adelante, ¿no?»

Tomó una bocanada de aire. Excepto él, supuso. Seguía aquí en Golden Grove. «Atascado», se podría decir. Pero, trataba de no usar esa palabra más.

Entró en el estacionamiento del instituto y condujo el coche hacia el área de estacionamiento de los maestros. Dentro de poco tiempo ya no sería capaz de conducir el Mustang al trabajo. Una vez cayera la nieve, volvería al Camry.

Estacionó al lado de un familiar Tauro azul. El de Lucius. Llevaba trabajando aquí como maestro cuarenta y tantos años y todavía venía los domingos por la noche. Aparcó el Mustang allí y salió del coche.

Hora de volver al mundo real.

Los pasillos vacíos del instituto siempre parecían extraños los fines de semana, ya que generalmente se oía el ruido de los casilleros y de una gran cantidad de adolescentes. Algunos riendo y empujando, otros caminando silenciosamente a su próxima clase, perdidos en la sombra de la popularidad. Por alguna razón, esos eran los que Peter más notaba. Quizás porque alguna vez se sintió como uno de ellos. O tal vez porque tenía un extraño sentido de la justicia. «Todos los chicos merecen la misma oportunidad» y todo eso.

Abrió la puerta de su pequeña, pero bien equipada, oficina y arrojó sus llaves sobre el escritorio. A pesar de todas las molestias, él sí amaba su trabajo. Quién lo hubiera pensado.

El primer año fue duro. No aprendió mucho sobre la enseñanza en el posgrado, por lo que los estudiantes lo dominaron bastante bien, y se rumoreó que no estaba hecho para enseñar. Si no fuera por Lucius, no habría sobrevivido.

En cuanto se calmó y por fin encontró su ritmo, todo pareció salir de manera innata. A partir de ahí, solo mejoraba cada semestre. Y ahora tenía esto del «profesor de ciencias del año». Tenía que admitir que estaba halagado, pero lo cambiaría en un segundo por tener un estudiante más que pudiera nombrar solo diez elementos de la tabla periódica.

Estaba a punto de comenzar a revisar algunos exámenes de laboratorio cuando escuchó un golpe en el marco de su puerta. La familiar cara con bigote de Lucius se asomó hacia adentro.

—Vaya, vaya. Si es el feliz casamentero —dijo Peter, asintiendo.

Los ojos del hombre más viejo centellearon.

—Supongo que debería disculparme.

—Sí, supongo que sí.

—¿Sería útil decir que todo fue idea de Carol?

—Podría, si me lo creyera.

—Bueno, entonces, dame un poco más de tiempo para encontrar una mejor excusa.

—Dudo que sea posible. ¿En qué estabas pensando, Lucius?

—No estás enojado, ¿verdad?

Sí, en realidad, creo que sí lo estoy. ¿Cómo de vergonzoso crees que fue para Kate? Está tratando de pasar desapercibida, y tú y Carol la arrastráis por toda el pueblo.

Lucius entró en el aula y se sentó en el borde del escritorio de Peter.

—Supongo que no lo pensé de esa manera. ¿Lo pasasteis bien al menos? Escuché que fuisteis a dar un paseo.

Gracias a su vecina, Carol, sin duda. Peter se mordió el labio superior. Lucius no iba a dejarlo ir, ¿verdad?

—Eso depende de lo que entiendas por «bien». Estuvo «bien» porque no me mató y me dejó tirado en una zanja en alguna parte, y «bien» porque me dio una despedida tan helada que me sorprendió que mis cejas no se congelaran.

—Entonces, ¿todavía hay esperanza?

Peter resopló.

—¿Esperanza? ¿Esperanza de qué, exactamente?

—Ay, vamos. No puede haber sido tan malo.

—Lucius, Kate lleva más de doce años sin regresar a este pueblo. No va a llegar como si nada, llevando una enorme carga de recuerdos, olvidarlo todo y caminar por ahí como si todo estuviera bien. Especialmente en lo que a mí respecta. Deberías haberlo sabido.

Lucius asintió con la cabeza.

—Supongo que no. Pero estoy seguro de que tendrás otras oportunidades.

Peter se rio y se puso de pie.

—¿Oportunidades? ¿Oportunidades para qué? ¿Crees que solo porque hayas orquestado algún intento tonto de reunirnos, las perdices aparecerán y comenzarán a dar vueltas alrededor de nuestras cabezas en el momento en que nos veamos? Además, Kate es diferente ahora. Es exitosa, motivada...

—Linda.

—Por supuesto que es linda. Ella siempre ha sido linda.

Las cejas de Lucius se arquearon, pero no dijo nada.

—Su casa está en Chicago ahora —continuó Peter—. Ya no le interesa lo que sucede en Podunk, Iowa. Está aquí para hacer su trabajo y, luego, irse. Lo cual estoy más que feliz de dejarla hacer.

—Está lo suficientemente interesada como para estar aquí.

Peter agitó la mano.

—Eso es solo por trabajo. Cuando termine, regresará a Chicago con su trabajo, sus trajeados compañeros de empresa y su apartamento en el centro.

—¡Vamos, Peter! Os conozco a ambos desde la secundaria. Bueno, a ti, mayormente. Y pude ver cómo la mirabas en el restaurante.

—La miraba con... interés. Como a alguien a quien no había visto en doce años después de que alguien que creía que era mi amigo prácticamente la empujara hacia mí.

—¿Con interés? Estamos hablando de una mujer, no de un banco.

Los ojos de Peter se entrecerraron.

—¿Y qué quieres decir con «en» el restaurante? Tú no estabas «en» el restaurante.

Lucius se aclaró la garganta.

—Bueno, por casualidad miré adentro. Cuando pasé por ahí.

—Seguro. ¿Y cuánto tiempo estuviste «pasando por ahí»?

Lucius miró hacia otro lado.

—¿He mencionado que fue idea de Carol?

Peter empujó su silla debajo de su escritorio y recogió algunos papeles antes de irse.

—Sí, ya me lo habías dicho, y esta conversación ha terminado.

—Bueno, vale —Lucius extendió sus manos—. Lo siento.

—Bien. Ahora podemos...

—Entonces, ¿sabes cuándo volverás a verla? —interrumpió Lucius.

Peter dejó caer los papeles con un suspiro.

—Déjame explicarte esto de una manera que pueda penetrar tu cerebro obviamente demasiado curioso. Kate es el polo norte del imán; yo soy el polo sur. Kate es vinagre, yo soy bicarbonato de sodio. Kate es agua y yo soy hidrofóbico —ladeó la cabeza—. ¿Algo de esto te está entrando en la cabeza?

Lucius, sonriente, se levantó del escritorio y se metió las manos en los bolsillos.

—Siempre tienes que ser tan científico con todo.

—Bueno, soy químico —Peter comenzó a apilar algunos papeles—. A veces es la única forma de darle sentido a las cosas. Eso deberías saberlo tú.

—¿Así que no sientes nada por Kate en absoluto?

¿Sentimientos? ¿Cómo podría atreverse? Apenas habían intercambiado más de diez palabras durante el último año de instituto, más allá de las primeras veces que intentó disculparse. Pero eso se había derrumbado rápidamente. A partir de ahí, fue solo contacto visual y unos pocos «hola» hasta que la graduación los separó para siempre. Hasta ahora.

¿Sentimientos?

—No. Quiero que tenga éxito en la vida. Quiero que sea feliz. Quiero que le vaya bien en su trabajo. El cual parece hacer muy bien, por cierto.

—Ajá.—Obviamente no estás convencido.

Lucius tiró de la esquina de su bigote.

—No, no, estoy seguro de que eso explique todas esas preguntas que le has hecho a Carol a lo largo de los años. Sobre Kate.

Peter alzó la vista.

—¿Qué?

—Sí, como, «¿Cómo está Katie?» o «¿Has oído algo de Katie últimamente?» o...

El semblante de Peter se tornó impenetrable.

—¿Te lo ha dicho ella?

—Bueno, no te enojes. Vives en un pueblo pequeño, ¿recuerdas? Aquí todo se sabe.

—Aparentemente —Peter agarró su grapadora y comenzó a grapar con fuerza los papeles—. Bueno, puedes decirle a Carol Harding y al resto del club de chismes dea pueblo que mis preguntas sobre Kate son solo amistosas. Tengo muchas otras personas de la clase con las que me mantengo en contacto también —ninguno de los cuales le acababa de hacer grapar los papeles equivocados.

—Parece que lo tienes todo bajo control.

—Parece que sí —comenzó a hurgar en el cajón superior de su escritorio, buscando el quitagrapas.

—Entonces, todo científico.

—Sí.

—Los sentimientos simplemente nos meten en problemas.

—Pueden tender a hacer eso, sí.

—Al igual que esa escena de *Star Wars* con los ewoks.

Peter suspiró, sin levantar la vista de su escritorio.

—Lucius, no empieces con los ewoks.

Lucius se quitó las gafas y comenzó a limpiarlas con un pañuelo que sacó del bolsillo.

—Estoy seguro de que ahora, como el hombre

adulto y bien adaptado que eres, nunca te afectan las emociones crudas, que, como todos sabemos, son solo reacciones químicas en el cerebro.

Peter se negó a mirar hacia arriba mientras organizaba los exámenes.

—Lo que tú digas.

—Emociones tales como la muerte de una pobre criatura inocente, muy, muy linda y peluda...

—Vamos, Lucius. Solo tenía, ¿qué?, seis años o algo. Déjalo estar.

—... tendida en el campo de batalla, su mejor amigo llorando sobre su maltratado cuerpo sin vida, meciéndolo lentamente, una mano muerta y flácida cayendo de un lado a otro —Lucius dejó caer su mano frente a la cara de Peter.

—Ya basta —le pidió este.

—Pobre, pobre, borroso y pequeño ewok, matado en la flor de la vida.

—Nunca perdonaré a mis padres por contarte esa historia —Peter inhaló profundamente.

Lucius alzó la vista con fingida preocupación.

—Ah. Lo siento, me olvidé de tus alergias —extendió su mano—. Ten, aquí tienes un pañuelo.

—Quédatelo —Peter recogió la ahora amontonada pila de papeles—. Me ha encantado tener esta pequeña charla. Estoy seguro de que tienes trabajo que hacer. Sé que yo sí... Y, por favor, la próxima vez que pienses hacer algún emparejamiento, considera dejar caer un mechero Bunsen encendido por tus pantalones.

Lucius se levantó del borde del escritorio, sonriendo.

—Tomó nota, mi amigo. Te veo más tarde —salió

por la puerta abierta, deteniéndose para mirar hacia atrás solo una vez.

Peter podía escuchar sus pasos caminando por el pasillo vacío.

Dejó caer la pila de papeles sobre el escritorio y se apoyó sobre él con ambas manos.

Sentimientos. Reacciones químicas en el cerebro. Por lo general, causaba más mal que bien, en su experiencia. Eso e intentar ayudar a alguien y, luego, ser condenado por decir la verdad. Se pasó la mano por el pelo. Allí estaba ese aroma de Kate otra vez. ¿*Lucky You*? Sí, claro.

Fue a lavarse las manos.

———

Kate rebuscó en su bolso.

—Carol, ¿tienes algo para el dolor de cabeza? —sus sienes palpitaban tan fuerte que sentía que su cerebro iba a salírsele del cráneo.

Tommy, el gato, apareció y se arremolinó alrededor de su pierna, en busca de atención.

—No estás ayudando —le dijo. Se rindió y salió hacia la cocina.

Carol entró sin notarlo, con una expresión de preocupación en su rostro.

—¿Te duele la cabeza? —preguntó.

—Solo un poco. No estoy segura de si es culpa del aire frío o qué —Kate se desplomó en el sillón y apoyo los pies sobre el otomano negro que se encontraba delante de ella.

Carol asintió.

—Sí, el aire frío puede hacer eso a veces —Carol volvió deprisa a la cocina.

Kate la siguió, sus ojos se estrecharon. Parecía que la mitad de las cosas que Carol decía tenían algún significado oculto. ¿O solo estaba siendo paranoica?

Se inclinó hacia atrás, con la mano en la frente. Carol regresó con unas pastillas y un vaso de agua.

—Aquí tienes, querida —se sentó en el borde del sofá, cerca de Kate—. Entonces, ¿cómo estuvo el paseo?

—Bien —Kate se tragó las dos píldoras y las bajó con el agua.

—¿Solo «bien»? —Carol sonreía, pero parecía preocupada por esa respuesta.

—Solo bien, sí. Bien a veces es solo... bien —se frotó las sienes palpitantes.

—Supongo que una gran parte del pueblo es diferente.

—Algunas.

En realidad, la mayor parte estaba más o menos igual. Se había acostumbrado a los rápidos cambios de vida en Chicago. Boutiques y restaurantes apareciendo y desapareciendo como dientes de león. Los pueblos pequeños parecían ser un poco más leales a los negocios existentes. Tal vez porque nunca cambiaban mucho.

—Fue un buen día para dar un paseo. Estoy segura de que Peter se alegró de verte de nuevo.

¿Había sido así? No estaba tan segura. No estaba tan segura de que hubiera sido así. Sus sienes palpitaban.

—Supongo que sí.

—¿Te llevó más allá del centro comunitario?

Tuvo que pensar la respuesta.

—¿La escuela vieja? Sí.

—¡Ah, bien! Quiero decir, que quería que lo

vieras en algún momento mientras estabas aquí.

Kate miró a su amiga con atención. Parecía estar maquinando algo en su mente. Carol se sentó y reposó las manos en su regazo, mirándola como si tuviera algo que quería escupir, pero tenía miedo de hacerlo. Carol era tan transparente como el aire.

—Bueno, estuvimos allí, y lo vimos. Puedes tacharlo de la lista.

—Es donde van a celebrar el baile de bienvenida en unas semanas.

Allí estaba.

—¿En serio?

—Sí, el tema es «los maravillosos ochenta», y lo están decorando para que se vea igual que en los años ochenta. ¿Sabes algo de los ochenta?

—Sí, creo que una vez leí algo sobre ellos en un libro de historia. Fue una especie de década, ¿cierto?

Carol nunca entendía su sarcasmo.

—Sí, bueno, van a poner música de los ochenta, y todo el mundo se supone que debe ponerse ropa ochentera y llevar un peinado de los ochenta. Todo va a ser muy...

—¿Ochentero? —ofreció Kate.

—Sí —Carol seguía sentada con las manos en su regazo, sonriendo, observándola.

Kate suspiró. Parecía que iba a tener que seguirle el juego o Carol se quedaría así hasta febrero.

—Los maestros están invitados, ¿sabes? Al baile.

—¿En serio?

—Sí, también se les permite llevar citas.

—Qué bien.

—No creo que Peter tenga una cita todavía —insinuó Carol.

—Eso es muy triste. Pero estoy segura de que alguna chica del pueblo lo invitará lo suficientemente pronto —pensó en Penny Fitch, Y sus sienes palpitaron con más fuerza.

—Creo que alguien está un poco celosa.

—No seas ridícula. Pero alguien se está enojando un poco con su curiosa, pero adorable, vieja amiga que sigue lanzando indirectas sobre su vecino como si fueran martillos resbaladizos. No estoy interesada. Tengo trabajo que hacer. Y no estaré por aquí, de todos modos. Estaré en Chicago —frunció el ceño. A menos que tuviera que volver al pueblo para continuar con esta propuesta...

—Solo digo que tú estás aquí, y Peter está ahí... —señaló a Kate y, luego, gestionó hacia la ventana—. Y mientras estés aquí, y él esté allí...

—Mientras yo esté aquí, y él esté allí, nos quedaremos aquí y allí. Donde estábamos. O estamos. O.... —Kate echó las manos al aire—. Me has estado haciendo esto todo el día. Me emocionas, y luego hago algo estúpido como pedirle que me lleve a dar una vuelta —se detuvo—. Bueno, ya no soy una niña tonta de secundaria y puedo cuidar de mi propia vida, gracias.

—Está arreglando tu neumático.

Se había olvidado de eso.

—¿Ah, sí? —estiró el cuello para echar un vistazo por la ventana delantera. Todo lo que podía ver era el porche y la parte trasera de su coche.

—Sí. Lo he visto pasar por la casa con su cosa de arreglar neumáticos hace unos minutos —afirmó Carol.

Kate se mordió el labio inferior, pensativa. Tal vez debería salir y darle las gracias.

—Tal vez deberías salir y darle las gracias —sugirió Carol.

¡Arg! ¡Lectora mental! «Sal de mi cabeza».

Entonces, su terquedad la enderezó.

—No. Ya nos despedimos. Sería incómodo.

Carol se quedó en silencio y, luego, apoyó las manos sobre la mesa y se puso de pie, empujando su silla hacia atrás.

—A lo mejor tienes razón. Me estoy entrometiendo. Ya eres una adulta.

Todavía estaba sonriendo, así que Kate sabía que no estaba enojada.

—Sí lo soy, gracias.

—Voy a empezar a preparar la cena. ¿Te gusta el pastel de carne?

No mucho. Pero su única otra opción era salir a cenar fuera. Lo que significaba tal vez Ray's o un burrito congelado del Stop-n-Pop. O, peor aún, tendría que pasar por delante de su vecino de pelo ondulado con su cosa de arreglar neumáticos.

—Sí. El pastel de carne suena genial. Gracias.

Carol se metió en la cocina, dejando atrás una nube arremolinada de pensamientos en la cabeza de Kate.

Era este lugar. El pueblo. Los edificios, la escuela, Nitrovex, la gente. Suspiró. Sobre todo, la gente. Los de ojos azules brillantes.

«No. No vayas ahí. Ni lo pienses. ¿Recuerdas lo que pasó? Sueños rotos. Cristal roto. Todo roto».

———

***DOCE AÑOS ANTES.***
***INSTITUTO GOLDEN GROVE***

Katie vio los fragmentos de su móvil deslizándose por el suelo bajo el frío resplandor de las luces del gimnasio.

Era una pesadilla. Tenía que serlo. No podría estar sucediendo de verdad. No después de todo su trabajo, su esfuerzo. No se merecía esto. Había ganado ella.

Pero lo había perdido todo. Las delicadas piezas que se había pasado horas encajando todo el verano se esparcieron por el suelo del gimnasio como un sueño que se había roto en mil pedazos. Todos se detuvieron y se volvieron a mirarla, cada cara petrificada por la destrucción.

Excepto por Peter, que estaba torpemente tratando de levantarse del suelo. Peter, cuyo estúpido proyecto científico había hecho añicos el suyo. Se había roto, y su corazón gritó en mil direcciones diferentes mientras caía sobre sus rodillas.

Pero eso no era nada, ni siquiera se le acercaba, en comparación al aguijón de la traición que perforó su alma. Buen Peter, leal Peter. La única vez que había necesitado su apoyo. La única vez. Y él decidió traicionarla. Eligió a Penny. En vez de a ella.

Estaba demasiado sorprendida, demasiado enojada como para romper a llorar. Desesperanzada, comenzó a recoger algunos de los pedazos de vidrio del suelo, pero se acabó, se había ido. Nadie le otorgaría una beca para nada a menos que fuera a una escuela de comercio para aprender a barrer la basura.

Una mano le tocó el brazo.

—Katie, lo siento mucho. Ha sido un accidente. Lo siento mucho.

Katie se zafó del brazo.

—Ni siquiera... Déjame en paz —fue todo lo que pudo decir.

Peter se arrodilló y comenzó a ayudarla a recoger las piezas.

—Por lo menos déjame ayudarte.

Katie giró para enfrentarlo.

—¿No has hecho suficiente ya? ¿Y qué te importa? Tienes tu premio. Has ganado. Tú y esa... —casi lo dijo en voz alta. «¡Bruja!»—. Solo... vuelve a tus tuberías y tubos y destruye algo más.

Peter se puso de pie, mirando de nuevo su propio proyecto, que ahora no era más que una pila de tubos humeantes y tuberías goteantes.

—Bueno, el mío está hecho un desastre ahora también.

—Oh, ¿en serio? Bueno, te lo mereces —Katie bajó la voz—. Pensé que eras mi amigo, Peter. Incluso pensé que eras... —se detuvo—. Pensé que, si alguien en esta estúpida escuela iba a defenderme, serías tú.

—Lo siento —su voz era pequeña, diminuta, casi como la de un niño pequeño.

—Sí, lo siento, ahh, eso ayuda —casi estalló en una carcajada—. Has arruinado mi vida, Peter —las lágrimas eran imparables ahora, el dolor las arrancaba de su corazón en sollozos—. Has arruinado mi vida.

Peter se quedó ahí parado. Abrió la boca como si fuera a decir algo, pero luego se giró y volvió a su mesa.

Eso fue todo. Se había terminado. No solo su proyecto estaba arruinado, sino que Peter se había ido. Incluso si ella lo quisiera, nunca lo tendría. Ni su estúpida sonrisa ni sus ojos azules ni nada. Ni la fase tres, el baile de bienvenida, y todo eso. Todo se había derrumbado con su móvil.

Sus ojos le picaban a causa de las lágrimas. Sabía que todo el mundo la estaba observando, pero tratando de no hacerlo, avergonzados por la escena.

El cohete, que ahora era un trozo de metal sin vida, humeaba en el suelo, muerto y ajeno. Representaba todo lo que Peter era, todo lo que odiaba de este pueblo, todo lo que había desaparecido en un intermitente, destructivo y sin sentido instante. Nitrovex, ciencia, estupidez. Una gran e inconfundible metáfora explosiva, una vida tan destruida como el alambre doblado y los vidrios rotos que cubrían el suelo del gimnasio. Inútil, irreparable, y ¿quién querría molestarse en arreglarlo, de todos modos?

Se acabó todo eso: la beca, la escuela de arte, el baile, Peter. Todas sus esperanzas se habían desvanecido. Se tomaría su tiempo, lo saludaría en los pasillos, sería una buena niñita, haría sus tareas, aprobaría la secundaria y, luego, se iría. A la universidad, a una comuna, a la luna, a donde fuera, no importaba.

Pateando un pedazo de vidrio con el pie, caminó rápidamente hacia la parte trasera del gimnasio, chocando contra los estudiantes que estaban tratando de no hacer contacto visual. Las lágrimas fluyeron fácilmente, la decepción dando paso a la ira y la indignación, y ella las dejó correr. No le importaba. Que otra persona limpiara ese desastre. Atravesó las puertas metálicas de la parte trasera del gimnasio.

Como si estuviera desaparecida. Años de frustración en Golden Grove, manipulación de sus padres, Peter y arte sin valor y sin sentido, todo detrás de ella. En cuanto la primavera llegara, en cuanto ese diploma estuviera entre sus manos, se marcharía de Golden Grove. Para siempre.

## CAPÍTULO OCHO



Kate apagó el motor de su escarabajo amarillo que había estacionado en el área para visitantes junto a la entrada principal de Nitrovex. Este era momento. Un nuevo comienzo, lunes por la mañana, hora de empezar a trabajar. Sin distracciones. Había llegado la hora de la verdad.

La rueda pinchada seguía llena esa mañana. Carol lo llamó «un milagro». Kate lo llamó «Carol buscando en internet cómo desinflar un neumático de automóvil para que tuviera que dar un paseo con el apuesto hombre de al lado».

Sin embargo, tenía que admitir que había dormido mejor de lo que había dormido en meses, lo cual la sorprendió. Pensaba que, después de todos los altibajos y su paseo con Peter, su mente no sería capaz de apagarse. Pero solo tuvo que pasarse un minuto o dos mirando el techo de su antigua habitación para que sus ojos se cerraran y su mente cayera en un sueño profundo.

Salió de su coche y cogió su maletín. «Respira hondo. Has hecho tu tarea. Pon los últimos días, y el pasado, detrás de ti. Esto es para lo que realmente viniste aquí, ¿recuerdas?»

Se alisó un pliegue en su falda de negocios gris y, luego, revisó su reflejo en la ventana del coche. Peinado listo, todo en su lugar, y el maquillaje adecuado. No demasiado llamativo, muy profesional. Asintió, complacida consigo misma, recordando lo que la había traído aquí. Ella era buena en lo que hacía, ¿no?

La entrada a la oficina principal de Nitrovex era luminosa y aireada y podía estar fácilmente en un parque de oficinas del suburbio de Chicago. Las ventanas altas y delgadas estaban flanqueadas con bordes de abedul. Casi le recordaba a su oficina del centro.

—¿Señorita Brady? —preguntó una mujer mayor y delgada con un elegante traje de negocios que se acercó a ella con la mano extendida.

—Sí —respondió Kate, sorprendida de que la reconocieran.

La mujer sonrió.

—Soy Sandy. El señor Wells está casi listo para verte.

—Sé que he llegado temprano.

—No pasa nada. Puedes sentarte aquí en el área de recepción. Hay café allí en el rincón —estaba señalando un área de espera adornada cuidadosamente con un similar trabajo de carpintería ligero y sillas con marco de aluminio.

No había estado esperando más de unos minutos cuando una voz retumbante llegó por el pasillo.

—Eso es todo, Jim. Solo diles que lo aumenten un diez por ciento.

Un hombre de unos sesenta años con un sombrero de semilla de maíz y vaqueros se acercó a ella. Su estómago barrigón colgaba sobre un cinturón de hebilla grande. El señor Wells estaba tal y como lo recordaba, aunque mucho más gris y un poco más panzudo.

Kate casi sonrió. Todavía se parecía más a uno de los tipos que solía ver cuando era una niña, los que se pasaban las tardes en los bancos del parque en la plaza, hablando sin parar sobre lo mal que iban los Cubs ese año. No parecía el jefe de una corporación internacional multimillonaria.

—Tú debes ser Kate —dijo con la misma voz retumbante mientras se acercaba con la mano extendida.

—Debo serlo —dijo ella, dándole la mano—. Kate Brady, del grupo Garman.

La estaba estudiando con los ojos ligeramente entrecerrados.

—Su compañía dijo que solía vivir en Golden Grove.

«Estupendo». Pensó brevemente en mentir.

—Bueno, sí. Hace mucho tiempo. Mis padres son...

Él chasqueó los dedos y la señaló.

—Joe y Emily Brady. Claro —adivinó mientras sonreía—. Siempre me agradaron esos dos.

Kate le devolvió la sonrisa débilmente.

—Señor. Wells, creo que el grupo Garman puede ayudarlo a hacer que Nitrovex sea aún más visible en su industria.

«Eso es. Directa al grano».

John asintió con la cabeza.

—Estoy seguro de que pueden, estoy seguro de que pueden —extendió sus brazos—. Bueno, ¿por qué no comenzamos haciendo que nuestra vicepresidenta de operaciones te muestre el lugar? Para tener una idea del terreno. Luego podremos conversar un poco más —miró por encima del hombro de Kate hacia la sala de espera—. Parece que acaba de llegar.

¿VP de operaciones? «Oh-oh, y oh no». Había investigado sobre la compañía y sabía exactamente quién era.

—Siento llegar tarde, John —se disculpó una voz brillante e inquietantemente familiar.

Kate se volvió y entrecerró los ojos ante la luz del sol de la mañana que entraba a través de las altas ventanas del vestíbulo abierto, golpeando a su némesis de la adolescencia en el ángulo equivocado. El mismo cabello largo y negro, y la sonrisa perfectamente blanca. Solo había que agregarle doce años, algunas patas de gallo (¡Sí! ¡Incluso ella envejece!), y un vestido azul marino de negocios, y era ella, la propia bruja tenue. Penny Fitch.

Penny estaba ocupada metiéndose las gafas de sol en el bolsillo y todavía no se había fijado en Kate.

Kate se aclaró la garganta y esperó. Sabía que se encontraría con ella tarde o temprano, pero esperaba que fuera más tarde que pronto. Mucho más tarde. Más bien nunca.

Pero ahora todos eran adultos, ¿verdad?

—Penny Fitch, ella es...

—...Kate Brady —saludó Penny, entusiasmada, con la mano extendida—. ¡Qué bueno verte de nuevo!

¿Lo era? ¿Lo era de verdad?

—Hola —dijo Kate secamente, dándole la mano a Penny.

«Eres una profesional, ¿recuerdas?»

—¿Os conocéis? —inquirió John.

—Claro —confirmó Penny—. Katie y yo fuimos al instituto juntas.

Kate se imaginó cómo luciría la cabeza de Penny

si explotara espontáneamente en ese momento. Un poco desastrosa, supuso. Pero algo satisfactorio.

—Bueno, entonces, probablemente tengáis mucho de qué hablar —dijo John—. Kate, te dejaré en manos de Penny durante un rato.

Ese pensamiento hizo que se le pusieran los pelos de punta.

—Vale —dijo ella, viendo a John alejarse por el pasillo.

Se volvió hacia Penny. El resplandor del sol que provenía de detrás de ella hizo que pareciera que tenía cuernos saliendo de su cabeza. Kate intentó sonreír, pero solo consiguió hacer una mueca.

Penny le dio una rápida mirada y una sonrisa.

—Te ves genial, Kate. Casi no te reconocía.

«Desearía que no lo hubieras hecho», pensó.

—Gracias, tú también —deseaba haber podido mentir, podría haber dicho: «Guau, ¿has aumentado de peso o estás embarazada?» Pero no. Penny se veía esbelta, delgada y extremadamente perfecta.

—John dijo algo sobre un recorrido.

Penny asintió con la cabeza.

—Claro. Déjame mostrarte la planta —hizo un gesto con el brazo hacia un pasillo lateral que conducía a unas puertas dobles de metal blanco.

———

Dos horas, una máscara de filtración y un casco más tarde, Kate había visto tantos depósitos de líquido marrón sin nombre e interminables tubos blancos como podía manejar. No había visitado mucho a sus padres cuando trabajaban en la planta como químicos, pero no había olvidado el mal olor. Su padre le había dado un recorrido así en un día de «lleva a tu hijo al trabajo», y Kate pensó que iba a dañar permanentemente su sentido del olfato.

Penny la había llevado de regreso al área de la oficina principal, y el ruido y el estallido del piso de la planta desaparecieron cuando la puerta se cerró.

—Puedes quedarte con el casco —Penny señalaba el casco blanco con el logotipo de Nitrovex que reposaba sobre la cabeza de Kate.

—Gracias —puede que lo necesitara en su próxima reunión en Chicago si arruinaba este trato.

—Le haré saber a John que hemos terminado. Espero verte de nuevo por aquí, Kate —Penny le extendió la mano de nuevo.

Kate la estrechó. Penny hizo una pausa y, luego, dio la vuelta y salió por un pasillo alfombrado.

Kate se limpió la mano en la falda. Se dio cuenta de que había estado apretando los músculos del estómago durante los últimos treinta minutos y, finalmente, exhaló. ¿Eso era todo, entonces? ¿Sin disculpas? Ni un, «¿perdón por ser tan mezquina y arruinar tu vida?» Simplemente había actuado como si nunca hubiera pasado nada, como si todo estuviera súper bien, ¿eh? De acuerdo, podría jugar a ese juego.

Pero el recorrido en realidad no había estado tan mal. Casi había esperado que Penny fuera una de esas representantes de ventas excesivamente extrovertidas como las que había tratado antes, pero había sido... normal. Incluso profesional. «Tal vez todos sí que maduramos en algún momento», había pensado.

John Wells se acercaba rápidamente.

—Bueno, entonces, ¿qué opinas de nuestra pequeña operación? —preguntó, con la cara radiante.

Todo lo que podía recordar eran tuberías y golpes

y tipos con monos blancos que parecían estar esperando que un tanque de químicos mortales explotara e inundara la ciudad.

—Fue increíble. Justo como lo recordaba.

Él se echó a reír.

—¿Quieres decir que te gustaron todos esos tanques y estaciones de mezcla malolientes?

—Siempre me ha interesado la ciencia —trató de sonar convincente. No era una completa mentira. Estaba su amistad con Peter después de todo. Sí, claro.

El señor Wells comenzó a caminar de regreso por el pasillo.

—Seamos realistas, señorita Brady. La mayoría de las personas no disfrutan mucho de ver nuestra pequeña operación. Pero creo que lo que hacemos aquí es importante. No solo productos químicos para plantas de alcantarillado o granjas. ¿Sabes que también hacemos resinas para pinturas utilizadas por artistas?

—Vi algo sobre eso, sí.

Él asintió.

—Entre otras cosas. Es posible que no lo veas claramente, pero seguramente lo notarías si no estuviéramos aquí. Lo que estoy tratando de decir es que puedes creer que tu trabajo ya está hecho, pero Nitrovex no son solo productos químicos.

—Ciertamente haremos todo lo posible por usted, señor Wells. Y yo espero que usted encuentre que somos la compañía adecuada para este proyecto —eso no era mentira. La importancia de este proyecto para su carrera continuaba rondando a su alrededor como una nube nerviosa.

—Puedes llamarme John si yo puedo llamarte Kate —dijo él, sonriendo.

Kate sonrió. Le caía bien el señor Wells.

—Trato hecho.

John hizo un gesto hacia el pasillo, y ella lo siguió.

—Ahora, déjame mostrarte nuestra sala de historia, si me permites. ¿Sabías que fuimos la primera compañía en los Estados Unidos en producir derivados de epiclorhidrina?

## CAPÍTULO NUEVE

UNA SEMANA DESPUÉS, KATE ESTABA DE VUELTA en Golden Grove, con la esperanza de inspirarse antes de su segunda reunión en Nitrovex. Dejó el pesado libro sobre la mesa del comedor de Carol y se frotó la sien. *Nitrovex: Cincuenta años de innovación.*

Más bien cincuenta años de monotonía agotadora. Había hojeado el tomo científico, que se hacía pasar por una pieza sobre las relaciones públicas de la compañía, al menos una docena de veces en su oficina en Chicago. Si tuviera que mirar una foto más de un técnico sonriente con gafas señalando un nido de tubos, se volvería loca.

La mesa estaba cargada con todo el material que Penny Fitch le había entregado después de su recorrido por la planta. Material que podría más bien haber estado escrito en marciano. Tecnología de las membranas. Reducción de cromo hexavalente. Polímeros floculantes.

Eran solo un montón de palabras vagas junto a imágenes de sucias máquinas de batir dirigidas por tipos ocultos debajo de monos blancos. Y ese «acumulación de lodos» sonaba como algún ejercicio que Penny hacía para mantener su estómago plano.

La bruja tenue podría fingir que la pila de material estaba destinada a ayudarle, pero Kate no se dejaba engañar. Penny probablemente estaba intentando maquinar otra ronda de sabotaje.

—Te daré veinte dólares —le gritó a Carol, que estaba en la cocina—, si puedes decirme qué es... —miró de reojo un folleto—, la «acumulación de bacteria filamentosa».

Carol estaba junto al fregadero, lavando los platos que quedaban de una reunión de las ovilleras que habían tenido esa misma mañana.

—Suena como el virus que pillé después de mi viaje a Acapulco hace unos años. Tal vez deberías tomarte un descanso. Has estado trabajando en eso toda la tarde y ahora después de la cena.

—No necesito tomarme un descanso. Necesito conseguir uno —Kate suspiró—. Empresas de ropa, emprendedores web, esas con las que al menos me identifico —hojeó una pila de folletos de Nitrovex—. Pero, ¿reducción de fósforo y deshidratación de lodos? Tendría que ser una... una...

—¿Química? —sugirió Carol.

Kate se echó hacia atrás para mirarla y negó con la cabeza lentamente.

—Ah, buen intento.

Carol continuó secando sus platos, de espaldas.

—¿A qué te refieres? Solo estoy tratando de brindarte la mejor respuesta a tu dilema.

—¿Alguna vez has pensado en meterte a la política?

—Lo único que estoy tratando de hacer es sugerir

las mejores maneras para que te vaya bien con tu trabajo. Eso es lo que quieres, ¿no?

Kate abrió la boca y, luego, la cerró. Era manipulador y astuto, pero tenía que admitir que Carol podría tener razón. Peter era probablemente la persona adecuada para ayudarla a manejar este proyecto. Había revisado cada pieza del material que Penny le había dado, se vio todos los videos en internet de tanques de excrementos de vaca que podía manejar, y todavía estaba en blanco. Y Garman esperaba una actualización sobre su progreso para el miércoles.

Solo necesitaba una semilla de un concepto, una base para todo lo que usaría para promocionar la empresa. Coca-Cola fue divertido, agua gaseosa. Corvette fue rápido, coches ruidosos. ¿Peroproductos químicos impronunciables? ¿Qué podía hacer con eso, idear una mascota a partir de un tubo de ensayo cantante?

Mmm. *Tubo de ensayo cantante.* Anotó la idea. Luego, lo tachó.

Se tocó los dientes con el bolígrafo, pensando y luego escribiendo.

Nitrovex: El Futuro de la reducción de cromo hexavalente. *Hoy en día.*

Nitrovex: Hacemos cosas que limpian tu caca para que no tengas que hacerlo tú.

¡Hola, soy Tomás la tubería! ¿El lodo necesita volumen? ¿Los polímeros necesitan floculación? ¿Necesitas algún químico mortal que daña el cerebro para hacer cosas químicamente vagas? ¡Soy lo que necesitas!

Nitrovex: Ayuda a Kate a no perder su trabajo apoyando este eslogan.

«Mierda». Esto era imposible.

Volvió a sentarse. Tal vez debería rendirse y llamar a sus padres. Sí, eso sería genial. Kate llama a sus padres para pedirles consejo sobre Nitrovex, el lugar donde habían trabajado y que ella siempre había ridiculizado cuando era niña. El lugar que casi la llevó a la escuela de arte, pero siempre le daba su beca a algún friki de la ciencia.

Desde entonces, se propuso abrirse su propio camino y dejar a sus padres fuera del consejo profesional. Bueno, pues ella estaba pagando por eso ahora.

Se mordió el labio y, luego, suspiró. «No puedo creer que vaya a decir esto».

—¿Crees que Peter está en casa? —le preguntó a Carol.

Casi deseaba que no estuviera, que estuviera en la escuela o en algún lugar, en cualquier lugar. Que él no existiera, y que ella estuviera de vuelta en Chicago, en su bonita y segura oficina, con alguien más manejando este proyecto sin remedio.

Carol entró en la habitación, secándose las manos con un paño de cocina.

—Sé que si está. ¿No oyes el martilleo?

Kate lo notó por primera vez. Martilleos al azar y ocasionales golpes en madera provenientes de la casa de al lado.

—Está trabajando en el patio trasero —dijo Carol, volviendo a la cocina—. Seguro estaría más que dispuesto a ayudarte.

Kate solo la miró.

—¿Qué podría salir mal? —añadió Carol.

¿Qué podría salir mal? La respuesta a esa pregunta requeriría demasiado tiempo.

Pero, a pesar de todas las obvias maquinaciones de Carol, tal vez tenía razón. «Miremos esto objetivamente», pensó Kate. Peter sabía de química, lo que significaba que ya estaba muy por delante de ella y podría comprender qué podría golpear el punto óptimo de Nitrovex. Había vivido aquí toda su vida y conocía la compañía, especialmente los últimos años.

Kate solo necesitaba ese primer paso, esa ventaja. Entonces, podría comenzar desde allí. Todo lo que había hecho durante las últimas horas era un garabato de una vaca con dientes separados y bata de laboratorio que se parecía sospechosamente a Penny Fitch.

Solo tenía un par de días más antes de que tuviera que informar sobre su progreso, y habían dejado muy en claro que esta no era un informe pequeño. Si fallaba, estaría diseñando folletos para fiestas y limpiando la máquina de café de Danni.

Dejó caer su cabeza entre sus manos.

—Carol, si me necesitas, estaré en casa de Peter —la informó.

———

Peter dejó la pesada caja de herramientas de madera junto al enorme roble en su patio trasero y miró hacia arriba. Su vieja casa del árbol había estado allí durante casi un par de décadas, y el árbol estaba comenzando a crecer a su alrededor. Lentamente y sin pensarlo, doblaba las tablas y se las tragaba. Algunas cosas no se detienen por el tiempo.

Tomó un martillo. Había tenido la intención de hacer esto durante meses, y ahora era un momento tan bueno como cualquier otro. Algunas cosas necesitaban hacerse, ¿verdad? No tenía nada que ver con el Volkswagen amarillo que había visto en la entrada a la casa de Carol.

Negó con la cabeza para sí mismo. Era una reacción de adolescente, y él lo sabía. Era solo una excusa para estar en el patio trasero con la esperanza de que poder ver a Kate al lado. Tal vez podría hablar con ella y finalmente disculparse. Antes de que ella se fuera de nuevo.

Subió la escalera que había apoyado contra el árbol y comenzó a quitar algunas de las tablas sueltas en la base de la casa del árbol. Intentó no pensar en toda los ratos divertidos que había pasado aquí. Construyéndola con su padre, que casi se cayó del árbol y le hizo prometer que no se lo diría a su madre. Ese recuerdo trajo consigo una sonrisa agridulce. Luego estaban las fiestas de pijamas con sus amigos en las noches frescas y húmedas de junio, quedándose despiertos hasta tarde, comiendo comida basura y jugando al Grand Theft Auto en sus PS2.

Y esa noche con Kate después de la película.

Comenzó a desclavar un terco clavo. Negó con la cabeza para sí mismo de nuevo. ¿Por qué siempre se ponía tan sentimental con estas cosas? Era un científico, por el amor de Dios.

La puerta se abrió de golpe, e inmediatamente alzó la vista. Tragó saliva. Era Kate, que venía hacia él, sosteniendo una botella de agua. Se movió lentamente alrededor del pequeño seto que separaba sus dos patios, con los brazos cruzados casualmente y la botella colgando.

«Intenta actuar con indiferencia. Tranquilo», se instruyó a sí mismo.

—Entonces, ¿cómo te fue en Nitrovex la semana pasada? —preguntó, bajando la escalera.

—Pésimo. Penny Fitch fue asignada como mi guía turística —respondió Kate.

Ups. Había esperado que no se topara con Penny tan pronto. O nunca.

—¿Viste a Penny? —inquirió.

—Sí, la vi. Ella, todo su metro y medio de nada y su sonrisa perfecta. Me dio una pila de material de la empresa —se quejó Kate con un resoplido.

«Auxilio. Cambia de tema. Piensa en algo».

—Ah.

—Pero no puede sabotearme si no la dejo. Todavía tengo una oportunidad de ganar esta propuesta.

—No fue tan mala, ¿no?

—Bueno, la verdad es... —hizo una pausa.

—¿Qué?

Puso la botella en una silla cercana y metió las manos en los bolsillos.

—La verdad es que en realidad parecía saber lo que estaba haciendo.

—Creo que se le da bien —vio los ojos de Kate entrecerrarse y añadió—. Por lo que he escuchado.

Kate asintió.

—Puede que sí.

—Entonces, aparte de Penny, ¿salió bien? ¿Has vuelto para otra reunión?

Kate resopló, moviendo un mechón de pelo rojo dorado de la frente.

—Para investigar más. Estoy al día con el alcance general de la empresa, pero todo lo de química me resulta más difícil. El recorrido no ayudó mucho, para ser honesta —se acercó a una silla blanca de metal que se encontraba al lado de la cama de flores de la esquina y se sentó—. Pensé que sería capaz de apañarme con la parte de ciencias, pero todo esto es como una acumulación de lodo.

Peter ladeó la cabeza en su dirección.

—Ah, ¿entonces ya has aprendido sobre las bacterias filamentosas?

Eso provocó que Kate soltara una risa musical. La risa que recordaba haber escuchado aquí en esta casa del árbol, en el columpio del porche de su familia, de camino a casa desde la escuela...

—Ya quisiera yo —dijo ella—. Todavía estoy tratando de descubrir qué es un polímero floculante. Suena como algo ilegal que Randy Palmer solía esnifar detrás del instituto.

Peter se echó a reír.

—Eso es realmente gracioso, de hecho.

—Gracias.

—No, quiero decir que Randy Palmer es un alguacil ahora, en el condado de Jasper.

—¿De verdad? ¡Guau! Supongo que nunca puedes llegar a conocer a algunas personas —Kate miró hacia otro lado. Luego, se levantó y se acercó a él, con las manos en los bolsillos—. Tengo una idea. ¿Crees que tal vez podríamos intercambiarnos, y tú te reúnes con John Wells mañana? Vosotros dos parecéis hablar el mismo idioma.

—Ni hablar.

—¡Vamos! Te afeitas la barba, te pones un bonito vestido azul marino. Probablemente le podrías pedir prestado uno a Penny.

—No tengo las piernas para eso, definitivamente —Peter negó con la cabeza para enfatizar.

Kate lo miró de pies a cabeza y, luego, frunció los labios.

—No sé yo. Te he visto en pantalones cortos.

Peter colocó el martillo en la caja de herramientas.

—No. No me afeito las piernas por nadie —se negó.

—Bueno, entonces, ¿puedes al menos decirme por qué yo debería siquiera saber qué es un floculado?

—Claro. El lodo necesita un floculado catiónico estructurado de alto peso molecular y alta carga para separarse o deshidratarse —le informó Peter.

Kate parpadeó varias veces.

—Ay, Peter, para. Me perdí en «el lodo».

Peter asintió y se limpió las manos en los vaqueros.

—Buena esa.

Kate ladeó la cabeza hacia el árbol como si lo viera por primera vez.

—¿En qué estás trabajando? —preguntó.

Peter apuntó con su pulgar hacia el enorme roble nudoso.

—Estoy derribando la vieja casa del árbol.

Los hombros de Kate se cayeron.

—Oh, no. ¿Por qué?

—Bueno, el árbol está creciendo alrededor de las tablas y, si no las quito, probablemente matarán al árbol.

—¿En serio? —Kate frunció el ceño—. Siempre me gustó esa vieja casa del árbol. Solía jugar a las muñecas allí con mis amigas cuando no estabas por aquí —confesó.

Peter sonrió.

—Lo sé.

—¿Qué? ¿En serio? ¿Me estabas espiando? —inquirió, arqueando las cejas.

—No lo llamaría espiar. Lo llamaría prestar mucha atención desde la distancia. Además, siempre encontraba zapatitos de Polly Pocket en las grietas del piso. Una buena pista.

Ella sonrió, mirando el césped.

—Bueno, supongo que todas las cosas buenas llegan a su fin.

Era una afirmación que parecía tener más peso del que debería. Peter observó mientras ella giraba, tocando la áspera corteza gris del viejo árbol, levantando la vista hacia el revoltijo de tableros que había colocado en una tosca caja en el centro del árbol. Las ramas del roble gigante parecían acunarla en sus brazos.

—¿Realmente necesitas derribarla?

Peter se unió a ella.

—Bueno, ¿qué tal un último vistazo? La mayor parte todavía sigue en pie. La escalera debería funcionar

Tiró de las primeras tablas que estaban clavadas a intervalos por el costado del árbol. Kate agarró la primera y comenzó a escalar mientras Peter la sostenía por un lado, por seguridad, esperando que sus palmas no estuvieran demasiado sudorosas. *Lucky You* empañó un poco su cerebro.

—Cerciórate de que no estén flojas —le avisó. Peterl vio cómo Kate alcanzaba la cima de la subida y desaparecía hacia un lado.

Su cabeza apareció por una pequeña ventana lateral.

—Sube —dijo, y desapareció adentro otra vez.

Peter la siguió, probando cada tabla mientras subía y, enseguida, se unió a ella en el estrecho espacio. Olía a pino viejo y húmedo. Algunas tablas estaban sueltas, y algunas incluso estaban podridas, pero la mayor parte del techo todavía seguía en pie, y el piso parecía seguro. Peter no había estado aquí arriba en años. No había razón para hacerlo hasta ahora, supuso.

—Es más pequeño de lo que recordaba —dijo, posicionándose frente a Kate, que agachó la cabeza para pasar por debajo de una rama que se asomaba por el techo.

—Es bastante acogedor —Kate señaló una tabla—. Mira, ahí está el dibujo que hice de nosotros dos.

Estaba señalando un dibujo de dos niños hechos con un rotulador, uno delgado como un rayo con grandes gafas redondas, y el otro con un vestido.

—Mmm —dijo—. Yo diría que me veo igual. Tú te ves tan bien como siempre.

Kate lo fulminó con la mirada, como si no estuviera segura de si estaba bromeando o no.

—Gracias.

Peter miró por la ventana más grande, en el lado opuesto, que daba hacia la parte trasera.

—Vaya, las peleas de bolas de nieve que solíamos tener —señaló una marca negra cerca de la ventana—. Disparé un cohete desde aquí una noche cuando mis padres no estaban en casa.

No estaba seguro, pero le pareció ver a Kate estremecerse ante la palabra «cohete».

«Estúpido, Peter», se recriminó a sí mismo.

—Oye, Kate... —se detuvo.

«Vamos, termina de una vez».

Kate lo estaba mirando, sus ojos marrones líquidos, su cabello cayendo como un río que fluía sobre su hombro.

Peter tragó saliva.

—Quisiera disculparme. Por todo lo de la feria de becas.

Kate negó con la cabeza.

—No, no es necesario.

Él negó con la cabeza de nuevo.

—No, por favor. Sé que eso te lastimó. Mucho. No obtener esa beca, y que mi experimento destruyera tu móvil. Habías trabajado muy duro en él. No puedo imaginar cómo te debiste haber sentido.

Kate bajó la mirada, pero tenía una pequeña sonrisa. El sol de atardecer penetró a través de una grieta en la casa del árbol, iluminando su cabello con aún más oro. «*No es justo*».

—No te preocupes —dijo ella—. Además, me hiciste un favor.

—¿Y eso?

Kate hizo un gesto con la mano.

—Bueno, si hubiera obtenido esa beca, habría ido a un lugar como Mason y obtenido un título en arte, en lugar de diseño gráfico. Probablemente estaría sentada en alguna estación de servicio abandonada tratando de vender cuadros de Elvis en este momento.

—Eso es un poco extremo.

Kate levantó las manos, los dedos extendidos.

—Créeme, uno de mis amigos tiene una licenciatura en arte y todavía vive con sus padres. Hace campanas de viento con esas pequeñas botellas de licor que te dan en el avión. Pasa los fines de semana tratando de venderlos a las aburridas amas de casa en los mercadillos. Un título de diseño gráfico me ha conseguido un trabajo mucho mejor, gracias.

—Mmm —fue todo lo que se le ocurrió decir—. Suena como un enfoque muy práctico.

—Me gusta creer que es así —Kate ya no lo estaba mirando.

El sol había caído aún más, y ella estaba en la sombra otra vez.

Entonces, cayó en la cuenta de algo. Kate había seguido adelante. Ya lo había dicho. Viviendo en Chicago, subiendo la escalera corporativa. Agua Fiji y ropa de Armani. Ella ya no era una niña de Golden Grove. Como él.

Kate levantó las rodillas y se sacudió el polvo de los vaqueros.

—¿No solíamos venir aquí para hacer las tareas?

—Ajá —Peter le echó un vistazo—. También es donde... —se detuvo.

«No lo hagas. Olvídalo».

—¿Qué? —cuando él dudó, ella se acercó para golpearlo—. ¡Vamos!, ¿qué?

Ahora que lo había mencionado, sabía que ella nunca lo dejaría en paz.

—¿Recuerdas...? ¿La noche que fuimos en grupo a ver *Toy Story 2*? ¿En segundo de la ESO? Después de la película, estaba aquí mirando las estrellas con mi telescopio. Viniste y me trajiste unas Oreos.

—¿Sí? —Kate se apartó un mechón de pelo de la cara despreocupadamente.

Los hombros de Peter cayeron. Kate iba a hacer que lo dijera.

—Está bien, el beso, ¿recuerdas? ¿Nuestro primer beso?

Kate asintió como si acabara de recordar dónde había dejado las llaves de su auto.

—Ah, eso. Sí, claro que lo recuerdo. Creo.

—¿Crees? ¿No recuerdas tu primer beso?

—Bueno, sí —se aclaró la garganta—. Claro que sí.

—Un momento... —Peter entrecerró los ojos—. Quieres decir que...

Kate entrelazó los dedos alrededor de sus rodillas y se encogió de hombros, mirando por la ventana.

—Bueno, no fue exactamente mi primer beso —admitió.

—¿No? —dijo Peter, irritado por cómo su voz sonaba tan pequeña.

Debió haber parecido demasiado decepcionado.

—Bueno, en realidad no es tan importante, ¿no, Peter? Quiero decir, que eso fue hace mucho tiempo.

Sus ojos se estrecharon.

—¿Con quién fue? ¿Robert Bowman? —indagó Peter.

—No, no fue Robert Bowman.

—¿Tim Polowski?

—No, por supuesto que no. Sabes, realmente ni siquiera creo que...

—¿Kent Wilkins? —miró al techo, pensando—. Mmm, ¿ese Steve con las pecas? Martin, ¿cómo se llamaba? ¿El de tu clase de arte? Dennis...

—Fue con Brian McDermott y estábamos en una fiesta de cumpleaños en su sótano, y mis amigos me desafiaron a besarlo, así que lo hice y eso fue todo —escupió.

—¿Brian McDermott? ¿«Fisura en la barbilla»? —Peter soltó una breve carcajada.

Kate se cruzó de brazos.

—Bueno, querías saberlo, así que ahí está.

—Brian McDermott —Peter asintió—. ¿Sabías que es un cirujano plástico en Texas?

Kate abrió los ojos como platos.

—¿En serio?

—Síp. Podrías haber sido la esposa del único cirujano plástico del país que necesitaba más cirugías que sus pacientes.

Kate esbozó una sonrisa sarcástica, pero no dijo nada.

Peter miró por la ventana.

—Bueno, sí fue mi primer beso.

—Oh, ¡venga ya!

—Llevabas un vestido morado y tenías en el pelo esas pinzas de flores amarillas que siempre te ponías, una a cada lado. Y olías a fresas por tu perfume *Strawberry Shortcake*.

Kate lo miró fijamente.

—¿Sí? —dijo ella suavemente.

—Y llevabas puestas unas sandalias naranjas, y todo lo que podía pensar era «Por favor, Dios, no dejes que nuestros aparatos se peguen».

—No lo hicieron, según recuerdo.

Peter se volvió para mirarla, sonriendo.

—Así que sí lo recuerdas —bromeó.

Ahora era el turno de Kate de mirar por la ventana.

—Claro. Todos recuerdan su tercer beso —se desenredó las piernas, gateó hasta la escalera y se giró para bajar.

—Ajá. Espera, ¿tercer beso? —inquirió Peter.

La cabeza de Kate desapareció por la escalera con una sonrisa maliciosa.

# CAPÍTULO DIEZ

Kate dejó a Peter bajando de la casa del árbol con dificultad y caminó a través del césped recién cortado, sonriendo. La mirada vacía en su rostro juvenil cuando ella se había ido no tenía precio. Juvenil pero también fuerte con su barba de dos días.

Se dirigió hacia un par de sillas de jardín ubicadas junto a una glorieta cubierta de enredaderas en la esquina del patio de Peter. El frío metal se sentía bien a través de sus vaqueros. Estiró las piernas y se quitó los zapatos. La hierba estaba fresca, casi fría, pero se sentía bien entre los dedos de sus pies. No podía hacer eso en el hormigón que se encontraba afuera de su alto edificio en el Chicago Loop. Solo se podía permitir un bajo, por lo que ni siquiera podía ver el lago Michigan. Su vista eran hileras de ventanas anónimas en el edificio de al lado y una zona de construcción con grúas al final de la calle, donde pronto habría más ventanas anónimas.

Tampoco es que pasara allí tanto tiempo. Más que todo, solo lo usaba para dormir y comer cuando no estaba trabajando. Solamente había vuelto a Golden

Grove un par de veces y ya comenzaba a sentirse como una vida totalmente diferente.

Observó a Peter bajar de la casa del árbol rápida, pero cuidadosamente, asegurándose de que sus pies golpearan las tablas desvencijadas que servían como escalera.

Entonces, vio a Kate.

—Pensé que habías desaparecido —dijo.

Ella lo saludó con la mano.

—Estoy aquí mismo. ¿Vienes?

—En un minuto. Déjame limpiar esto primero —comenzó a recoger el martillo y otras herramientas que había dejado en el suelo y las arrojó en una larga caja de herramientas de madera.

Kate notó los músculos de sus piernas por debajo de los pantalones cortos y sus tallados brazos. Todavía estaba delgado, pero ahora... Casi pensó en la palabra «sexy», pero la empujó a un lado.

Cruzó las piernas por los tobillos y miró a su alrededor. Recordaba esta parte de su patio de cuando era una niña. Aunque parecía más grande antes. Todo parecía más grande antes, supuso. Era extraño sentarse aquí, como si estuviera dentro de una especie de cápsula del tiempo. O, más bien, como si estuviera afuera mirando hacia adentro. Un lugar en el que estuvo una vez, pero que había dejado atrás. Era un sentimiento sorprendentemente solitario, como si ya no perteneciera a ningún lado.

—Ahora oscurece más temprano —comentó Peter.

Se le acercó, tomando la silla frente a ella y apoyando los brazos en los descansos a cada lado. Se había puesto una chaqueta azul marino. Su forma era un contorno anaranjado, sus lentes eran espejos que ocultaban sus ojos.

—Todavía no ha pasado tu hora de dormir, ¿verdad? —lo provocó ella.

Asumió que él estaba sonriendo cuando habló.

—Todavía no. Y tú eres la que siempre tenía que estar en casa a las ocho y media, ¿recuerdas?

Kate negó con la cabeza.

—Eso era solo porque mis padres querían que estudiara para poder ser tan buena en la escuela como Peter Clark.

—Mmm. ¿Por eso dejaste de venir tanto al final?

—Teníamos diferentes grupos. Tú eras de ciencias y campo traviesa. Yo estaba en el grupo de arte, si es que había tal cosa aquí —eso dolió más de lo que debería—. Eso fue hace mucho tiempo, ¿cierto? —añadió, como si eso de alguna manera lo explicara todo.

—Eso parece —Peter se inclinó hacia adelante, con los codos sobre las rodillas, la cara más cerca—. Sin embargo, a veces parece que fue ayer.

Kate asintió, no solo para parecer estar de acuerdo con él, sino porque tenía razón. Sentados aquí, sus casas a ambos lados. Era como si volviera a tener diez años. No estaba segura de por qué se sentía así, pero así era.

Hablaron. Hablaron hasta después del anochecer, sentados en las sillas de metal junto a la glorieta. Kate había olvidado lo tranquilo que era todo aquí. No había bocinas de coches ni sirenas que resonando entre cañones de hormigón. Solo unos grillos chirriando, el ocasional ladrido de perro en algún lugar en la distancia y un coche crujiendo una o dos calles más abajo.

Solo ellos dos.

La noche lentamente ocultaba sus rasgos hasta que todo lo que quedaba eran siluetas contra un cielo despejado salpicado de estrellas. El sol se había puesto hace rato ya, dejando solo la luz de las farolas distantes y el tenue brillo de la media luna que se elevaba sobre los árboles detrás de la casa de Peter. Kate ya no estaba segura de qué hora era, y no le importaba mirar su reloj. Eran pasadas las 8:30, pero sus padres nunca lo sabrían.

Peter estaba describiendo un incidente que había vivido con su club de química el año anterior con una voz tan emocionada que no Kate pudo evitar sonreír. Parecía el chico que ella recordaba bajo el rastrojo viril. Sin pretensiones. Lo que veía era lo que había.

Le llamó la atención que de todas las citas que había tenido con hombres en Chicago, nunca había hablado tanto con ellos como con Peter esta noche. En la ciudad había muchas charlas, charlas de negocios, deportes... Sus citas eran chicos guapos, agradables, pero un poco aburridos. Como una pintura, no una escultura, para usar una analogía artística.

No es que hubiera sacado mucho tiempo para las relaciones. No tenía tiempo de sobra si quería progresar en Garman.

Pero, con Peter, conversar era fácil. Quizás solo era lo que sucedía con viejos amigos Debido a toda la historia que compartían.

Viejos amigos. Eso es lo que eran, ¿verdad? Solo viejos amigos.

Peter estaba terminando su historia.

—No pudieron quitar las marcas de quemaduras del techo. Tuve que prometer que vendría durante el verano y lo pintaría. Supongo que es la última vez que les dejo mezclar fósforo rojo con clorato de potasio.

Kate se rio.

—¿Qué? —Peter se inclinó hacia su silla con la cabeza ladeada.

—No sé, nada, supongo —Kate se inclinó hacia delante también—. Es solo que... realmente has encontrado tu nicho aquí. Quiero decir, dando clases. No puedo distinguir una molécula de un mangstrom y hasta yo puedo verlo.

—Ángstrom —la corrigió Peter.

—¿Ves?

Peter se recostó.

—Supongo que sí. Quiero decir, que sí lo disfruto. Es algo muy especial cuándo un niño lo entiende, ¿sabes? Cuando algo en el mundo intangible se vuelve real debido a un experimento o a una nueva forma de explicarlo. Es casi como si pudieras ver una luz encenderse en sus ojos.

—Debe ser realmente gratificante, Peter.

—Si lo es. Quiero decir, que nunca pensé que me gustaría tanto, pero... —hizo un gesto hacia el patio y la casa donde había crecido—. Aquí estoy, justo donde empecé.

Kate no estaba segura de si eso era tristeza en su voz o no. Se cruzó de brazos. Estaba haciendo más frío.

—Carol mencionó que podrías irte. Quiero decir, no dejar de enseñar, pero tal vez conseguir otro trabajo. En una escuela más grande en algún lugar —sugirió.

Peter permaneció en silencio, su cuerpo inclinado hacia ella. Kate sentía como si él la estuviera estudiando, pero no podía estar segura debido a la oscuridad. —Eso es solo lo que le ha dicho Lucius. Tiene un amigo en una escuela privada donde enseñó una vez.

Tienen una vacante para un profesor de ciencias. Es en Chicago, en realidad. La escuela Dixon.

Kate se inclinó hacia delante, impresionada.

—¿De verdad? El jefe de mi empresa tiene dos hijos que van allí. Es bastante prestigioso. ¿Lo vas a tomar?

—No creo. Estoy muy feliz aquí.

—¿Pero ni siquiera vas a ir a la entrevista?

—Si sé que no estoy interesado, ¿por qué les haría perder el tiempo?

—Bueno, para ver si puede que te guste. ¡Nunca lo sabrás si no lo intentas!

Incluso en la oscuridad, podía verlo tensarse.

—No es que tenga mucho tiempo para ir a entrevistas en todas partes. Tengo muchas responsabilidades aquí. Sé que es solo una escuela de pueblo, pero aquí hay muchos niños que dependen de nosotros. Para algunos de ellos, es un momento decisivo. Si me fuera, sentiría que los estoy decepcionando —explicó.

Se dio cuenta de que Peter se estaba alterando, pero siguió presionándolo.

—Pero, ¿qué hay de ti? Has invertido tu tiempo. Todo el mundo sabe cómo cuidaste de tu padre y tu madre, y eso es genial, eso es mucho. Pero también debes pensar en tu propia vida. Tal vez hay otros estudiantes en Chicago que te necesitan tanto como los de aquí. Tal vez más.

Peter se encogió de hombros.

—Puede que sí.

—El salario probablemente también sea mejor, ¿sabes? —dijo.

—Oh, estoy seguro de ello.

¿Eso era sarcasmo?

—Pero hay más en la vida que el dinero, ¿no? —prosiguió Peter.

Kate sabía que el éxito no se trataba solo de dinero. Se trataba de que tu arduo trabajo fuera apreciado, de subir el siguiente peldaño de la escalera.

—¿Por qué no haces la entrevista, consideras la oportunidad...?

—Mira, Kate, no quiero ser un capullo al respecto, pero ¿podemos cambiar de tema? —la interrumpió Peter.

¿Lo había enojado? Este terreno comenzaba a parecer demasiado familiar. Diablos, sonaba casi como sus padres. Su carrera no era asunto suyo.

Kate miró su reloj.

—Ah, mira, un mensaje de la oficina. Será mejor que le eche un vistazo. Estoy segura de que tú tienes trabajo que hacer, también. Exámenes que calificar o algo así...

Kate se levantó, y Peter hizo lo mismo.

Se acercó a ella.

—Oye, entonces... parecía que querías preguntarme algunas cosas antes. Sobre tu propuesta.

Kate agitó la mano.

—Ah, no te preocupes, está bien —había estado tan ocupada charlando que había pospuesto sus preguntas de química por el momento.

Peter puso su mano sobre el brazo de Kate. Ella se estremeció, pero no por el frío aire nocturno.

—Bueno, está bien, si necesitas ayuda, házmelo saber, ¿de acuerdo?

Estaban solo a unos centímetros de distancia. ¿Cuándo había pasado eso?

Al instante se sintió como una chica en su primera cita, parada en su porche, esperando a ver qué iba a hacer el chico. Kate podía sentir el pulso latiendo en sus oídos, el calor de su mano.

¿Qué debería hacer? ¿Qué quería que él hiciera?

—Gracias. Lo haré —su voz era casi un susurro.

Su mano permaneció sobre su brazo durante lo que pareció una hora. Apenas podía ver su rostro bajo la reluciente luz de las farolas. Solo podía divisar el contorno de su despeinado cabello, sus gafas. Se dio cuenta de que no había besado a nadie con gafas desde...

—Bueno, pues, ¿supongo que te veré luego? —preguntó Peter.

Sus pensamientos se rompieron, el zumbido en sus oídos se detuvo. Estaban solo ella, Peter y los grillos otra vez.

—Claro —dijo ella cuando su mano dejó su brazo.

Kate respiró profundamente. No era por esto por lo que estaba aquí. Esto era solo una distracción. Dio un paso atrás.

Peter había comenzado a caminar de regreso hacia su casa, cuando se volvió y la miró por encima del hombro.

—Buenas noches, Kate —su sombra continuó hacia su casa.

Kate lo observó marcharse, preguntándose por qué seguía allí parada, sintiendo como si un importante y grande momento acabara de irse flotando y desaparecido.

# CAPÍTULO ONCE

—Vaya, Katie, te has levantado temprano —
dijo Carol conforme entraba en el comedor. Todavía
llevaba puesto su pijama de franela rosada con pequeñas rosas.

—Solo trato de tenerlo todo bajo control —Kate
suspiró, feliz de tomarse un descanso de la pantalla de
su ordenador.

Tras otra semana frustrante en su oficina, Kate
había decidido que sería mejor sentirse frustrada
cerca de su proyecto. Había llamado a Carol a última
hora del viernes para preguntarle si le molestaría
volver a tenerla como invitada. Tres fines de semana
seguidos.

Carol se metió en la cocina y regresó unos segundos más tarde con dos tazas de humeante café.
Kate aceptó la suya, agradecida, y le dio un largo
sorbo a la cafeína que tanto necesitaba. No quería
confesar lo mal que había dormido después del largo
viaje. Luego, un estúpido cardenal se había puesto a
cantar en el abeto que se encontraba afuera de su ventana a las cinco y media de la mañana. No pudo
volver as dormirse después de eso.

No tenía nada que ver con Peter, bueno, aparte del hecho de que había perdido el valor para pedirle ayuda la última vez. Necesitaba algo para presentarle a Danni y a su equipo en Garman esta semana y, hasta ahora, todavía estaba atascada con Penny la vaca de dibujos animados que parecía que había estado oliendo demasiadas floculaciones, lo que sea que eso fuera.

Carol se sentó al otro lado de la mesa.

—Mi grupo de costura vendrá esta mañana. Espero que eso no interfiera con tu trabajo —la informó.

—No seas tonta. Yo soy la invitada aquí. Esta es tu casa. Siempre puedo encontrar un sitio en la biblioteca. ¿En qué tipo de proyecto de costura estás trabajando? ¿En una colcha?

—Las ovilleras se están tomando un descanso de la costura hoy. Estamos finalizando algunos detalles para el carnaval en el centro comunitario de la próxima semana.

Kate alzó la vista de la lista de productos Nitrovex que estaba estudiando en busca de inspiración. Tal vez caería un rayo. Quién sabe.

—El centro comunitario parece que significa mucho para ti.

Carol se encogió de hombros.

—Significa mucho para la comunidad.

Kate no entendía el apego a Golden Grove.

—¿Por qué no viajar, ver el mundo? ¿Tomar un crucero o ir a Europa? —le preguntó.

—Oh, Katie, esa no soy yo. Además, todos mis amigos están aquí, siempre lo han estado. ¿Por qué querría irme a otro lado?

¿Por qué alguien *no* querría estar en otro lugar? Claro, Golden Grove tenía un gran encanto, pero incluso el encanto se vuelve aburrido después de un tiempo. Sin Starbucks, sin teatro, sin museos, sin dejar de ir a trabajar para ver a los Cubs jugar un día en Wrigley. Solo unos cinco restaurantes, si no contabas el Stop-n-Pop y sus burritos de microondas. Lo cual ella nunca, nunca haría. Estaba Ray's, por supuesto, y sus batidos sin igual. Había olvidado lo increíbles que eran. Y la librería de Copperfield, donde solían pedirle libros de arte que ya no publicaban por ella, aunque probablemente no les hacía ganar mucho dinero. Y estacionamiento gratis en lugar de pagar treinta dólares por una mañana.

Bien, quizás no todo sobre Golden Grove era malo.

Carol tomó un sorbo de café.

—Entonces, ¿estás planeando visitar a Peter nuevamente esta noche? Parece haber sido un éxito el fin de semana pasado. Ni te oí entrar —comentó.

«Aquí vamos, justo a tiempo».

—Llegué a la casa a las ocho y media —mintió.

—Ah. ¿Te ayudó con tu proyecto?

—En realidad, nunca llegamos a hablar de química.

Carol revolvió más el café.

—Ah.

Parecía haber mucho implícito en esa única sílaba.

—Nos desviamos un poco. Estaba derribando su vieja casa del árbol.

—Sí, lo noté esta semana —Carol continuó estudiándola.

—Solo... hablamos.

—Bueno, me alegro de que os estéis volviendo a

conocer. Ya sabes, a veces los viejos amigos son los mejores.

—Estoy segura de que Peter ya tiene muchos amigos —Kate tocó algunas teclas de la computadora. Debería de revisar su correo.

—Podrías sorprenderte. Es solo que no es bueno ir por la vida sintiendo que te has perdido algo bueno, créeme —Carol estaba mirando su taza de café, acariciando el borde. Había algo más allá de ese consejo maternal.

Kate no pudo evitar sentir curiosidad.

—¿Te perdiste tú algo en particular? —inquirió.

Carol permaneció en silencio durante un momento.

—Oh, nada. Debería dejarte para que trabajes.

—No, en serio. ¿Qué es? —se dio cuenta de que había algo en la mente de Carol. Había estado recibiendo estas pistas melancólicas en sus últimas dos visitas, también.

—Oh, fue hace mucho tiempo, y los dos estábamos en la secundaria. Como tú y Peter. Pero está bien —escupió finalmente.

—¿Tú y Percy? —indagó Kate.

—No, esto fue antes de que Percy y yo nos conociéramos.

Ah. Normalmente, Kate podría haber bromeado con su amiga, pero esto parecía diferente. Cerró la tapa de su portátil.

—Vamos, puedes contármelo —la animó.

—No, ya he dicho demasiado. Además, éramos mucho más jóvenes entonces. Ambos nos casamos felizmente con otras personas, y ahora somos demasiado viejos para ese tipo de cosas.

—Espera... él está aquí en Golden Grove, ¿no?

—No, no... Dios mío, estamos felices de ser solo amigos. No se trata de mí, se trata de ti, ¿recuerdas?

Kate se inclinó hacia delante.

—¿Tú y Lucius Potter? Ay, Dios mío, eso es tan adorable —se llevó la mano a la boca—. ¿Cómo era él antes?

Carol la señaló con un dedo amenazador.

—Mira, Kate, si le hablas a alguien sobre esto...

—Oh, no te preocupes, no lo haré. ¿Era lindo?

—¿Era lindo? ¿Eso es todo lo que las chicas piensan estos días?

—Ay, ¡vamos! Algunas cosas nunca cambian, ¿verdad?

Carol no dijo nada, pero lentamente se puso roja como un tomate.

Kate golpeó la mesa con ambas manos, sonriendo.

—¡Sí era lindo! Eso es muy dulce. Tú y tu novio del instituto. ¿Percy lo sabía?

—Oh, Katie, ya para. Eso fue hace tiempo. Solo éramos niños, mucho antes de que conociera a tu Percy.

—¿El señor Potter... digo, Lucius, tenía bigote en ese entonces?

—No, no tenía bigote. Se suponía que mi punto era...

—¿Cómo era él? Apuesto a que te sostenía la puerta y llevaba tus libros a casa desde la escuela —casi chilló—. ¿Fuisteis al *sock hop* juntos?

Carol bufó.

—¿El *sock hop*? ¿Qué edad crees que tengo?

Kate se encogió de hombros.

—No lo sé. *Sock hop, mosh pit, love-in,* ¿qué hacíais por aquel entonces?

—Creo que nos estamos desviando un poco.

—¿Estás bromeando? Esta es la conversación más jugosa que he tenido en el último mes. Quizás en el último año. Entonces, ¿te hacía cosquillas su bigote?

Su bigote no hace cosquillas, digo, no tenía...

Los ojos de Kate se abrieron como platos.

—¿No hace? No, no acabas de decir eso —apretó el brazo de su amiga—. Carol, tú sí que te mueves.

Carol se puso de pie con la cara aún roja.

—Oh, me estás poniendo nerviosa. Cállate —se dio la vuelta y se fue a la cocina.

Kate agitó las manos.

—Está bien, está bien, lo siento, lo siento —Kate se levantó y la siguió.

—Eso espero —dijo Carol mientras buscaba algo en el refrigerador.

Kate se dio cuenta de que había llevado las bromas demasiado lejos.

—Mira, solo regresa y siéntate. Cuéntame qué ibas a decir.

Carol suspiró y se dejó caer junto a la mesa de la cocina. Kate se sentó frente a ella.

—Lo que estaba tratando de decir es que, si no te arriesgas, podrías perderte algo mejor de lo que pensabas, eso es todo.

—¿Qué pasó entre tú y Lucius? —preguntó Kate suavemente.

Carol dudó.

—Bueno, éramos buenos amigos en la escuela. Como lo erais tú y Peter. Vivía en el lado sur del pueblo, donde está la calle de los bolos. Entonces todo era campo.

—¿Tuvisteis una cita alguna vez?

Carol sonrió, mirando a la mesa, sacando una miga del mantel.

—Solíamos ir a patinar a Compton. Tenían una pista en las afueras del pueblo, el Roll-a-Rama de Rhonda.

Kate casi se rio, pero la mirada pensativa en el rostro de Carol la detuvo.

—Así que erais un par, ¿eh?

—No, en realidad no. Creo que los dos nos gustábamos, ya sabes, pero nuestros padres no estaban muy de acuerdo. Era cuatro años mayor que yo, ya sabes. Era muy apuesto, alto y delgado, con gafas de carey. Muy parecido a Peter, la verdad —Carol parecía recordar algo, mirando al vacío—. Tenía estas patillas largas y fumaba cigarrillos de clavo.

—Espera, ¿Lucius fumaba?

Carol se rio entre dientes, llevándose el dedo a la boca.

—Lo pillaron una vez fuera de la clase de taller. No creo que sus padres lo descubrieran nunca. Si lo hubieran hecho, probablemente lo habrían enviado a la escuela militar. Eran bastante estrictos. ¿Sabías que su padre trabajó en Nitrovex?

Kate reposó la barbilla en su mano.

—No lo sabía.

—Era una empresa mucho más pequeña por aquel entonces, recién estaban comenzando. No pensaban mucho en que su hijo quisiera ir a la universidad, por alguna razón. Tal vez pensaron que trabajar en una fábrica era más seguro que obtener un título en alguna universidad. Creo que fumaba solo para tratar de rebelarse.

Kate se imaginó a un joven Lucius con patillas, un bigote y un largo cabello castaño bailando en la brisa. Vestido con una bandana con los colores del arcoíris, sentado en una ruidosa motocicleta púrpura, acelerando el motor. Y Carol en la parte de atrás, vestida con una chaqueta Nehru con cuentas y flecos, los brazos alrededor de su cintura, con gafas de abuela y haciendo el signo de paz.—Y entonces, ¿qué pasó?

Carol suspiró.

—Bueno, como dije, mis padres no lo aprobaban. Yo tenía unos dieciséis años, y él era casi cuatro años mayor.

—¿Y eso fue todo? ¿Nunca estuvisteis juntos?

—Lo intentamos, pero recuerda que él era mayor que yo. Se fue a la universidad cuando yo comenzaba la secundaria. Nos vimos a escondidas unas cuantas veces al principio o nos encontrábamos en algún otro lugar. Les decía a mis padres que iba a jugar a los bolos con mis amigos. Nunca les había mentido antes.

La boca de Kate se curvó en una pequeña sonrisa. Estaba tratando de imaginar a su pequeña y amable amiga comportándose como una adolescente rebelde.

—Y, por supuesto, nos escribimos mutuamente. Bonitas y largas cartas sobre lo que estábamos haciendo, y la escuela y demás. Sin embargo, no hablamos tanto de lo que estábamos sintiendo. Primero, hablábamos un par de veces a la semana. Luego, una vez a la semana, luego, una vez al mes y, luego, simplemente... dejamos de escribir.

Reinó el silencio durante un rato, el único sonido audible era el tictac del reloj viejo que colgaba de la pared.

Kate puso su mano sobre la de Carol.

—¿Y luego conociste a Percy? —preguntó.

Carol asintió, sonriendo.

—En la universidad, sí. Amor a primera vista, se podría decir —se quitó las gafas, miró a través de ellas y, luego, las dejó sobre la mesa—. Lucius logró evitar el reclutamiento gracias a sus pies planos, creo, pero no le digas que lo sé. Conoció a su esposa unos años después de la universidad. Realmente nunca nos volvimos a ver hasta que regresó aquí para enseñar —explicó.

—¿No fue un poco incómodo? —inquirió Kate.

—Oh, no mucho. Éramos prácticos. Uno sigue con su vida. No puedes vivir siempre en el pasado, ¿sabes? —hizo una pausa, mirando hacia abajo—. Aun así, es parte de quien eres. Mi padre solía decir «Quienes somos en el presente incluye quiénes fuimos en el pasado».

Algo, un sentimiento, una noción, tiró de los pensamientos de Kate, pero nunca se materializó. Se sentía... no triste, sino ¿melancólica? ¿Era esa la palabra? Y la parte inquietante era que no estaba segura de si era por su amiga o por ella. Se frotó las sienes con las manos. Dios. Estar de vuelta aquí estaba realmente revolviendo sus emociones.

—Bueno —Carol se puso de pie de repente—. Suficiente con eso. Tengo que prepararme para la reunión

Se apresuró hacia la cocina.

Unos momentos más tarde, Kate oyó golpes de ollas y el agua que salía del grifo. Y... ¿eso eran sollozos? No podía estar segura.

———

El timbre sonó, y un ruido de felices voces femeninas resonó desde el salón principal. Tommy, el gato de Carol, le pasó por encima y se escondió bajo una silla tapizada.

Kate entendió exactamente cómo se sentía el gato.

No había planeado estar en la casa cuando aparecieran las ovilleras, pero estaba en una buena racha con su trabajo. Al menos, eso pensaba. Hablar con Peter le había dado una idea sobre cómo podría seguir con el proyecto de Nitrovex. No todos los científicos eran el típico empollón con bata de laboratorio.

Empujó su portátil dentro de su estuche y, rápidamente, reunió sus cosas mientras Tommy la miraba a ella y a las invasoras ovilleras sospechosamente desde debajo de la silla.

Tenía la intención de acercarse a la biblioteca del pueblo y trabajar desde allí. Era probablemente el mejor lugar para esconderse y encontrar un buen wifi. Además, luego tenía una conferencia telefónica con sus jefes esa misma tarde. Y el lunes estaría de vuelta a Chicago con su espectacular, brillante y, con suerte, impresionante propuesta para el cambio de marca de Nitrovex.

De repente, casi como si lo hubiera planeado, sonó su teléfono. Era el tono de llamada de Danni. No era inusual que su jefe la llamara el fin de semana. Kate golpeó el icono de respuesta en el teléfono, cubriendo su oído izquierdo para bloquear la creciente charla proveniente de la sala de estar a medida que llegaban más mujeres.

—Hola, Danni —saludó.

—Hola, Kate. ¿Cómo va todo?

—Todo va bien. Justo estoy trabajando en la propuesta ahora —tiró los garabatos arrugados de tubos de prueba bailando en una papelera cercana.

—Bien, la junta estará encantada de escucharla.

Una pausa. Las pausas nunca eran buenas.

—Bueno, solo quería adelantarte algo. Frank Madsen estará sentado en tu reunión esta semana.

El pulso de Kate se aceleró.

—¿El señor Madsen estará allí?

—Sí —dijo Danni—. Estoy segura de que es solo una de sus visitas de rutina para estar al tanto de lo que estamos haciendo.

¿Rutina? No había nada de rutinario en que el propietario altamente invertido de la empresa chequeara un proyecto. Su proyecto.

Se sentó en una silla.

—¿Kate? —la llamó Danni—. ¿Estás ahí?

—Claro, sí. Estoy bien. ¡Estaremos bien!.

Danni debió haber oído la preocupación en su voz.

—Entonces, ¿cómo va la propuesta?

Kate miró las hojas de papel en blanco entre los materiales de Nitrovex dispersos en la mesa.

—Genial, genial. De hecho, estoy en Golden Grove trabajando en algunas ideas —se frotó la cara con la palma de la mano.

—Bueno, bien. Espero con ansias la presentación de esta semana —dijo Danni—. No me decepciones.

Se colgó la llamada, y Kate puso su teléfono en la mesa. «No te preocupes, no te preocupes, no te preocupes» le atravesaba el cerebro.

Se sentó. «No te preocupes. Recuerda, eres buena en tu trabajo. Sabes lo que estás haciendo, ¿no es así?» Todavía tenía días para crear un concepto bueno y consistente que presentar.

Un boceto de una sonriente mazorca de maíz con un traje de materiales peligrosos se asomó desde debajo de su portátil. Lo arrugó y lo arrojó a la papelera con el resto.

—¿Katie? ¿Podrías venir aquí un momento?

Kate asomó la cabeza. Era Carol inclinándose en la puerta del comedor.

—¿Mmm?

—Todas las chicas te quieren saludar.

¿Ahora? Kate se puso de pie y, luego, terminó de apilar sus papeles.

—Vale, pero solo un minuto. Luego de verdad que necesito volver al trabajo —avisó.

—¿Va todo bien? —Carol la miraba de la forma en que su madre la miraba cuando pensaba que había olvidado estudiar para un examen.

Kate agitó los dedos.

—Absolutamente —recogió sus cosas y siguió a Carol a la sala de estar, donde grupos de dos o tres mujeres mayores estaban charlando felizmente.

—¿Esa es la pequeña Katie? —preguntó una mujer grande en tanto llegaba a ella con los brazos extendidos.

Kate solo tuvo tiempo de poner su portátil y carpetas en una mesita antes de tener que soportar un abrazo aplastante de la gran mujer que olía abrumadoramente a lilas.

—Soy yo —respondió débilmente.

La mujer la agarró por los brazos como si estuviera esperando a que Kate dijera su nombre.

—Oh vamos. No me digas que no recuerdas a tu maestra de primaria.

Kate se devanó los sesos. Primaria, primaria, habitación vieja, olía a ceras, a limpiador y.... a lilas.

—¿Señora Rooney? —preguntó.

Eso hizo que se llevara otro abrazo aplastante.

—Así que sí lo recuerdas.

—Claro, por supuesto —dijo Kate con el poco aliento que le quedaba.

Su antigua maestra la liberó finalmente.

—Mírate, toda crecida y hermosa. Mi pequeña artista —se volvió a sus sonrientes amigas—. Katie era la mejor artista. Siempre estaba dibujando en clase, dejándome pequeñas notas e imágenes.

Las otras mujeres sonrieron.

—Lo recuerdo como si fuera ayer —continuó la señora Rooney. Miró hacia arriba, con la cabeza inclinada, los ojos cerrados, señalando con el dedo—. Tenías una silla en la segunda fila junto a la ventana. La mitad de las veces que te llamaba estabas mirando por la ventana hacia el jardín de flores de la señora Malcom o a un pájaro o algo así.

Las otras damas sonrieron educadamente.

Bien, esto se estaba poniendo vergonzoso.

—Sí, esa era yo, supongo —respondió Kate.

La señora Rooney recordaba más de sus días de escuela que ella.

—Sí, y cuando no estabas mirando por la ventana estabas mirando a tu pequeño amigo Peter que estaba en la fila junto a ti.

Kate podía sentir su cara enrojeciéndose. Sí, esto era oficial e innegablemente vergonzoso.

—Pequeño Peter, pequeño Peter —continuó su maestra con un suspiro—. Los dos eran inseparables. Siempre estaban juntos en el recreo —y, entonces, susurró—: Una vez los pillé agarrados de la mano junto a las barras trepadoras.

Las otras damas sonrieron de nuevo.

Esto se le estaba yendo de las manos.

—Sí, bueno, pero eso fue hace mucho tiempo —intervino Kate.

—Pequeño Peter, pequeño Peter —repitió la señora Rooney de nuevo, sonriendo y moviendo la cabeza—. Aunque ya no es tan pequeño, ¿verdad? —le dio un empujón a una de sus amigas y, luego, volvió a mirar a Kate—. Y todavía es un soltero codiciado, si no me equivoco.

Kate solo sonrió. «No se equivoca, y que alguien me saque de aquí ahora mismo».

—Soltero y guapo, si se puede decir —prosiguió la señora Rooney.

—Y tan cortés —contribuyó una mujer más bajita—. Y un muy buen maestro, por lo que entiendo. Mi nieto habría suspendido su clase sin su ayuda. Fue a su casa para ayudarlo con tutorías.

Las otras damas asintieron en aprobación.

—He oído lo mismo de mi nieta, Stacy. Le encanta su clase, y nunca le gustó la ciencia en lo absoluto —añadió otra mujer.

«Sí, genial, todos estamos de acuerdo en que Peter es un gran tipo y un partido fantástico. Comencemos un club de Peter. Usted puede ser la presidenta. Ahora, ¿cómo salgo de aquí?»

Kate buscó ayuda en Carol, pero solo recibió una sonrisa y un asentimiento en señal de aprobación.

—¿Has tenido la oportunidad de ver a Peter mientras estás aquí? —inquirió la señora Rooney—. Está justo al lado, ¿sabes?

«No me digas».

—Ah, sí, lo he visto una o dos veces.

Kate pilló a la señora Rooney mirando su dedo anular por un momento.

—Sabes, me imagino que alguien lo va a atrapar pronto. No puede quedarse soltero para siempre —agregó.

—Estoy segura de que alguien lo hará —dijo Kate, esperando que su acuerdo terminara con el tema.

Pero no tuvo tanta suerte.

—Lo he visto con Penny Fitch un par de veces —dijo una de las mujeres.

¿Qué? Peter no le había dicho nada al respecto. O Carol...

La señora Rooney asintió.

—Ah, sí. Y ella, estando divorciada y todo eso, estoy segura de que está al acecho.

¿Divorciada? ¿Al acecho? Una imagen de Penny con un salvaje pelo negro y los dedos como garras apareció en su cabeza.

—Ay, Rose, no empieces ningún rumor —le pidió Carol.

—Bueno, uno nunca sabe. Ninguna de nosotras se está haciendo más joven.

Más sonrisas y cabezas asintiendo.

—Y, como dije, él es el soltero más codiciado del pueblo —prosiguió.

—Bueno, señoras, supongo que deberíamos ponernos manos a la obra —intervino Carol.

—Sí, ha sido un placer veros a todas de nuevo —dijo Kate, retrocediendo.

La bandada de mujeres comenzó a mudarse al comedor, retomando su charla donde la habían dejado.

Kate rápidamente recogió sus cosas y se dirigió a la puerta principal. No se había expuesto así en mucho tiempo. Lo raro era que, aparte de los vergonzosos pinchazos sobre Peter, fue agradable verlas a todas. Al menos Carol tenía un grupo de amigas con las que pasar el rato. Lo único que ella tenía eran los atracones de Netflix que se daba los sábados por la noche y la ocasional pizza después del trabajo con algunos de sus compañeros.

Tendría que hablar con Carol más tarde sobre

todo esto. ¿Penny Fitch? ¿Qué había sido todo eso? ¿Solo un grupo de mujeres tratando de iniciar un rumor?

Bueno, ella tenía cosas más importantes que hacer que preocuparse por la vida social de Peter. Las ovilleras lo habían confirmado. Le estaba yendo bien aquí. No solo bien, sino que de verdad estaba ayudando a los niños. Como le había dicho la otra noche.

Miró su reloj mientras se dirigía a la puerta principal y bajaba las escaleras. Esa conferencia telefónica con sus jefes era en unas horas, y le quedaba mucho trabajo por hacer si iba a convencerlos de que no solo estaba haciendo el trabajo, sino que le estaba yendo muy bien.

No pudo evitar echarle un vistazo a la casa de al lado donde vivía el soltero más codiciado de todo el pueblo. La casa del árbol todavía estaba en pie, por ahora, siendo tragada silenciosamente por el árbol. ¿Y el chico que la había construido? Parecía estar atascado aquí, también, siendo engullido poco a poco por Golden Grove.

# CAPÍTULO DOCE

Screamin 'Bean era la cafetería principal
de Golden Grove y se encontraba al lado de
Ray's Diner, por supuesto. Por lo general, estaba
vacía a última hora de la tarde un sábado, salvo
por un grupo de estudiantes universitarios que
llevaban los auriculares puestos y estaban estudiando. Y Sam Price en una mesa de la esquina,
encorvado sobre un manuscrito. Sam era uno de
los autores de Golden Grove, actualmente el es-
critor fantasma detrás de la acogedora serie de
misterio *Lottie Long*, aunque no dio a conocer el
hecho.

—Hola, Sam —saludó Peter—. ¿A quién matarás
hoy?

Sam miró hacia arriba.

—¡Hola, Peter! Aún no estoy seguro. Puede que
sea el sacerdote tuerto o el bibliotecario cojo. ¿Tienes
alguna sugerencia?

—¿Qué tal a un miembro del comité de presupuesto del distrito escolar que tiene una risa malvada
y un bolígrafo rojo que nunca se queda sin tinta? —
sugirió.

—Veré qué puedo hacer —dijo Sam, con los ojos brillantes mientras volvía al trabajo.

Lucius y Peter eligieron una mesa con dos sillas junto a una de las dos ventanas de vidrio que daban a la plaza del pueblo.

Una lluvia ligera rodaba por las amplias ventanas del restaurante, nublando la vista al exterior. Estaban bajando las temperaturas casi a diario. Pronto caería la primera nevada, y luego comenzaría el largo y lento descenso hacia el invierno.

Peter cuidó su café. Lucius y él habían estado hablando de lo habitual. Cuestiones escolares, cómo le iba al equipo de campo traviesa, la maestra de arte que estaba embarazada y renunciaba después de este año. Pero él estaba más interesado en hablar sobre otro tema. El que no había abandonado su mente en las últimas semanas. Ese de pelo rojo dorado y el perfecto toque de pecas alrededor de su nariz.

—Escuché que dejaste caer un vaso en el laboratorio el viernes —comentó Lucius.

Peter se encogió de hombros.

—Estaba resbaloso. No tenía nada adentro.

—Apuesto a que los alumnos se rieron.

—Oye, si esa es la forma de llamar su atención, dejaré caer un ladrillo sobre mi cabeza.

—No sería porque estabas distraído por algo, ¿verdad? —presionó Lucius.

Él no dijo nada.

—Escuché que nuestra visitante está de vuelta en el pueblo. Deberías invitarla a ayudar con la casa del árbol otra vez —sugirió.

Peter suspiró.

—Veo que Carol te tiene en marcación rápida.

Lucius sonrió.

—Solo estamos cuidando de nuestros amigos.

«Amigos». Peter ya no estaba seguro de qué significaba esa palabra. ¿Eras amigo de alguien si soñabas despierto sobre cómo la puesta de sol hacía que su cabello flameara como el oro mientras intentabas calificar los exámenes de laboratorio? Debía estar más solo de lo que pensaba.

—De todos modos, está lloviendo —señaló Peter.

—Entonces, invítala adentro. Es agradable verla toda crecida —dijo Lucius.

No, no estaban hablando de esto.

—Es interesante —continuó Lucius—. Llevo dando clases durante tanto tiempo que veo que muchos estudiantes regresan. Reconozco sus caras, su caminar o su voz. Algunos cambian mucho, y no puedo reconocerlos. Algunos se ven más o menos igual.

—No sé qué es lo que está pasando con Kate. Es como si estuviera allí en alguna parte —dijo Peter—. La verdadera Kate. La Katie. Detrás de los relojes de diseñador y el agua alcalina embotellada, debajo de las faldas de negocios grises.

Lucius alzó las cejas.

—¿Debajo de las faldas? —inquirió.

—Ya sabes lo que quiero decir.

Lucius asintió, pareciendo considerar algo.

—Sí sé lo que quieres decir. Quieres que ella sea quien tú crees que realmente es.

Peter se encogió de hombros.

—Puede ser quien quiera.

—Solo me pregunto si tal vez quieres que sea la chica que una vez conociste.

—¿A quién te refieres?

—A la chica de al lado. Con la que creciste —su

voz se suavizó—. La que se te escapó —Lucius se aclaró la garganta—. Por así decirlo.

Peter entrecerró los ojos.

—Estamos hablando de Kate, ¿no?

—Claro. Lo que digo es que recuerdas a Kate como era, y ahora la estás viendo como es. Y estás tratando de decidir cuál es cuál.

—¿Cuál es la verdadera Kate? Creo que puedo decírtelo con bastante facilidad —contó con los dedos mientras proseguía—. Exitosa, talentosa, a la moda, motivada, confiada.

«Hermosa. Ojos castaños. Fuera de tu alcance. Y, una vez que haya terminado con su propuesta de Nitrovex, fuera de tu vida», pensó para sí mismo.

—Ya se lo dije el fin de semana pasado —añadió—. Todos crecen. Y ella ha elegido una vida agradable para sí misma —tomó un sorbo de su propio café—. Siguió adelante. Esta es solo una breve parada en su antigua vida, y luego regresará a la gran ciudad.

Lucius asintió con la cabeza.

—Mmm. Pareces un poco amargado por eso —observó.

—No, esto no se trata de mí. Estoy feliz por ella. Lo ha hecho genial. Está donde tiene que estar ahora.

Lucius asintió con la cabeza.

—Puede que sí. No puedo evitar pensar que, a pesar de todo su éxito, todavía está sola.

Peter se encogió de hombros.

—Bueno, sigues diciéndome lo genial que soy, y todavía estoy solo.

Lucius asintió con la cabeza.

—Cierto. Me pregunto si a veces la gente debería tratar de estar solos juntos —empujó su taza de café hacia adelante y comenzó a levantarse de la mesa—.

Ahora, si voy a ser la mitad de exitoso que cualquiera de vosotros dos, será mejor que vaya a la escuela. Tengo que pedir vasos nuevos para el laboratorio — sonrió.

Peter lo vio salir de la cafetería. La puerta principal campaneo, y él se había ido.

«Solos juntos». Sonaba como el título de una mala canción pop. Pero parecía describir sus sentimientos por Kate. Tal vez, en algún momento, habían tenido una pequeña oportunidad. Pero eso fue hace mucho tiempo, cuando eran niños. Hace toda una vida. No, hace dos vidas. Una volando alto en Chicago y el otro atrapado en el barro de Golden Grove.

Apretó la mandíbula. Ellos eran solo amigos. Viejos amigos, disfrutando del tiempo juntos.

Drenó su taza y la volvió a poner en su platillo. Afuera, su pueblo natal se veía ajetreado. Coches yendo a trabajar, a comprar, gente moviéndose por la acera, hablando, riendo, las parejas agarradas de las manos bajo sombrillas.

Se levantó de la silla. Tenía su propio trabajo que hacer. Eso es todo lo que parecía tener que hacer, prácticamente lo único que le quedaba allí. Sin familia, sin vida, sin futuro. Suspiró, empujando la puerta y avanzando hacia la fría llovizna.

Tal vez pararía y pediría una cena temprano para llevársela con él a la escuela. Podía calificar algunos exámenes. Además, por lo general, la mayoría de los sábados por la noche había alguna actividad escolar. Mejor que comer solo. De nuevo.

———

El doble y espeso batido de pastel de nueces con pepitas de chocolate no había hecho nada para levantar el estado de ánimo de Kate. Se sentó en una mesa en la esquina trasera, el único cliente en Ray's. Revolvió el batido con su cuchara larga, mirándolo fijamente, con la esperanza de que Ray hubiera arrojado algún tipo de jugo de respuesta instantánea en él, que haría que todo se aclarara.

Su próxima reunión en Nitrovex sería un completo desastre si no se le ocurría alguna idea. John Wells tenía que estar quedándose sin paciencia. Ya había pedido una actualización vía llamada de Skype a principios de esa semana, y Kate se había trabado con su presentación como si fuera una chica de secundaria entregando un trabajo que acababa de escribir la noche anterior.

Lo cual no estaba muy lejos de la realidad. Estuvo despierta hasta la una de la mañana tratando de encontrar un ángulo decente acerca de Nitrovex. Algo, cualquier cosa que al menos llevara a Garman a la siguiente ronda de compañías bajo consideración hasta que pudiera encontrar ese increíble concepto que sabía que existía.

John Wells había permanecido mayormente en silencio. Si no hubiera sido por su innata cortesía, probablemente se habría reído en su cara. Menos mal que este no era un cliente de Chicago o la reunión podría haber terminado con una llamada telefónica a su jefe y con ella volando desde una ventana del veinteavo piso seguida de su portátil y de las páginas brillantes de su propuesta.

Penny también estuvo allí durante la conferencia telefónica y de vez en cuando ofreció alguna que otra sugerencia. Algunas de las cuales eran útiles en realidad, pero Kate tenía la sensación de que cuando ella se fuera iban a reírse a carcajadas de la tonta chica que pensó que podía salir de su pueblo natal y ser exitosa en la ciudad.

Y no se le había ocurrido mucho más hoy.

Faltaba algo y no podía descifrar qué era. Lo que era peor era que ella sabía que había otras compañías presentando sus propuestas, y que probablemente no estaban usando una vaca danzante con bata de laboratorio.

Kate se sentía derrotada. Luego, tendría que engañar a su equipo en una reunión en Garman para salirse con la suya y llenar su posterior informe para Danni de suficientes clichés y palabras de moda para (eso esperaba) ganar un poco más de tiempo. Pero necesitaba traerle algo mucho más concreto a su equipo en Chicago el lunes.

Descansó la barbilla en su mano mientras miraba por la ventana frontal del restaurante que estaba salpicada por la lluvia y pasaba las páginas de los avisos de desayuno de panqueques y los carteles de los gatos desaparecidos. Observó el parque del pueblo, donde el viejo cañón yacía en un lecho de flores de crisantemos naranjas y amarillos. En algún lugar allí afuera había una gran solución en el cerebro de alguien, pero seguro que en el suyo no.

Volvió a su batido, tomó un sorbo grande de la pajilla y, luego, se puso de pie. Nunca había tenido problemas para pensar en ideas artísticas, pero cómo conseguir que los químicos pudieran ser cualquier cosa más allá de un tanque de lodo marrón le estaba resultando de lo más difícil.

Pensó en llamar a Danni para decirle que estaban equivocados. Que ella no era la indicada para el trabajo. Que deberían traer a alguien más antes de que ella arruinara por completo este proyecto.

Tal vez se le podría ocurrir algo para al menos mantener este patético tren rodando. Ese ángulo esquivo, esa base básica sobre la que construir, el núcleo de lo que hacía que Nitrovex fuera único. «Bueno, para y piensa. Imagínate la esencia del producto y deja que las ideas fluyan».

Cerró los ojos. Su cerebro solo podía imaginar una maraña de interminables tubos blancos anidados entre un mar de tanques sin sentido, todo respaldado por la banda sonora ensordecedora del zumbido aplastante de la maquinaria.

«¿La esencia? Veamos, ¿aburrimiento? ¿Pesadez? ¿La inutilidad de la lucha del hombre contra los inevitables dedos de la muerte?»

Negó con la cabeza. Lo que necesitaba era la perspectiva de alguien que amaba estas cosas. Alguien que apreciara la potasa cáustica y el hexafluoro... Suspiró. Alguien con una sonrisa torcida y unos estúpidamente comprensivos ojos azules.

Alguien que acababa de entrar por la puerta principal de Ray's.

---

—Kate, hola —saludó Peter, acercándose a ella.

Kate lo saludó con la mano. Peter permaneció parado junto a su mesa.

—¿Te parece bien si me siento?

—Claro —Kate asintió. Tenía la boca seca. Tomó un sorbo de su batido, dándose cuenta de que probablemente a él le parecía enorme, pues el recipiente de metal y el vaso estaban cargados—. Yo iba a… guardarle un poco a Carol. Para más tarde —mintió.

Peter se sentó con la sonrisa torcida y todo, y ella perdió el apetito. «De acuerdo, chica ruda, esta es tu oportunidad. Pregúntale».

—¿Qué te trae por aquí? —preguntó—.

«Pregunta incorrecta», le ladró su cerebro.

Peter echó un vistazo a su alrededor y, luego, miró su reloj.

—Se suponía que debía encontrarme con Lucius aquí a las tres para tomar un café. Me llamó y dijo que tenía que revisar algo conmigo —sus ojos volvieron a fijarse en los de ella—. Estoy empezando a preguntarme si va a aparecer.

Kate sonrió, la misma sonrisa que usaba para las selfis. Falsa. Entonces, se aclaró la garganta.

—Ah, bueno, ya que estás aquí y eso, me preguntaba si tal vez podrías ayudarme con algo.

«Buena transición, genio».

Peter se inclinó hacia delante, la sonrisa aun haciendo su magia.

—Seguro que sí. ¿En qué te puedo ayudar?

«Esa es una pregunta complicada».

—Es este proyecto de Nitrovex. Todos los términos químicos, los floculantes y demás —agitó los dedos—. Creo que obtuve como máximo un notable en química en el instituto.

Normalmente no se hacía pasar por la damisela en apuros, pero estaba desesperada por lograr un avance. Trató de pestañear lo más indefensamente posible.

—¿Tienes algo en el ojo? —preguntó Peter.

Pestañeo fallido. Se frotó el ojo.

—Solo una pestaña. Entonces, ¿crees que puedes

ayudarme?

Él asintió, estudiándola con la mirada. Por un segundo pensó que iba a decir que no, y su corazón dio un vuelco.

—Claro —dijo finalmente—. Creo que puedo darte un repaso de lo básico.

—Eso sería muy útil, gracias.

—No hay problema. Tengo que calificar algunos papeles esta noche, pero podríamos vernos en la escuela. Hay práctica de baloncesto así que las puertas deberían estar abiertas. ¿Nos vemos en la puerta principal a las seis y media?

Kate asintió.

—Suena genial, gracias.

Peter comenzó a levantarse de la mesa.

—Mejor llamo a Lucius para ver qué pasa.

—Vale. Nos vemos esta noche a las seis y media entonces.

La sonrisa de Peter brilló de nuevo.

—Es una cita —dijo, y se fue.

Kate lo observó irse. «Muy bien, entonces, es una cita. Una cita de química. ¡Genial!» Se limpió las palmas sudorosas con el pantalón, inhaló un poco de aire y trató de calmarse.

———

Kate dejó su bolso sobre el escritorio de Peter en la parte delantera del aula de química. Miró a su alrededor, a las filas de mesas negras, cada una con su propio fregadero y boquillas de gas cromado. Se sorbió la nariz. El aire olía a acre, como a azufre y a cosas que habrían sido quemadas hace mucho tiempo. Arrugó la nariz. Prefería el espeso olor a ceras de pintura y a papel en el salón de arte al final del pasillo.

—¿Entonces aquí es donde pasas la mayor parte de tu tiempo? —preguntó.

Peter estaba junto a una estantería cerca de la ventana guardando algunos libros.

—Casi todo el tiempo. Tengo una oficina al final del pasillo, pero prefiero pasar el rato aquí. Es más fácil para los estudiantes encontrarme aquí.

Kate caminó alrededor de su escritorio, tocando los diversos adornos. Modelos de moléculas, pequeños trofeos caseros con frases crípticas en ellos. Probablemente chistes privados de los estudiantes. Se unió a Peter junto a la estantería, escaneando los títulos. *Guía de estudio de química orgánica. Química cuántica e interacciones moleculares.* ¡Guau! Pura lectura adictiva.

—Gracias de nuevo por estar dispuesto a ayudarme —dijo.

Sacó una carpeta y rodeó el escritorio hasta llegar a su silla.

—No hay problema. Es mejor que calificar exámenes —volvió a su escritorio y abrió un cajón—. Siento no haber podido ayudarte más la otra noche.

Kate alzó la vista, recordando esa noche.

—No, tranquilo.

Atisbó un papel de aspecto oficial que reposaba en la esquina de su escritorio debajo de una carpeta y dos libros. Había remolinos de espirógrafo alrededor del borde de papel pergamino. Lo sacó de debajo de los libros y lo leyó: «La junta de educación de Iowa le confiere a Peter Hargrave Clark, el título de profesor de ciencias del año».

Kate ladeó la cabeza hacia él.

—¿Este es tu premio?

Peter alzó la cabeza y, luego, volvió a agacharla.

—Síp —confirmó.

—¿Por qué no lo tienes enmarcado? Se arrugará todo aquí.

—Lo haré en algún momento.

Kate abrió la boca para decir algo más, pero se detuvo. En cambio, dejó el papel cuidadosamente sobre su escritorio y volvió a escanear su estantería. Le llamó la atención el lomo desgastado de un libro con una foto de una mano sosteniendo un vaso con un líquido rosado.

Lo sacó de la estantería.

—¿Este no es nuestro antiguo libro de química?

Peter levantó la vista de su escritorio y, luego, la volvió a bajar.

—Si, ese es. ¿Te trae recuerdos? —le preguntó.

Kate levantó el libro.

—Sí. De dolor de espalda —bromeó.

Los libros de ciencias siempre fueron muy pesados. No recordaba mucho sobre química, pero sí recordaba cómo le dolía la espalda el día que tenía que llevar esto a casa en su mochila.

Kate abrió el libro. En la cubierta interior estaba garabateado «Peter Clark» y debajo «SuperChicoQuímica» con estrellas dibujadas a su alrededor. Sonrió.

—Entonces, Super chico química, ¿alguna vez sales? Quiero decir, ¿fuera del pueblo? Seguramente debe haber algunas convenciones de química increíblemente emocionantes a las que puedes ir o algo así.

Peter alzó la vista y, luego, se echó a reír.

—Ah, sí. Casi todos los fines de semana hay una salvaje convención para los profesores de química de secundaria en Las Vegas. Champán en vasos de precipitado, bailarinas, todo el asunto. Y «SuperChicoQuímica» era solo mi antiguo nombre de cuenta de email.

Kate se mordió el labio, pensativa.

—Creo que el mío era «ArtistaXSiempre» o algo tonto como eso.

—«LasArtistasMolan».

Kate levantó una ceja, pero no dijo nada. Extendió la mano para volver a poner el libro en el estante, cuando algunas notas sueltas cayeron de debajo de la cubierta posterior al suelo.

Kate las recogió, escaneándolas.

—¡Uuuh! ¡Notas de amor! —exclamó.

—¿Qué? —Peter se levantó y rodeó el escritorio—. Esos probablemente son solo viejos exámenes de química —trató de quitárselos, pero Kate se giró antes de que él pudiera alcanzarla, manteniéndolos fuera de su alcance mientras desdoblaba una y observaba los garabatos de pluma en un trozo de papel de cuaderno.

—«Querido Marvel —leyó—, debo protestar por el uso de amoníaco como reagente en el último número de Spider-Man, número 167. Además, la reacción común de la quema de butano sería producir una llama azul, no una rosada, como se muestra en el panel cinco en la página doce» —Kate se echó a reír—. Ay Dios mío... Lo siento, Peter, pero eras todo un friki.

—Sí, bueno, lo dice la chica que pintó un mural de My Little Pony en su pared y luego hablaba con él todas las noches.

—No hablaba con él. Era solo... fingiendo. Y dijiste que nunca lo mencionarías —le reprochó.

—Dame el resto de las notas —extendió la mano sobre su hombro, le quitó los papeles de la mano y los metió entre dos libros en el estante.

Casi deseó poder ver si había una nota de Penny Fitch. Era historia antigua, pero no pudo evitarlo.

Peter resopló.

—Por qué no dejamos atrás el mundo de los recuerdos, ¿eh? —la agarró por el codo y la condujo hasta una silla cerca de su escritorio. Luego, volvió a la suya.

Kate hizo una reverencia mientras se sentaba.

—Claro que sí, SuperChicoQuímica.

—¿Dijiste que necesitabas algún consejo sobre tu propuesta?

Estaba disfrutando de verlo nervioso, quitándose su rebelde cabello de sus ojos. Hoy tenía la cara afeitada y olía a ropa recién lavada y a especias. Pero Peter tenía razón. Era hora de ponerse manos a la obra.

—Vale, ya sabes que se supone que debo estar inventando un brillante cambio de imagen para Nitrovex.

—Sí.

—Pero parece que no puedo encontrarle la vuelta. Quiero decir, la mayoría de las empresas con las que trabajamos son empresas creativas o en la industria de servicios. Observamos qué los hace funcionar, qué es lo que está en su núcleo, su base y, luego, se nos ocurre un eslogan. Como «Mudarse al futuro» o «Tecnología a la velocidad de la mente». Cosas así.

—Pegadizo.

—Gracias. Puedes usarlos en tu próxima carta a Marvel Comics.

—Entonces, ¿qué piensa Nitrovex de lo que les has mostrado hasta ahora?

Kate recordó el largo silencio de John Wells.

—¿Qué es una palabra que significa odio, pero peor?

—¿Aborrecer? —Peter se frotó la barbilla una vez con la palma de la mano—. Mmm, ¿desprecio? ¿Retroceder horrorizado? ¿Vomitar profusamente?

—Sigamos con el odio. Lo odió.

—Oh, venga ya, no puede haber sido tan malo —acercó su silla a Kate y sus brazos se rozaron—. Muéstrame lo que tienes.

—Está bien, pero recuerda que no me hago responsable de cualquier aborrecimiento o retroceso horrorizado que pueda causar.

Presionó un par de teclas en su portátil hasta que apareció un programa de gráficos, seguido por la imagen de una vaca sonriente sosteniendo un tubo de ensayo.

Peter se echó a reír, pero enseguida se detuvo y se aclaró la garganta.

Kate entrecerró los ojos.

—Eso fue solo un boceto preliminar. Se suponía que no debías verlo.

—No, Kate, lo siento. Está bien. Si Nitrovex fuera un camión de helados. —esta vez, se cubrió la cara mientras se reía, haciendo una mueca en anticipación por el golpe que Kate le propinó.

—Muy gracioso. Consejos artísticos de un tipo que ni siquiera pudo terminar una imagen de un cachorro pintada por números.

—Oye, tú eres la artista, no yo.

—Exactamente, por eso necesito la ayuda de tu pequeño, simple e impasible cerebro científico. ¿Qué me falta?

—¿Además de un tubo de ensayo bailarín? No estoy seguro.

Kate se estremeció.

—Ya intenté eso —admitió.

—¿En serio? —se frotó la barbilla de nuevo—. Tal vez si le pusieras un pequeño sombrero...

—Vamos, Peter, es en serio.

Su risa había disminuido.

—Bueno, vale. Lo siento —se secó los ojos—. Mira, estás tratando con ingenieros y científicos. Ni a las personas de Nitrovex ni a las compañías con las que ellos están tratando les va a importar si el logotipo tiene una vaca, un cerdo o un tallo de maíz. No son tan literales.

—Entonces, ¿cómo me invento un eslogan para una empresa cuyo producto principal parece ser algo que evita que las aguas residuales se vuelvan espumosas?

—Bueno, ¿qué tal «Tecnología a la velocidad de la caca»?

Kate negó con la cabeza.

—Sabía que esto era una mala idea.

Los hombros de Peter temblaron con su risa. Entonces, levantó la mano.

—Espera, espera, lo tengo. «Nitrovex: Heces moviéndose hacia el futuro».

Kate se puso de pie.

—Muchas gracias por tu ayuda.

Peter la agarró de la mano.

—No, Kate, espera. Lo siento —la atrajo de nuevo hacia su asiento.

Kate se sentó, cruzando los brazos.

—Mira —dijo—, es a John Wells a quien tienes que convencer, ¿verdad? Entonces, si te concentras en lo que le gusta, encontrarás algo en lo que aterrizar.

Mira sus antecedentes, de dónde vino, por qué comenzó la compañía.

—Puede que sí. Pero parece más vaquero que químico.

—Puede que luzca así, pero es un tipo listo. Se graduó tercero de su clase en el estado de Iowa.

—Bueno, entonces volvemos a cómo lo relaciono con los químicos nuevamente.

Peter se puso de pie.

—Creo que parte del problema es que necesitas volver a familiarizarte con el maravilloso mundo de la ciencia. Ven conmigo al laboratorio —ofreció.

Kate se levantó con un suspiro y lo siguió hasta una larga mesa negra.

—Está bien, pero le estás pidiendo mucho a una friki del arte.

—No te preocupes. Soy el profesor de ciencias del año, ¿recuerdas? Bien, comencemos con lo básico.

———

Una hora después, Kate sentía que su cerebro se iba a derretir.

—Bueno, eso está cerca —decía Peter—, pero recuerda, un mol es una cantidad unitaria. Una molécula es un grupo de átomos.

Kate levantó las manos con frustración.

—Bien, se acabó. Supongo que no tienes nada aquí que pueda transformar lo que sea que haya en este vaso en vino —señaló un vaso de líquido que reposaba al lado del fregadero.

—Oh, vamos, no deberías rendirte tan fácilmente.

—No deberías subestimar el valor del vino.

Peter sacudió la cabeza.

—Recuerda el viejo chiste de química: El alcohol no es el problema... es la solución.

—Bien, primero: ¿en serio? ¿La química tiene chistes? Y segundo: no lo entiendo para nada.

Peter frunció el ceño.

—Extraño... Ese siempre impresiona en nuestras increíblemente emocionantes convenciones de química.

Kate hizo una mueca.

—El chiste es que el etanol es una sustancia pura, pero el alcohol que bebemos siempre es una mezcla de cosas, como uvas o agua y alcohol, por lo que técnicamente es una solución.

—¡Guau! Eso es tan... poco gracioso.

Peter asintió, el lado izquierdo de su boca se curvó.

—Sí, supongo que tienes que ser un friki de la química.

Kate puso ambas manos sobre la mesa.

—Si puedes notarlo por mi cara y su total falta de expresión, no me estoy riendo. Y no creo que esto me esté acercando a una solución. Y, si haces otra broma sobre la solución, te golpearé con como sea que se llame esta botella.

—Lo que intento mostrarte es que hay un arte, incluso una belleza en la química. Es lo que compone el mundo. Como cuando pintas un cuadro, usas diferentes colores, ¿verdad?

—Claro.

—Bueno, todo lo que somos, nuestros cuerpos, esta silla, está compuesta de moléculas, de químicos, cada uno combinado de diferentes maneras para crear algo más grande.

Kate ladeó la cabeza.

—Guau, Peter. Eso ha sido verdaderamente... poético.

—Sí, yo también me he sorprendido.

Kate se frotó los ojos y ahogó un bostezo. Se sentía exhausta y ni siquiera era tarde.

—Oye —añadió Peter—. No tengo botellas de Chardonnay escondidas en el aula, pero ¿qué tal una cena algún día?

Kate se puso de pie. Había disfrutado del tiempo que había pasado con Peter, pero todas estas cosas de ciencia la habían dejado sin vida. Y Kate sabía que el reloj avanzaba en este proyecto.

—Gracias, pero será mejor que vuelva a trabajar. Tengo una propuesta que presentar en Chicago la próxima semana.

No estaba segura de si sus hombros se habían caído.

—Claro, cierto. ¿Supongo que ya no te veremos mucho por aquí?

Ni ella misma estaba segura. ¿Qué pasaría si la reunión de esta semana iba mal? ¿Qué pasaría si la sacaran del proyecto y pusieran a alguien más? Sintió una punzada en el estómago.

—Creo que debería volver, si todo va bien con mis ideas.

Peter asintió.

—Bien. Quiero decir, que ha sido bueno verte de nuevo.

Kate empezó a recoger sus cosas.

—A ti también —respondió con una sonrisa—. Y gracias por tu ayuda.

Peter le echó un vistazo el reloj en la pared.

—Supongo que debería ponerme a calificar esos

exámenes. Aunque creo que los llevaré a casa. Solo necesito cogerlos de mi oficina.

Kate asintió.

—Claro. ¿Nos vemos en la puerta principal?

—Vale. Te llevo a casa. Bueno, no a casa. No a Chicago. A la casa de Carol —aclaró.

Kate estaba notando que sus despedidas se estaban volviendo más incómodas, sin saber si solo decir «adiós» e irse, o algo más. Como si fueran una especie de pareja y necesitaran... ¿qué? ¿Estrecharse las manos? ¿Golpearse mutuamente en la espalda y la cabeza? ¿Besarse?

Supuso que se trataba más de si volverían a verse y cuándo. El hecho de que se quedara en la casa de al lado no significaba que pudiera asumir que lo volvería a ver antes de irse.

Volvió a sentir una punzada en su estómago. Ni siquiera sabía si volvería a Golden Grove.

«Ok, respira hondo. Estúpidos pensamientos».

Se colocó el bolso sobre su espalda y dobló una esquina en el pasillo solo para toparse con alguien.

Pecas, tirantes. Era como verse en un espejo y verse a sí misma en la escuela secundaria.

# CAPÍTULO TRECE

Un par de libros y un tablero de arte cayeron al suelo. Kate se inclinó para recogerlos, disculpándose al mismo tiempo.

—Lo siento mucho, no te he visto.

—No, he sido yo —dijo la niña, con el rostro enrojecido—. No estaba viendo a dónde iba, supongo.

Kate recogió los libros y notó las portadas. *Historia del arte* y *dibujo del cuerpo humano* de Milton. No había oído hablar del segundo, pero el primero era el mismo libro que usó cuando estaba en el instituto. Le entregó los libros a la chica, que los metió en su mochila morada.

Volteó los tableros de arte para pasárselos a la chica. El de arriba era un dibujo de un caballo rampante, sin jinete. Deslizó ese a un lado para ver el que estaba debajo, que era una pintura acrílica de un tulipán, de cerca y en detalle. Ambos eran excelentes.

—¿Tú has hecho esto? —le preguntó a la chica, que estaba cambiando su peso de un pie al otro.

—Sí. En clase de arte.

Kate notó que la chica no la había mirado a los ojos ni una vez.

—Son muy buenos.

Atisbó un indicio de una sonrisa en el rostro de la chica, pero desapareció rápidamente.

—Gracias.

Kate le entregó los tableros. La chica los tomó y luego se acercó a una mesa cercana donde arrojó su mochila. Kate la siguió, curiosa. El trabajo podía esperar unos minutos.

—Es muy tarde para estar aquí.

La chica nunca volteó.

—Obtuve permiso del señor Clark para trabajar en mi experimento esta noche. No vine ayer. Y luego voy a ayudar con las decoraciones para el baile.

—Ah, sí. «Los maravillosos ochenta», creo —se detuvo—. Entonces, ¿estás en la clase de química de Peter? Es decir, del señor Clark.

—Química 201 —contestó la adolescente mientras comenzaba a colocar el equipo sobre la mesa.

—¿201? Te debe gustar la química.

—Supongo.

Kate se acercó, poniendo sus cosas en la mesa al lado de la mochila de la chica. Extendió la mano.

—Soy Kate. Soy amiga del señor Clark. También me ha estado ayudando con química.

La breve sonrisa regresó y estrechó la mano de Kate con cautela.

—Soy Stacy.

Regresó a trabajar, sacando un libro de texto grueso y pesado de las profundidades de su mochila.

—Hola, Stacy.

Stacy... ¿Sería la chica que una de las ovilleras había mencionado la otra mañana?

Intentó ignorar cuánto le recordaba la niña a sí misma a esta edad. Tímida y bonita, pero probablemente temía creerlo. Su breve sonrisa mostró un destello de metal. Frenillos. Kate había olvidado cuánto odiaba sonreír cuando tenía los frenillos. Dos años enteros de fotos de secundaria con una sonrisa lúgubre y sombría de Mona Lisa, sin mencionar el último año. Cortesía de alguna condición de ortodoncia que no podía pronunciar. Una cosa que no había olvidado era cuánto podía apestar la secundaria.

—Entonces, ¿tomas alguna clase de arte? —Kate señaló los dibujos al lado de la mochila.

—No hay muchas para tomar, pero he hecho algunas pinturas extracurriculares.

—¿En qué año estás?

—En mi último año.

—Oh, ¿casi lista para la universidad?

—Eso creo.

—¿Y te gusta la química también?

Hubo una pausa mucho más larga, como si Stacy estuviera decidiendo algo. No levantó la vista, solo dijo:

—No mucho —en voz baja.

Las cejas de Kate se arquearon ligeramente.

—Pero estás tomando la segunda clase de química. Supongo que eso es lo que representa el «201», ¿no?

—Sí —otra pausa—. Mis padres piensan que necesito aprender tanta ciencia como sea posible. Para la universidad. Para que pueda conseguir un buen trabajo.

Bien, ¿dónde había escuchado eso antes?

—Déjame adivinar. ¿Uno de tus padres o ambos trabajan en Nitrovex?

Eso se ganó una mirada directa a la cara.

—¿Cómo lo sabes?

Kate se rio entre dientes.

—Suerte, supongo. Apuesto a que la mitad del pueblo trabaja allí.

—Supongo.

Kate notó la carpeta sin abrir de química que yacía sobre la mesa. Estaba cubierta de intrincados garabatos. Animales, formas, filigrana, todos entrelazados. Abrió la carpeta y vio más garabatos en los márgenes, así como páginas enteras de dibujos. Gatos, leones, una niña con el pelo al viento mientras miraba desde un acantilado hacia el océano con las manos entrelazadas en la espalda.

—Stacy, estos son muy buenos.

Stacy alzó la cabeza. Su rostro se puso rosado cuando vio a Kate mirando dentro de su carpeta.

—Ah. Esas son solo cosas que hago en mis apuntes cuando estoy aburrida.

—Bueno, están bien.

Esbozó una breve sonrisa.

—Me gusta más el arte, pero mi padre quiere que haga algo relacionado con las ciencias, como ser médico o algo así.

Kate sintió un ardor en el cuello. Dios. Algunas cosas nunca cambian.

—Bueno, supongo que es práctico... pero ¿has considerado obtener una especialización en arte? ¿O algo en diseño gráfico?

Stacy se encogió de hombros.

—Podría tomar algunas clases en la universidad si tengo tiempo. Pero no estoy segura de si mi padre estaría de acuerdo.

—Bueno... yo estaría feliz de hablar con él. Si tú quieres.

Bueno, y ¿a qué venía eso? Ella ni siquiera conocía a esta familia.

Stacy pausó lo que estaba haciendo y levantó la vista.

—¿Lo harías?

—Seguro. A mí también me gusta el arte. ¿Recuerdas... has oído hablar de My Little Pony?

Stacy ladeó la cabeza.

—¿El juguete?

—Síp —Kate agitó su mano en el aire—. Pinté un mural completo en mi pared. Cuando era niña. Los ocho ponis, con un arcoíris, césped, un puente sobre un arroyo —se frotó la barbilla con el dedo—. Creo que incluso tuve a Queen Chrysalis por ahí en alguna parte.

Stacy sonrió por primera vez, formando hoyuelos en sus mejillas pecosas.

—¡Guau!

Kate se rio.

—Sí. Bastante friki, ¿eh?

Stacy volvió a su trabajo.

—No lo sé. Suena genial.

Kate se apoyó en la mesa con los codos.

—Bueno, yo también pensé que lo era. Al menos por aquel entonces. Me cambié a negocios y diseño gráfico para la universidad. Tiene que ser práctico, ¿verdad?

—Supongo.

La chica parecía decepcionada. Le recordó al tono que sus padres habían usado cuando dijo que iba a la escuela de arte en lugar de ir a la universidad. Excepto que esto era a la inversa.

—Pero sí hice mucho arte en la secundaria. Incluso entré en la feria de becas.

Había un nuevo brillo en la voz de Stacy cuando se volvió.

—¿De verdad? ¿Ganaste?

Kate casi hizo una mueca, pero mantuvo su sonrisa.

—No realmente. Pero las cosas salieron bien.

¿Cierto?

—Mi profesora de arte me está obligando a participar en la feria. Dice que mi proyecto es muy bueno.

Kate asintió con la cabeza.

—A juzgar por lo que he visto, apuesto a que es así.

—Es una pintura realmente grande que hice de mi granja. Lo pinté en madera de granero.

Madera. Bien. Eso debería ser a prueba de cohetes.

—Espero que ganes —dijo Kate.

Stacy solo asintió.

Los ojos de Kate se dirigieron a la cartelera de anuncios de papel amarillo en el pasillo, lleno principalmente de avisos de clase. Descansaban en un collage de fotos pegadas en una cartulina verde: Peter y su clase afuera en algún lugar, riéndose, jugando, haciendo muecas. Sonrió.

—¿Dónde tomaron esa foto?

Stacy se volvió para ver lo que estaba mirando.

—Ah, esa. Esa fue nuestra excursión a principios de año. El señor Clark nos llevó al parque Palisades para disparar los cohetes que habíamos hecho en clase.

—¿Hicisteis cohetes? —su estómago se volcó una vez. «De nuevo con los cohetes».

—Sí, el señor Clark dijo que era un experimento de combustión y propulsión. Lo hicimos con la clase de física. Fue divertido. Él es muy guay.

—Ciertamente es un caso —Kate recordó las marcas chamuscadas en el piso de la casa del árbol.

—Sí. La escuela no tenía dinero para eso, pero lo pagó todo él mismo, de todos modos. Después, nos llevó a todos a tomar un helado.

Kate escaneó el resto de las fotos. Encontró una con Stacy, pequeña sonrisa, lejos de la parte más bulliciosa de la multitud, pero aún con algunos amigos. Era un recordatorio demasiado familiar.

—Entonces, ¿esos son tus amigos? —le preguntó.

Stacy miró hacia arriba y luego hacia abajo nuevamente.

—Sí.

Kate entrecerró los ojos ante la foto de nuevo.

—¿Qué es eso en tus vaqueros? —pensó haber visto un patrón—. ¿Un bordado?

—No. Es pintura amarilla —explicó Stacy.

—¿Pintura? ¿Tuviste un accidente en la clase de arte?

—No. No es nada. Fueron unos chicos.

Los ojos de Kate se estrecharon.

—¿Qué chicos?

Stacy se encogió de hombros.

—Solo... chicos —movió un portaobjetos de vidrio hacia un microscopio gris—. No pasa nada. Un par de chicos estaban jugando y me salpicaron con pintura amarilla en la clase de arte. Son cosas de adolescentes, dice mi padre.

Una letanía de recuerdos similares pasó por la mente de Kate. Risas y señalamientos en el pasillo. Bromas sobre sus frenillos. Risitas y miradas. No ser elegida para equipos en educación física. Pequeñas cosas que se acumulan en grandes cosas. Si las dejas.

—Bueno... tienes razón en algo. No es gran cosa.

Sabes que no eres todo lo que la gente dice de ti, ¿verdad?

Stacy asintió, pero siguió trabajando.

—Lo sé —dijo en voz baja.

—Y tampoco debería ser «cosas de adolescentes».

Podía sentir sus orejas calentarse.

—Lo sé —repitió Stacy. Luego, miró a Kate antes de volver a sus tubos de ensayo—. Apuesto a que probablemente no tenías... Quiero decir, eres tan bonita... —se interrumpió.

—¿No tenía problemas en el instituto? —Kate terminó la frase por ella. Casi resopló—. Perdona. Stacy, las historias que podría contarte.

Stacy se volvió con la cabeza en alto, los ojos muy abiertos.

—¿En serio?

Kate sacó un taburete en el banco y se sentó.

—Tuve que llevar frenillos hasta los dieciséis años. Así que, por supuesto, fui Katie Frenillos durante la mayor parte de la secundaria. Luego estaban los chicos que ladraban o bramaban cuando yo pasaba. Y las chicas no eran mucho mejores. Una de ellas me vio leyendo un libro de Harry Potter y comenzó a llamarme «Horror Peludo» en educación física —hizo una pausa, recordando—. Incluso los amigos que creías que eran tus amigos podrían volverse contra ti.

—Pensé que tendrías... quiero decir, no estás...

Kate tocó el hombro de la chica.

—Ey, ¿Stacy? Escúchame. El hecho de que no puedas caber en una talla treinta y seis no significa que no valgas nada. Y solo porque hayas nacido con los dientes en los ángulos equivocados no significa que no seas hermosa. En absoluto. ¿De acuerdo? —

le dio un apretón en el hombro a Stacy para enfatizar.

Stacy asintió con la cabeza.

—Desearía ser tan bonita como tú.

—Vaya. ¿Recuerdas cuando tu madre solía decirte que comieras tus verduras? Las madres aún hacen eso, ¿no?

—¿Sí?

—Me lo tomé muy en serio. Eso fue todo lo que comí por un tiempo después de la universidad. Me lo tomé como una especie de misión en ese momento. Pensé que, si me hacía ver hermosa por fuera, también me haría hermosa por dentro. Pero, después de un tiempo, me di cuenta de que era una mentira.

—Bueno, eres hermosa —Stacy sonrió con timidez.

Kate tocó el hombro de su nueva amiga.

—Siempre fui hermosa, Stacy. Y también lo eres tú. Me refiero a la verdadera belleza, no a las cosas que la gente ve en el exterior. Eso no siempre significa que sea verdad. Créeme, una vez que la gente vea la verdadera belleza que tienes, la belleza que se tarda en ver, significa mucho más. Y dura... mucho más tiempo.

Se quedó mirando fijamente la foto de Peter que la clase había pegado en la cartelera, sus ojos azules bailando sobre su alegre sonrisa mientras la clase hacía payasadas a su alrededor. Suspiró.

—Entonces, Kate... entonces... te gusta el señor Clark, ¿verdad?

Kate fue sacada fuera de sus pensamientos.

—¿Mmm? ¿Qué?

Stacy la estaba mirando fijamente. Era obvio que

Kate había estado mirando la foto durante unos segundos.

—El señor Clark dice que fuisteis juntos a la escuela.

—¿Dice eso? Si, así fue. Hace mucho tiempo.

Stacy se volvió hacia la mesa y comenzó a organizar sus notas.

—¿Cómo era él? En aquel entonces, quiero decir.

Kate entrelazó sus dedos, pensando.

—Bueno, veamos. Era alto, flaco y usaba anteojos. Algunos de los muchachos lo llamaban «Peter Clarker», ¿sabes, como Spiderman?

Stacy se rio.

—Y, mmm... Ah sí, también hacía cohetes por aquel entonces.

—¿En serio?

Kate asintió.

—Casi quemó su casa del árbol una vez —susurró.

Eso consiguió una sonrisa con los ojos y la boca abierta. Stacy parecía recordar algo.

—Oh, sí, una vez el señor Clark nos estaba mostrando gases inertes y prendió una bolsa porque creía que era helio, pero en realidad era hidrógeno.

Kate asintió con la cabeza.

—Bueno, no tengo idea de lo que eso significa, pero supongo que algo explotó.

—Sí. Hubo una gran bola de fuego —señaló una mancha oscura en las tejas del techo sobre una de las mesas—. Todavía se puede ver la mancha en la lámpara colgante.

Kate frunció los labios.

—Mmm. Solo había escuchado sobre aquella vez que mezcló dos cosas. ¿Algo rojo y algo de fósforo?

—Ah, sí. Esa no era mi clase, pero me enteré. La escuela lo obligó a pintar el techo.

Kate se inclinó hacia delante, disfrutando de estos chismes sobre Peter.

—Está bien, ¿qué más tienes?

—Oh, una vez, estaba mezclando algo en un vaso de precipitados y se resbaló y cayó, se derramó sobre la mesa y lo roció sobre él —se cubrió la boca con la mano—. Lució como si se hubiera mojado los pantalones por el resto de la clase.

Kate se rio.

—Está bien, ese definitivamente lo voy a recordar.

—Sí —Stacy cruzó las manos sobre su regazo—. Es el mejor profesor de la escuela. Desearía que fuera profesor de arte.

Kate asintió con la cabeza. Stacy continuó hablando antes de que ella pudiera responder.

—Me preguntaba si pensabas que tal vez él... bueno, no él, por supuesto... —miró hacia abajo—. Pero alguien como él podría ser... —se apartó el pelo de los ojos—. ¿Podría gustarle alguien... como yo?

Kate respiró hondo y exhaló.

—Oh, Stacy —le tocó el hombro otra vez—. Por supuesto que alguien podría y alguien lo hará.

Stacy sonrió ampliamente.

—Bien —parecía estar pensando en algo porque se sentó un poco más erguida—. Deberías ir al baile de bienvenida con él. El señor Clark va todos los años —más risas—. Es un buen bailarín.

¿Peter?

—¿De verdad? Casi valdría la pena ver eso —pero, entonces, recordó—. Pero no estoy segura de sí estaré aquí. Yo vivo en Chicago.

—Ah. Pensé que vivías aquí —y, con eso, la niña se volvió a su taburete y abrió su carpeta de química.

Kate la observó por un momento y, luego, saltó de su propio taburete.

—Está bien, suficiente charla de chicas. Debería seguir mi camino. Pero recuerda, si quieres charlar, házmelo saber, ¿de acuerdo? Aquí tienes... —Kate tomó el teléfono de Stacy que estaba sobre la mesa y marcó su número—. Lo pondré como «Horror Peludo» para que sepas quién es.

Stacy soltó una carcajada.

—Bien.

—No te quedes aquí hasta demasiado tarde. Es sábado por la noche, ¿recuerdas?

Stacy esbozó una pequeña pero genuina sonrisa.

—No lo haré.

Kate recogió sus cosas otra vez, su ojo atrapó la cartelera y automáticamente encontró la familiar cara sonriente de Peter. Viéndolo ahora, era menos como el chico torpe y lindo que había conocido y más como el hombre complejo que estaba descubriendo. Pero tal vez demasiado tarde.

Miró a Stacy cuando salió de la habitación. Estaba ocupada con su experimento de química. Aunque ahora con una leve sonrisa en su rostro. Y estaba tarareando.

Kate no solo le había dado una charla motivacional. Stacy era realmente hermosa. A veces solo necesitabas que alguien lo dijera, alguien que no fuera tus padres o tus amigos o tu maestro.

Se fue, sus pasos resonaron por el pasillo vacío. ¿Cuántas otras Stacys necesitaban escuchar eso aquí? Tal vez eso era lo que había mantenido a Peter aquí todos estos años. No solo lo que podía enseñar en el aula, sino fuera de ella. Tantas Stacys...

Vio su reflejo en la vitrina de trofeos a la entrada de la escuela y se detuvo. Baloncesto, fútbol, atletismo. Entrecerró los ojos. Una placa con los ganadores de la feria de becas de los últimos años descansaba en la parte posterior, cerca de la esquina de la vitrina. Una fila más arriba, ocho placas de latón hacia abajo. Peter Clark.

Su reflejo le devolvió la mirada desde el cristal.

Stacy parecía creer su pequeña charla motivacional. Pero, ¿lo hacía ella?

Captó otro conjunto de reflejos en el cristal. Al final del pasillo, una puerta abierta, Peter y... ¿Penny Fitch? ¿Qué estaba haciendo ella aquí?

Se quedó helada. Penny se estaba riendo (por supuesto) mientras tocaba el brazo de Peter y sacudía su perfecto cabello negro azabache. Peter sonreía también, con las manos en los bolsillos y su pose de tímido colegial. Penny lo volvió a agarrar por el brazo y salió del aula, justo cuando Stacy se unía a ella. ¿Decoraciones para el baile? ¿Por eso estaba Penny aquí?

Y ahora Peter caminaba hacia ella. De repente, encontró muy interesante el trofeo de segundo premio de tenis femenino de 1969 que tenía delante de ella.

---

Peter vio a Kate parada en el pasillo vacío, mirando la vitrina de trofeos.

—Veo que has conocido a Stacy —dijo, caminando hacia ella.

Kate se dio la vuelta y asintió. Peter no pudo distinguir su expresión.

—Sí, es una chica muy trabajadora, quedándose aquí hasta tan tarde para ayudar con las decoraciones del baile.

Peter frunció el ceño. ¿Stacy le había dicho eso?

—Entonces, Stacy te ha sacado todos los trapitos sucios sobre el viejo y malvado señor Clark, ¿verdad?

Kate asintió con la cabeza.

—Algunos, pero probablemente no todos. He oído que eres bastante bueno pintando techos.

—Hombre, explotas una bolsa de hidrógeno y te marcan de por vida.

—Mejor que andar todo el día con pantalones mojados —se burló Kate.

Cuando se movió hacia la entrada principal, Peter la siguió. «Genial. La historia de los pantalones mojados».

—Bueno, cualquiera que dijera que ser profesor es fácil está mintiendo.

—Dudo que alguien que haya tenido que enseñar alguna vez haya dicho eso.

—Cierto.

Se detuvieron junto a la puerta principal. Un par de estudiantes entraron desde afuera, los miraron, se miraron, sonriendo, y siguieron corriendo, riéndose. «Genial. Más rumores».

Kate se apartó del poste de la puerta.

—Debería volver —dijo—. Tengo horas de trabajo por delante.

Peter asintió.

—Claro.

«Pregúntale».

—¿Puedo enviarte un mensaje si me atasco con algún término científico? —le preguntó Kate antes de que él pudiera hacerlo.

—Claro. Cuando quieras.

Kate sonrió.

—Nunca se sabe cuándo podrías necesitar más consejos científicos.

Peter asintió.

—Bien. Aquí estaré.

Se quedaron en silencio por un momento.

—¿Te acompaño a tu auto? —ofreció Peter finalmente.

—Gracias, amable señor —respondió Kate haciendo una breve reverencia.

—No hay de qué —Peter la rodeó para abrir la puerta.

Caminaron juntos a través de las puertas delanteras y salieron hacia la puesta del sol. La lluvia había cesado, pero las nubes se movían rápidamente cruzando el cielo. Algunas hojas crujieron a sus pies.

—Como en los viejos tiempos.

—¿Y eso? —preguntó Peter.

—Cuando solías acompañarme a casa desde la escuela.

—Estaba mucho más cerca entonces. Ahora me tendría que pegar una carrera de ocho kilómetros desde aquí.

—Ciertamente.

Continuaron andando en silencio. Kate sostuvo su bolso con ambas manos frente a su pecho, pateando las hojas mientras avanzaba.

Peter pensó en algo que alguien le había dicho una vez, o tal vez lo había leído. Sobre como recuerdas las cosas malas del pasado y olvidas muchas de las cosas buenas. En este momento, estaba pensando en Kate, la niña, acompañándola a su casa desde la escuela, con su mochila púrpura de My Little Pony rebotando sobre sus hombros. La Kate que era muy cercana a él, no de la que él se había alejado en la secundaria. La cual se preguntaba si había perdido, o si tal vez le habían dado otra oportunidad de encontrarla.

Siguieron caminando. Peter comenzó a patear hojas con ella, sonriendo.

Como en los viejos tiempos.

# CAPÍTULO CATORCE

Frank Madsen alzó la vista del informe de Kate en su portátil, mirándola a través de sus gafas de lectura.

—¿Y este es el alcance del informe hasta ahora?

A Kate le molestaba el cuello de su camisa. La sala de conferencias se sentía demasiado cálida hoy.— Sí, hasta ahora. Es solo el informe preliminar. Nitrovex está resultando tener un alcance más amplio de lo que nosotros... de lo que yo pensaba.

Madsen asintió lentamente. Los otros tres miembros mayores de su grupo continuaron pasando las páginas de la delgada pila de papeles que conformaban su informe. Ninguno de ellos sonreía.

Eso es todo, de vuelta a las tarjetas de negocio. Se preguntó si los KwikCopies de la esquina tendrían alguna vacante. Entrelazó los dedos, esperando a que alguien más hablara.

Se había pasado todo el viaje de regreso el domingo con la radio apagada, una libreta con líneas amarillas y un bolígrafo en el asiento del copiloto. Pensando, conduciendo, tomando notas. Más notas una vez que llegó a su departamento. Y, finalmente, hizo una rápida presentación de diapositivas cuando llegó a la oficina esta mañana. Odiaba hacer las cosas a último momento y estaba molesta consigo misma por sentirse tan fuera de su área de confort.

La conversación con Peter la había ayudado. Había abordado el problema de Nitrovex desde un ángulo diferente, un ángulo más personal, y había logrado reunir algunas ideas nuevas para su propuesta. Suficientes, con suerte, para convencer al grupo de que podría terminar el trabajo. Lo que significaba otro viaje de regreso a Nitrovex y a Golden Grove.

¿Y Peter?

No podía decidir cómo se sentía al respecto. Incluso había llegado a pensar que arruinar este proyecto podría ser algo bueno. Kate nunca había querido volver a Golden Grove; de hecho, lo temía.

Pero tenía que pensar en su trabajo. Danni había dejado claro cuáles eran las expectativas del grupo. Un fracaso aquí probablemente sería un asesinato profesional. Y su carrera era algo en lo que había trabajado demasiado y durante demasiado tiempo como para considerar perder.

Se enderezó. Al menos podría fingir que sabía lo que estaba haciendo. Incluso si estaba a punto de ser despedida.

—Aunque el informe es bastante... delgado, creo que podríamos tener algo con que trabajar —dijo Danni.

«Mi querida Danni. Gracias Danni».

—Aunque habrá que trabajar mucho más con respecto a la premisa básica de tu propuesta. Por ejemplo, ¿cuáles son algunos de los conceptos centrales con los que estás trabajando? ¿Qué tal el aspecto internacional de la empresa? ¿Cómo encaja eso con los orígenes de Nitrovex en el Medio Oeste?

—Sí, el aspecto internacional. Bueno, creo que primero debemos encontrar la base, la esencia de lo que hace que Nitrovex sea único. La esencia de la empresa puede parecer muy básica, pero el tema general de sus productos es mucho más amplio de lo que sospechábamos. Con ese fin, creo que debemos hacer un examen más profundo de todos los diferentes aspectos de los muy diversificados activos de la compañía, especialmente en Europa, donde están haciendo avances significativos en, eh... los disolventes de floculación.

Era una evasiva para ganarse tiempo, una no-respuesta. Se sentía como un político o una concursante de belleza intentando responder a su pregunta sobre la paz mundial sin realmente decir nada.

—¿Disolventes de floculación? —preguntó un miembro del grupo.

Kate asintió con la cabeza.

—Sí.

Solo sí. No podía decir mucho más sobre los disolventes de floculación, especialmente porque acababa de inventárselo para salvar su trabajo.

—Veo que has hablado casi exclusivamente con el propietario, el señor Wells —añadió Madsen.

Kate asintió, moviéndose en su asiento.

—Sí, ha sido muy útil para darme el telón de fondo, la historia de la empresa.

Nadie cambió su expresión, solo la miraban fijamente, esperando.

—También estoy consultando con otro experto local. Y espero reunirme con el nieto del dueño la próxima semana. Es mucho más versado en sus operaciones europeas, así como en el futuro de la compañía.

Fue una especie de mentira. Bueno, fue sobre todo una mentira. Bien, fue una mentira descarada, y deseó no haberla soltado. Pero sí sabía que se suponía que Corey Steele regresaría pronto a Golden Grove, y estaba segura de que John estaría feliz de concertar una reunión con él.

Finalmente, uno de los miembros asintió.

—Eso debería ser muy útil. Una mejor imagen del futuro de la compañía es lo que necesitaremos.

«Debería», no «podría». Por primera vez desde que comenzó la reunión, sintió que tenía la oportunidad de no ser echada a patadas del proyecto...

—Sin embargo... —agregó Madsen.

«Oh, cielos, un «sin embargo» no.

—... Necesitaremos tener un informe mucho más extenso en la próxima reunión si vamos a confiar en ti para presentar la propuesta completa.

Kate asintió vigorosamente.

—Sí, por supuesto, mucho más completo, se lo prometo. Una vez que tenga algunas piezas más del rompecabezas en su lugar, podré sugerir un paquete completo. Logotipos, lemas y marcas.

Logotipos, lemas y marcas, ay Dios mío. No tenía ninguno de esos, todavía. Dio gracias internamente por haber dejado a Penny la vaca fuera de las sugerencias de su logotipo en el último minuto.

Madsen alzó la cabeza y asintió, pensativo.

—Bueno, en este punto, esta es probablemente nuestra mejor apuesta. No podemos negar la ventaja que aún podemos tener con que la señorita Brady haya vivido en el pueblo del cliente —se giró hacia ella—. ¿Hay alguna forma de que puedas explotarlo aún más? Tal vez, ¿reunirte con más gente del pueblo? Conecta con ellos, hazle saber a Wells que sigues siendo una de ellos, por así decirlo.

¿Una de ellos?

Kate tragó saliva.

—Por supuesto. Ya he tenido bastante éxito en ese sentido —un destello de los sonrientes ojos azules de Peter cruzó por su mente, pero parpadeó para dejarlo a un lado—. Con el señor Wells, el dueño, he desarrollado una muy buena relación.

Esa parte era verdad. El genial dueño de Nitrovex parecía haber tomado una actitud paternal.

—Muy bien —dijo Madsen.

Los otros miembros comenzaron a juntar sus papeles, cerrando portátiles, indicando que la reunión ya casi había terminado.

—Vuelva a Nitrovex pronto —prosiguió Madsen—. Reúnete con el nieto, este Corey Steele, si puedes. No tengo que recordarte que hay otras compañías que ofertan por este trabajo, la mayoría de ellas más grandes que nosotros.

—Sí, entendido —respondió Kate, su cuello sudando.

Madsen cerró su propio portátil y se levantó.

—Esperamos recibir un informe más completo a fines de la próxima semana, esta vez con algunos ejemplos de logotipos y eslogan.

No era una pregunta; era una orden.

—Absolutamente —dijo ella.

Los miembros se fueron. Todos menos Danni, que se acercó a ella, rodeando la larga mesa ovalada.

—Parece que tienes una segunda oportunidad —dijo.

Kate sonrió débilmente, apilando sus papeles.

—Si, gracias.

—No me lo agradezcas. Estaba a punto de chivarme de tu escenita.

Kate sintió una gélida punzada en el estómago.

—Bueno, sé que, mmm, no fue la mejor propuesta que he hecho.

La expresión de Danni era neutral.

—Todos hemos tenido que suavizar los bordes de un concepto en un momento u otro. Pero ¿disolventes de floculación? Esa es nueva.

—Lo haré mejor la próxima semana. Informe completo, marca, todo —afirmó.

Danni asintió con la cabeza.

—Más te vale, o no seré capaz de interferir por ti —se sentó en el borde de la mesa—. ¿Estás segura de que estás preparada para esto, Kate? Es un gran trabajo, tu primer proyecto importante.

Kate se puso rígida en tanto regresaba un poco de coraje.

—Lo estoy. Sé que lo estoy. Ya tengo algunas ideas nuevas que no he presentado hoy.

—Bien. Siempre y cuando sean mejores que tu vaca feliz esa —Danni señaló la pantalla del portátil de Kate, donde la mitad del logo con la cara de la vaca dentona, se asomaba por debajo de otra ventana.

Sintió que le ardía la cara.

—Oh, lo serán.

Danni se puso en pie.

—Espero que trabajes en esto durante el fin de semana.

Dejó a Kate sola con solo el zumbido de las luces fluorescentes en lo alto y el latido de su corazón. Kate resopló lentamente, sudando como si acabara de terminar un entrenamiento.

Por primera vez desde que trabajaba en Garman, se preguntó si valía la pena. Las vacaciones perdidas, las horas extra. Pero, todos los trabajos tenían sus partes aburridas, ¿no? Como calificar exámenes. Eso era exactamente lo que era el trabajo.

Sintió una punzada de envidia por Peter. Apostaba a que él podía irse a casa por la noche, ver a sus amigos, salir a tomarse un batido con Lucius. Un pensamiento surgió. Tal vez debería crear su propia marca. Volver al trabajo de diseño, donde había comenzado.

Sacudió la cabeza, necesitando aclararla. Bueno, ahora mismo, su trabajo estaba aquí. Y Kate sabía que solo con ser amiga de John Wells o depender de su cortesía no iba a ganarse ningún contrato. Iba a necesitar trabajar más. Mucho más, y sin distracciones esta vez.

———

Peter metió el último plato en el lavavajillas, cerró la puerta y se apoyó en el borde del fregadero, exhalando un lento suspiro. A través de la ventana de la cocina, vio cómo se agitaban las ramas del antiguo olmo en el patio, y cada brisa liberaba un nuevo conjunto de hojas.

Debería haber sido fácil, este asunto con Kate. No debería haber estado tan distraído en el trabajo, olvidando los nombres de los estudiantes, olvidando una sesión de estudio de laboratorio y llegando tarde. Mirando por la ventana norte de su casa solo para ver si encontraba un brillante Volkswagen amarillo estacionado en la calle. Preguntándose incluso si volvería otra vez.

Era estúpido, como si fuera un chico adolescente nuevamente, como los chicos que veía en los pasillos, el drama se alimentaba del drama. Pero él no era así. Él había crecido, pero estaba actuando como ellos, ¿cierto?

Se limpió las manos con una toalla y la dejó caer sobre el mostrador. El retrato de la familia colgaba en su lugar, al lado de la puerta trasera, donde había estado los últimos quince años. Fue la que tomaron en Sears, en Iowa City, cuando estaba en tercero de la ESO e insistió en usar camiseta con cuello en forma de V. Menos mal que no tenía pelo en el pecho.

Eran momentos como este, solo en la casa, cuando deseaba que su padre todavía estuviera aquí. Podía llamar a su madre, pero sabía que probablemente le diría que «fuera él mismo». No era un mal consejo, y tenía buenas intenciones, pero a veces solo quería saber qué diría su padre. Pero eso no iba a suceder, ¿verdad?

Se trasladó a la sala de estar, agarrando un libro en el camino. Era una buena noche para prender la chimenea. No había tenido que encender la calefacción todavía, y siempre había odiado hacerlo porque significaba que el verano realmente había terminado, y que el invierno comenzaría cualquier día de estos. Como si alguna vez pudiera detener algo tan inevitable como el cambio de estaciones.

Así es como esto se sentía. Inevitable. ¿O era «imposible» una mejor palabra? Como si no tuviera otra opción, como si no pudiera evitar tener que decidirse en cuanto a Kate, de una vez por todas.

Recogió algunas piezas de leña del estante junto a la chimenea y las colocó sobre el periódico arrugado en una pirámide. En unos minutos, el fuego crepitaba.

No se había movido, hipnotizado por las llamas anaranjadas que se mecían a los costados de los troncos. Casi se rio cuando un pensamiento surgió en su cabeza. Conocía los principios de la combustión, lo había enseñado durante años. Leyó en su mente como un libro de texto interno. «Un proceso químico que ocurre cuando el oxígeno reacciona con otra sustancia produciendo suficiente calor y luz para causar ignición».

Pero el simple baile de las llamas era belleza pura, la otra cara de la ciencia, la fascinante. Entonces, ¿eso eran Kate y él?

Podría estar orgullosa de su metáfora artística. Si estuviera aquí.

Permaneció sentado durante un largo tiempo en la habitación oscura, excepto por las llamas del fuego que se extinguía lentamente.

# CAPÍTULO QUINCE

Caray, ¿qué pasaba con Golden Grove y sus locas convenciones? Primero, los tipos barbudos y, este fin de semana, había un concurso de cuartetos. La única habitación de hotel disponible que Kate pudo encontrar fue en el Super 6 a las afueras de la ciudad.

No era el alojamiento más elegante, pero decidió que era su mejor opción. Peter estaría cerca en caso de que necesitara más ayuda científica, pero no tan cerca como para ser una distracción. Necesitaba agacharse y ponerse a trabajar. Sin batidos, sin viajes al parque en convertibles y sin pasar el rato con él en su patio trasero o en la escuela.

Comer, dormir y respirar Nitrovex. Arrugó la nariz. Bueno, respirar no.

Colocó su portátil sobre el pequeño escritorio de su habitación e intentó empezar a trabajar conforme las palabras de Danni resonaban en su cabeza. «¿Estás segura de que sigues preparada para esto, Kate?»

Quizás no.

Los cuartetos a ambos lados de su habitación de paredes delgadas estaban en pleno apogeo. Kate contó doce rondas de *You must have been a beautiful baby,* trece repasadas de *Bye bye blackbird*, y un número demasiado excesivo de interpretaciones de algo llamado *Ma, she's makin' eyes at me*. Que, con seguridad, tenía que ser la canción más tocada en el infierno.

A medianoche, ya era demasiado, y se dirigió a la casa de Carol, abriendo la puerta con la llave que estaba debajo del gnomo de jardín que se parecía a Karl Marx con resaca. Lo que también describía su estado de ánimo perfectamente.

A la mañana siguiente, arrugada y todavía completamente vestida, Kate se dio la vuelta en el rígido sofá de Carol, temiendo mirar su reloj. Una cola peluda se agitó en su rostro, y dejó escapar una bocanada de aire. Tommy levantó el brazo del sofá y se zambulló debajo de una silla.

Carol también estaba un poco sorprendida de verla allí. Bueno, más bien se aferró a su pecho cuando vio a Kate en el sofá. Pero rápidamente se calmó, emocionada de que su niña pródiga estuviera en casa otra vez.

Una hora y una buena taza de café después, Kate se frotó las sienes.

—¿Cómo está tu cabeza, querida? —preguntó Carol.

—Mejor.

El paracetamol que se había tomado con un vaso grande de jugo de naranja estaba empezando a funcionar, y las dos uñas que obviamente debían estar saliendo de sus sienes estaban desapareciendo lentamente.

—Bueno, lamento que no hayas dormido bien anoche —Carol suspiró—. Uno pensaría que el gerente no los dejaría practicar tan tarde.

«Lida Rose, estoy en casa otra vez, Rose...»

Kate se sentó y se llevó el vaso frío a la cabeza.

—Consideré el asesinato, pero habría tenido que cavar cuatro tumbas y, después del viaje desde Chicago, estaba demasiado cansada.

—Bien, te traeré una bolsa de hielo del congelador —dijo Carol, dirigiéndose a la cocina.

El timbre sonó y las uñas volvieron. ¡Ay!

—¿Puedes atender eso, Kate? —gritó Carol—. Probablemente sea Rose trayendo mi cacerola.

«Mejor que no sea Lida Rose», pensó.

—Claro —respondió Kate, dirigiéndose a la puerta principal.

Podía ver una sombreada figura escondida detrás de las cortinas de encaje. Si esa era Rose, debía jugar mucho baloncesto.

Abrió la puerta, y su corazón dio un vuelco.

—Está bien, entregue la cacerola, señor, y nadie saldrá herido.

—Hola, Kate —dijo Peter, con esa sonrisa torcida que ponía en peligro de palpitaciones a su corazón—. Sin cacerola, solo un reloj —levantó un reloj rojo en forma de manzana con pequeñas ramitas para las manos—. Carol me lo trajo temprano esta mañana y me pidió que lo arreglara por ella.

Kate asintió con los ojos entrecerrados. ¿Cómo de temprano? ¿Y cuándo exactamente la había visto Carol en el sofá?

—Bien, entonces, ¿cuál es la contraseña? —demandó.

—¿Déjame entrar, tengo un reloj?

—Nop.

—Ah, ¿debería volver más tarde?

Kate negó con la cabeza.

—Ni siquiera cerca. ¡Última oportunidad!

—¿Kate es la chica más hermosa que he visto? —sus ojos líquidos bailaron con una sonrisa, y ahora sus codos estaban empezando a temblar.

«Oh-oh, codos, ¿ahora?»

—Suficientemente cerca —dijo—, retrocediendo mientras una brisa jugaba con el cabello de Peter. ¿Por qué siempre había tanta brisa en este pueblo?—. Puedes entrar.

Eso hizo, rozándola, todo suave, limpio y animado.

Carol entró en la habitación, y una gran sonrisa floreció en su rostro.

—Oh, Peter, hola —saludó.

Peter le tendió el reloj.

—Asunto arreglado. Solo necesitaba nuevas baterías.

Carol se lo quitó, manipulándolo como si fuera una pieza vital del equipo del transbordador espacial en lugar de un reloj barato.

—Muchísimas gracias. No sé qué haría sin ti.

Kate observó, con los brazos cruzados, asintiendo levemente ante la actuación. «Bravo, Carol». Se volvió hacia Peter.

—Entonces, salvador de relojes, ¿cómo estuvo tu semana?

—Bien. Te ves bien. Debes estar progresando en el proyecto.

—Ajá —asintió con la cabeza como si nada.

Peter estaba siendo amable, y eso le gustaba.

Su cabello estaba hecho un desastre, y no estaba maquillada. De repente, recordó algo y se volvió rápidamente. «Ay dios».

Peter había entrado, pero aún estaba de pie. Educado.

Carol regresó de dejar su preciada carga de dos dólares.

—Peter, ¿te veremos en el carnaval esta noche?

Él asintió.

—Allí estaré. Tengo que manejar el puesto de globos. Explota un globo, gana un premio.

«Lástima que no haya un puesto de besos», pensó Kate al azar. Luego, entrecerró los ojos. «Bueno, tranquila. Debe ser la falta de sueño».

—Kate, ¿por qué no vienes al carnaval esta noche? Necesitarás un descanso, ¿verdad?

—¿Carnaval? —preguntó con su mejor tono del tipo «¿quién, yo?».

—Sí, el carnaval del centro comunitario. Recuerda, por eso se reunieron las ovilleras la última vez que estuviste aquí. Es una recaudación de fondos que hacemos cada otoño. Este año es para el grupo de veteranos heridos. Peter estará allí.

Como si ese se suponía que fuera el factor decisivo.

—Bueno, supongo que tal vez pueda tomarme un descanso. Por unos pocos minutos.

Peter permaneció allí de pie, luciendo como un gran cachorro hermoso, con los brazos cruzados.

—En realidad, me vendría bien algo de ayuda con el puesto de pintacaras —dijo Carol.

—¿A qué hora? —preguntó Kate.

Bueno, en verdad necesitaría tomarse un descanso más tarde. De todos modos, podría trabajar todo el día siguiente.

—Comienza a las siete —dijo Peter.

Kate se lo pensó y, luego, asintió.

—Vale.

—Es una cita —dijo Carol.

Kate la fulminó con la mirada.

—Genial —dijo Peter, volviendo a la puerta—. Lo siento, pero me tengo que ir. Todavía necesito recoger el tanque de helio para los globos.

Pasó por su lado, y Kate inhaló.

—Queridas —dijo, y salió.

—Qué buen hombre —dijo Carol soñadoramente.

Kate se acercó a su amiga.

—Sabes, está soltero —sugirió—. ¿Alguna vez has oído hablar de los romances de mayo a diciembre?

Kate se ganó un golpe con eso.

—Ay, para. Y gracias.

—¿Por qué?

—Por aceptar ayudar. Te da la oportunidad de volver a ver parte de la comunidad.

No había pensado en eso. ¿Mezclarse con los habitantes de Golden Grove de nuevo? Suspiró. Bueno, era por una buena causa, y tal vez le daría algo de inspiración para su propuesta. Después de todo, eso era al menos parte de por qué había decidido conducir a Golden Grove y trabajar aquí en lugar de en Chicago este fin de semana, ¿verdad?

—¿Los hombres de Chicago son tan amables como él? —preguntó Carol.

—¿Cómo?

—¿Son amables los hombres de Chicago?

—Sí, Carol, son muy amables. Te abren la puerta, a veces se bañan y no sumergen tus coletas en el tintero.

—¿Tan amables como Peter? Ha sido tan bueno tenerlo como vecino. Tan útil...

—Claro que es amable. Es amable con todos. Tiene un caso virulento y terminal de amabilidad. Cuando Dios estaba repartiendo amabilidad, miró a

Peter y solo dijo... «¡Amable!». Es el rey de la amabilidad. Si la amabilidad fuera un deporte olímpico...

—¿Katie? ¿Kate?

—¿Qué?

—Estás balbuceando.

Kate se puso la mano en la frente.

—Lo sé. Necesito una siesta —se sentó en el sofá—. Pero a veces no te vuelve un poco loca que Peter sea tan... ya sabes... —dejó caer las manos, buscando la palabra.

—¿Amable? —sugirió Carol.

Kate se cubrió los oídos con las manos.

—Arg, deja de decir esa palabra.

Carol se echó a reír.

—¿Qué?

Carol agitó su mano, riéndose.

—Mírate. La mayoría de las mujeres se quejan porque los hombres son demasiado malos, estúpidos o perezosos, y tú estás toda alterada porque alguien es demasiado amable.

Kate frunció los labios y suspiró. Carol podría actuar como una entrometida casamentera en ocasiones, pero era una amiga. Más que eso, casi como una segunda madre.

—Supongo que ese es el problema. Solo está siendo amable conmigo como lo es con todos los demás.

Como lo era con Penny Fitch.

—¿Estás segura de eso? —Carol se acercó y le tocó el brazo—. ¿Por qué no le preguntas si es más que eso?

¿Preguntarle? Como, ¿con palabras? ¿Kate realmente quería saberlo siquiera? Habían tenido un momento suficientemente malo volviendo al punto de partida como amigos, ¿no? Y sí, tal vez hubo algún coqueteo, pero eso era inofensivo, ¿verdad?

¿Realmente quería arriesgarse a complicar una amistad al tener que revolcarse en un doloroso «¿Yo te gusto de verdad?» ¿Conversando como una ruborizada y llorona colegiala?

Carol le tocó el brazo otra vez.

—Kate, ¿qué te dice tu corazón?

¿Qué era esto, una película de Disney? Sonrió y le devolvió el apretón de brazo a su amiga.

—Me dice que necesito ir a trabajar.

## CAPÍTULO DIECISÉIS

KATE SIGUIÓ A CAROL POR LAS ESCALERAS DE hormigón. A pesar de que las letras de vinilo en la puerta trasera del antiguo gimnasio anunciaban el centro comunitario de Golden Grove, demasiados recuerdos hacían que para ella todavía fuera el instituto. Las mismas barandas metálicas, los mismos suelos con listones de arce desgastados. Fue el olor lo que más la atrapó, ese olor a polvo, cera e historia. Tragó saliva.

De camino, se preguntó si habría algún tipo de gran momento cuando entrara al gimnasio. Como alguna revelación desgarradora que la haría caerse de rodillas en una avalancha de angustiados recuerdos. Este era el centro de todo, ¿no? La feria de becas, la traición.

Echó un vistazo a las esquinas de la sala, a lo largo de las paredes, casi esperando que aún quedaran trozos de cristal roto ocultos en los bordes.

Pero, nada. Era solo una sala normal llena de gente deambulando a su alrededor.

Carol, que llevaba una pequeña caja, la condujo por el gimnasio. La gente la rodeaba, algunos llevando más cajas y cargando con niños. Nadie que ella reconociera. Bueno, aún.

El carnaval abriría sus puertas en unos quince minutos. El plan era permanecer cerca de Carol, ayudar en el puesto de arte y no deambular. Tal vez saludar a Peter en el puesto de los globos, por supuesto. Tenía que ser buena vecina.

Hablando del rey de Roma...

Peter la saludó desde el pasillo. Mmm. ¿Podría un saludo ser sexy? Kate decidió que sí.

—Queridas, encantadoras como siempre —dijo Peter, con los ojos azules hirviendo a fuego lento.

Vaya, ¿se estaba sonrojando Carol? Qué típico. Espera, ¿se estaba sonrojando ella?

—Debería haber una gran multitud esta noche —Carol sonrió, empujando la caja hacia ella—. Kate, ¿puedes llevar estas pinturas a esa mesa, por favor? Tengo que hablar con Marcie.

—Ven, yo puedo tomar eso —Peter alcanzó la caja y se dirigió al puesto de pintacaras.

—Gracias —dijo Kate una vez que estaban en la mesa decorada con serpentinas.

Peter le dio un golpe amistoso en el hombro.

—Estaré cruzando el pasillo. Si me necesitas.

Conforme caminaba entre la creciente multitud, media docena de personas lo detuvieron para saludarlo.

Carol regresó poco después.

—Bien, ¿nos instalamos aquí?

—Ah. Perdona —Kate comenzó a examinar la caja. Estaba llena de pinceles, esponjas y pequeños frascos de varios colores—. Nunca he hecho esto antes —le dijo a Carol, que estaba ocupada clasificando billetes en un cajón metálico.

—Oh, es muy fácil. Lo hice el año pasado. Ten —empujó una tarjeta laminada sobre la mesa—. Aquí están los diseños que pueden elegir.

Kate le echó un vistazo al papel. Mariposas, osos de peluche, flores, corazones. Parecía bastante sencillo.

El gimnasio se ponía más ruidoso a medida que más personas entraban. Kate tragó saliva y sonrió ante la familia que pasaba por ahí. Una niña tiró de la mano de su madre y señaló la mesa de Kate.

—Tal vez más tarde, cariño —dijo la madre mientras seguían adelante.

Kate jugueteó con los pinceles mientras su corazón latía con fuerza. Se sentía más nerviosa que si hubiera estado dando una presentación a toda la junta de Garman en bikini. Era la gente. Se sentía fuera de lugar. Todos parecían conocerse, riendo, grandes sonrisas repentinas cuando se acercaba un nuevo amigo, niños jugando juntos. Sí, una gran familia de un pueblo pequeño y feliz.

Inspeccionó la sala. Había un puesto de Spin-art algunas mesas más allá. Gente bailando en la esquina frente al escenario. Patos de plástico en un estanque azul al otro lado, un niño sacando uno para ver si había ganado un premio.

Todavía no había reconocido a nadie. Quizás sobreviviría la noche después de todo. Es decir, que había estado fuera durante doce años. Pero solo haría falta que alguien la reconociera para que se corriera la voz. «Consigue las horquillas y las antorchas, Katie Brady está de vuelta», dirían.

¿Por qué había aceptado...? Cierto. Por una buena causa.

Suspiró. «Bueno, relájate. Es solo por unas horas, ¿no? Incluso podría ser... divertido».

Se le acercó una niña, probablemente de unos cuatro años, y una mujer mayor por detrás. Probablemente su abuela. Kate ladeó la cabeza. Le resultó familiar, pero no podía ubicar la cara.

—Hola —dijo la niña con timidez.

Kate se inclinó hacia adelante, con las manos sobre las rodillas, sonriendo.

—¡Hola! ¿Quieres que te pinten la cara?

La niña miró a su abuela en busca de aprobación.

—Vamos, dile lo que quieres —la animó la mujer.

Kate le acercó la hoja con los diseños de muestra.

—¿Qué tal una flor? —sugirió

La niña negó con la cabeza.

—Mmm... aquí, ¿un gatito?

Negó con la cabeza. No.

—¿Perrito? —ofreció.

No.

«Vamos, niña, me estás matando».

—¿Mariposa?

Eso se ganó un entusiasta asentimiento.

—Bien. Sube a la silla y te haremos una linda mariposa.

—Púrpura —dijo la niña mientras se sentaba. Luego, después de una mirada de reprensión de su abuela, añadió—. Por favor.

—Púrpura será —dijo Kate, desenroscando la tapa de una botella.

Comenzó a delinear las alas de mariposa en pintura púrpura mientras la niña se quedaba quieta. Kate sonrió. Tenía un montón de pecas en la mejilla.

—Me gustan tus pecas —dijo mientras sacaba un pincel más pequeño y la pintura negra.

«Necesito delinear esto, de lo contrario, no tendrá un buen balance».

—Gracias —dijo la niña.

—Disculpa —dijo la abuela—. ¿Tu nombre es Katie?

Kate se quedó helada dibujando el rizo de la probóscide. ¿Yo? Levantó la vista. La cabeza de la mujer estaba ladeada, esperando, con una pequeña sonrisa en su rostro.

Kate forzó una sonrisa.

—Sí, Kate, en realidad —dijo, volviendo a trabajar en la mejilla de la niña.

—Creí haberte reconocido. Soy Betty Locklear ¿Tu antigua profesora de piano?

Kate cerró los ojos. Sí, por supuesto. La señora Locklear. ¿Verano de, qué? ¿Tercero de primaria? Las caminatas letales hasta su casa a cuatro manzanas de distancia cada semana para tratar de tocar canciones de ese libro de piano verde.

—Hola, señora Locklear. Sí, soy yo —estrechó la mano de su antigua maestra.

—Eso pensaba —dijo la señora Locklear—. ¿Has vuelto a Golden Grove?

Kate regresó con la paciente niña, eligiendo un poco de pintura verde para los lunares del ala.

—Solo de visita. Trabajo, en realidad. Me iré pronto.

«Sí, hazle saber que este no es un trabajo permanente».

—Qué bueno verte. Siempre me gustó darte clases, a pesar de que fue solo por un verano.

Al igual que Peter, estaba siendo amable. Kate le había rogado a sus padres que la dejaran dar lecciones de piano, prometiendo practicar todos los días.

Desearía haberlo hecho. Luego, cuando descubrió que no tenía algo llamado «habilidad musical», les rogó nuevamente poder renunciar.

—Gracias —dijo Kate—. Lamento haber sido una estudiante tan mala.

¿Era veinte años demasiado tarde para una disculpa? ¿O eran doce...?

La mujer agitó la mano.

—Oh, no. Al menos hiciste lo mejor que pudiste. Eso es todo lo que pedía.

Kate terminó las florituras finales en su mariposa. No estaba segura de si las mariposas tenían antenas rizadas con corazones en los extremos, pero daba igual. Licencia artística.

Le pasó un espejo de mano a la niña, que sonrió y, luego, miró a su abuela en busca de aprobación.

La señora Locklear asintió.

—Genial. Muy, muy lindo, Katie —dijo mientras la niña saltaba del taburete—. Ve y muéstraselo a tu mamá.

—Gracias —dijo Katie mientras comenzaba a limpiar sus pinceles.

—Ay, lo siento —dijo la señora Locklear, tocando su pecho—. El nombre de mi nieta también es Katie.

«Ah. Ups».

—Pero tú has hecho un muy buen trabajo también —dijo, entregándole un billete de cinco dólares.

—Gracias —dijo Kate.

La señora Locklear se inclinó para acercarse y le dio a Kate un apretón en el hombro.

—Me alegra verte de nuevo, Kate.

—Lo mismo.

En ese momento, sintió que había conocido a esta mujer toda su vida.

Carol se acercó rápidamente.

—Veo que tuviste tu primer cliente.

Kate vio a su tocaya junto al estanque de patos, mostrando su mejilla a tres de sus amiguitas, señalándola.

—Sí. Parece que también podría obtener algunas referencias —sintió una pequeña oleada de orgullo.

Aproximadamente una hora, ocho mariposas, tres gatitos, cinco flores y una cabeza de zombi personalizada (sin sangre, por favor) más tarde, Kate necesitaba tomarse un descanso.

—¡Carol! ¿Te importa si echo un vistazo alrededor? —preguntó.

Había notado un puesto de algodón de azúcar por el área de concesiones cerca del puesto de dardos de globos de Peter. Era su única debilidad. El algodón de azúcar.

Carol se despidió con la mano.

—Ve. Diviértete un poco. Puedes jugar algunos de los juegos. Escuché que el puesto de globos está pagando bastante bien.

—Seguro que sí —sacó la billetera de su bolso y extrajo un par de billetes de veinte y los metió en su bolsillo—. ¿Puedes cuidar mi bolso?

—Claro.

Kate dejó su bolso en el suelo, debajo de la mesa. Nunca haría eso en Chicago, ¿pero en Golden Grove? Por favor. Probablemente podría dejarlo abierto sobre la mesa con billetes de veinte colgando y algún buen samaritano de Golden Grove vendría y lo escondería por ella.

Se movió a su derecha, observando las cabinas que aún no había visto. Adivina los M&M's en el frasco. Lanzamiento de una pelota de ping-pong en el vaso de plástico. Fotomatón con accesorios tontos.

Hasta ahora, había evitado ser reconocida, a excepción de por la señorita Locklear y otro maestro, el señor Harms, su maestro de ciencias de segundo de la ESO. Y Dale Schwartz, director del centro comunitario (del instituto). Y Denny Anderson (infantil, primaria y secundaria), que ahora era policía, lo cual no podía creer. Y también podrías contar a su esposa Jenna, que se solía sentar en el escritorio frente a Kate en la clase de la señorita Turlowski en cuarto de primaria.

De acuerdo, su misión de pasar desapercibida no estaba yendo tan bien, pero no había sido tan malo. Casi divertido, en realidad, ver a personas que no había visto en mucho tiempo, saber cómo terminaron, qué estaban haciendo. Algunos incluso tenían hijos, que es como encontró a Megan Burns, una chica que estaba en el club de arte con ella.

Bueno, no había necesidad de ponerse demasiado cursi. A lo sumo, probablemente solo necesitaría hacer algunas visitas más. Necesitaba recordar eso.

Un equipo de estudiantes de secundaria estaba llenando de agua un tanque de inmersión. Una idea bromeaba su cerebro.

—¿Quién va a entrar? —le preguntó a la chica con la manguera.

—Un montón de profesores, el Sheriff Anderson y el alcalde Watts.

«¿Un montón de profesores? Interesante».

—¿El Señor Clark va a entrar?

La niña verificó con sus amigos y, luego, volvió.

—No que yo sepa.

—Ah. Qué mal. Escuché que iba a hacerlo —dijo Kate.

¿Qué? Era por una buena causa.

La niña abrió los ojos como platos.

—Sería increíble si se animara —admitió.

Kate sonrió.

—Déjame ver qué puedo hacer.

El puesto de algodón de azúcar llamaba su nombre, y ella obedeció, comprándose un gran rollo púrpura recién salido del tambor. No había comido algodón de azúcar en años.

—Algodón de azúcar, tu favorito —dijo Peter.

Se giró, ahogándose con un enorme bocado que acababa de meterse en la boca. Peter estaba de pie a su lado, con los ojos brillantes.

—Oh —dijo con voz apagada—. ¿Quieres un poco?

Él sacudió la cabeza.

—No, gracias. Me gustan más las manzanas caramelizadas. Una, por favor. Sin chispas —le pidió a la estudiante de secundaria que se encontraba detrás de la mesa de al lado.

Kate asintió, tragando un bocado del algodón de azúcar.

«Entonces, ahora que piensa que soy un cerdo...»

—¿Cómo va el puesto? —preguntó.

Tomó la manzana de la chica, pasando más de dos dólares. Kate no pudo evitar notar la mirada persistente que ella le dirigió a Peter. «Retrocede, chiquilla», pensó.

—El puesto va bien. Me estoy tomando un descanso para ayudar a instalar el tanque de inmersión.

Espera, ¿tanque de inmersión? Esto iba a ser fácil.

—Ah. ¿Eres, eh, el invitado de honor? —preguntó ella.

Peter se señaló a sí mismo.

—¿Yo? De ninguna manera. Mis alumnos me destruirían.

—Sí, pero es por caridad, ¿recuerdas?

Un chico, un estudiante, se acercó.

—Señor C, alguien dijo que se iba a meter.

Peter fulminó con la mirada a Kate. Ahora era el turno de ella de señalar su pecho.

—No fui yo —dijo, riendo—. Pero creo que es una gran idea, ¿no? —le dijo al chico, quien sonrió y asintió.

—Vamos, señor C. Es solo un poco de agua —trató de persuadirlo el chico.

De repente, apareció un nuevo grupo de estudiantes.

—Sí, vamos, señor C —se unió Kate—. Se-ñor C, Se-ñor C —comenzó a cantar, asegurándose de no hacer contacto visual con Peter.

Los estudiantes siguieron el canto.

—¡Se-ñor C! ¡Se-ñor C! ¡Se-ñor C!

Peter abrió la boca y dio un paso atrás, levantando las manos en señal de rendición.

—Está bien, está bien, vándalos, lo haré.

Se levantó una ovación. Allí estaba esa mirada de colegial suya, y el corazón de Kate dio un vuelco.

—Caray, no es suficiente con que tenga que asegurarme de que no explotéis el laboratorio, ¿también queréis ahogarme?

Los estudiantes se rieron y se arremolinaron a su alrededor, empujándolo hacia el puesto.

Kate lo siguió.

—Oh, Peter, estoy muy orgullosa de ti —dijo con su mejor voz de mujer fronteriza.

—Ahórratelo, hermana. Y no *te* hagas ideas.

—¿Yo? —dijo ella.

—Sí, tú. Tienes una mala racha.

—Bueno, ahora que lo mencionas, he estado mejorando mi lanzamiento de bolas últimamente.

—Probablemente ni siquiera podrías llegar al objetivo, mucho menos golpearlo.

«¿Me está retando? Está bien, amiguito». Se llevó la mano al bolsillo, sintió el fajo de billetes que había metido allí y, luego, sonrió.

—Tengo un fajo de billetes de veinte que dicen lo contrario.

—Bueno, puedes tomar tu fajo de billetes de veinte y...

No pudo terminar la frase, ya que los estudiantes lo arrastraron hacia el tanque.

Kate lo vio por última vez cuando se quitó la camisa de botones y le dedicó una sonrisa torcida y, ¿eso fue un guiño?

Oh, estaba absoluta y ciertamente participando en este juego.

———

—¿Estás segura de que puedes lanzar desde allí? —Peter se burló desde el tanque—. Tal vez deberías acercarte un poco más.

—Tal vez deberías tomar aire —respondió Kate justo antes de realizar su primer lanzamiento.

La pelota se desvió bastante y golpeó inofensivamente el lienzo de fondo.

La multitud reunida alrededor del tanque gimió un «¡oh!» al unísono.

—¡Lanzas como una niña! —gritó Peter a través de las manos ahuecadas que cubrían su rostro. Estaba sentado en trampolín del tanque con las piernas colgando.

—Soy una niña, idiota —gritó Kate, lanzando la segunda bola.

Esta golpeó de lleno el plástico protector frente a la cara de Peter con un ruido sordo. Peter retrocedió instintivamente, agarrando el asiento. Estaba muy lejos del objetivo, pero era tan satisfactorio.

—Lo siento, ¿te he asustado? —dijo, pestañeando.

Peter negó con la cabeza.

—No desde que te disfrazaste de Frida Kahlo en cuarto de la ESO —hizo un gesto cortante sobre su frente y articuló la palabra «unicejo».

«¡Uuuh! Golpe bajo, señor».

La multitud había crecido, era una mezcla de estudiantes y gente del pueblo, algunos señalando y sonriendo. «Está bien», pensó con la mandíbula apretada, pero sonriendo. Esto ya era oficialmente un asunto serio.

Le quedaban dos lanzamientos. Levantó la siguiente bola mientras miraba a Peter, quien saludó desde la cabina.

—Cuando quieras, cariño —gritó este.

«¿Cariño?» Se echó hacia atrás y lanzó la bola. Sentía que su brazo iba a salir volando. La pelota salió disparada directamente hacia los círculos rojos y blancos del objetivo, luego, se curvó y golpeó el borde, terminando por el suelo del gimnasio. El trampolín del tanque se sacudió y se tambaleó, pero se quedó en su lugar, y Peter permaneció seco.

Otro «¡oh!» de la multitud.

—Oh, ¡qué cerca! —gritó Peter, ahuecando sus manos otra vez—. Vamos, Kate. Es por la caridad, ¿recuerdas?

Jugueteó con la bola que le quedaba hacia arriba y hacia abajo en su mano. «El último intento».

—Clávalo, Kate —gritó Lucius desde un puesto al otro lado de la habitación.

Algunos de los estudiantes comenzaron a cantar: «¡Se-ñor C! ¡Se-ñor C!»

—¿Listo para darte un chapuzón? —le preguntó a Peter, burlona.

Él respondió con una sonrisa, cruzando los brazos.

—¡Haz tu mejor tiro!

Kate asintió. «Oh, lo haré, Peter». Se inclinó hacia delante, mirando al objetivo. Alguien en la multitud silbó. Una inusual competitividad se apoderó de ella mientras sus ojos se estrechaban.

Entonces, retrocedió, apuntó y lanzó.

La pelota golpeó inofensivamente el telón de fondo.

«Uuuuh» dijo la multitud. Kate estaba de pie con las manos en las caderas. Peter casi parecía más decepcionado que ella, y algo le tocó el corazón.

Kate se acercó al tanque.

—He hecho lo mejor que he podido —dijo.

Peter asintió desde el trampolín con la cabeza en alto.

—¿Eso es todo lo que puedes hacer? —hizo una pausa y, luego, ladeó la cabeza—. ¿Doble o nada?

Kate se acarició la barbilla, y miró por encima del hombro a la multitud, que comenzó a animarla.

—Os diré una cosa —dijo en voz alta—. ¿Por qué no vamos directo al grano?

La multitud vitoreó más fuerte.

Kate se volvió hacia Peter, cuya sonrisa se evaporaba lentamente.

—Espera. ¿Kate?

Ella sonrió, sacó un billete de veinte de su bolsillo, lo dejó caer al suelo y, luego, golpeó el objetivo tan fuerte como pudo.

Peter se hundió, y la expresión de su rostro fue deliciosa.

La multitud se volvió loca.

—Es por la caridad, ¿recuerdas? —dijo dulcemente cuando él apareció en la superficie, farfullando.

———

Veinte minutos más tarde, Peter se acercó a ella en el puesto de Carol. Tenía el pelo mojado, llevaba una sudadera y una mirada de perdedor en su rostro.

—¿Has disfrutado de tu baño? —preguntó ella sin levantar la vista. Estaba ocupada pintando una flor en una cara de cinco años.

—Sorprendentemente refrescante —respondió él, pasándose una mano por el pelo—. Estoy pensando en conseguir uno de esos tanques para mi casa.

Kate asintió, terminando un pétalo de margarita a rayas.

—Me encantaría ayudarte de nuevo a capuzarte.

—No, creo que la humillación de esta noche es suficiente por ahora.

Kate le dio una palmadita en la mano de la niña.

—Ya está, cariño.

La niña admiró su mejilla en el espejo de mano

sobre la mesa y, luego, se alejó para mostrárselo a sus amigos.

—¿Sigues tú? —le preguntó Kate, de pie—. Estaba pensando en algo acuático —fingió sorprenderse—. ¡Ya lo tengo! ¿Qué tal si dibujo unas branquias en tu cuello?

—¡Qué graciosa! ¿Qué tal si pruebas el tanque luego? Hay un hueco a las ocho y media.

Kate agitó la cabeza.

—No, gracias. Prefiero bañarme en privado. Además, probablemente hagas trampa.

—Yo no haría eso. ¡Y mira quién habla!

Kate captó el momento en el que Peter se dio cuenta de lo que había dicho. Su expresión se congeló, pero curiosamente ese recuerdo no la molestó.

Ella le sonrió.

—Pagué lo justo por ese privilegio. Por caridad, ¿recuerdas?

Él asintió, acercándose y luciendo aliviado.

—¿Qué tal un almuerzo, entonces? ¿Mañana?

Kate había estado tan preocupada por estar en el gimnasio, por estar nuevamente en Golden Grove, pero todo parecía ya un recuerdo de hace mucho tiempo. Y ese era el problema.

Su sonrisa vaciló.

—Ah. No puedo. Tengo que trabajar en mi propuesta todo el día.

El trabajo parecía otra vida, otro mundo en este momento.

Peter asintió, comprensivo, pero la chispa había desaparecido de sus ojos.

—Está bien. Lo entiendo.

Sin embargo, ella misma no estaba segura de entenderlo. El carnaval continuó su feliz camino a su alrededor. Niños corriendo de puesto en puesto, risas en la sala, música de circo saliendo desde el sistema de sonido. Kate debió haber entrado en calor inconscientemente. Conversaciones fáciles con la gente del pueblo, como si ya fueran viejos amigos. La gente aceptándola honestamente en su pequeño grupo. Todo se sentía tan... seguro.

Se dio cuenta de que no había dicho nada en unos segundos y se frotó la mejilla con la palma.

—Sí, lo siento —dijo, escaneando la brillante habitación.

—¿Cuánto tiempo te quedarás esta vez?

—Solo hasta mañana —su cerebro parecía estar sumergido en una ligera niebla.

—¿Cuándo volverás? —preguntó Peter.

Fue tan directo que tragó saliva. No «si», sino «cuándo».

—No lo sabré hasta después de la próxima reunión con mi jefe.

—Ah, vale.

Kate quería decir algo. Algo para tranquilizarlo. Se veía tan perdido.

—Mira, tal vez...

—¡Señor C! —lo llamó un estudiante por detrás de él—. Lo necesitan en el puesto de globos. No saben cómo manejar el tanque de helio.

—Estaré allí en un segundo —gritó sobre su hombro. Entonces, se volvió hacia Kate—. Entonces, avísame cuando vuelvas al pueblo, ¿vale?

—Vale.

Le dio un rápido apretón a su brazo y se fue.

Y entonces la luz pareció salir de la habitación, y se sintió como una extraña otra vez. Como alguien que acababa de entrar al lugar, se había sentado y había simulado ser parte de la diversión y la familiaridad.

—¿Kate? Tienes un cliente.

Kate se volvió sin expresión. Era Carol, sonriendo, gesticulando con los ojos hacia una chica que estaba parada pacientemente junto a la mesa, con una sonrisa en miniatura en su rostro.

—Ah. Claro, hola —se sentó en la silla al lado del kit de pintura y se inclinó hacia la niña—. ¿Cómo te llamas, cariño?

—Eloise.

—Eloise, muy lindo. ¿Qué te gustaría que pintara?

La niña señaló la hoja de ejemplos.

—Quiero un corazón —dijo con su pequeña voz.

Kate tragó saliva, forzó una sonrisa y cogió un pincel. «Ay, cariño. Todos queremos uno. Todos queremos uno».

# CAPÍTULO DIECISIETE

A Peter, una ducha siempre le sentaba bien después de correr. El vestuario de chicos del instituto estaba despejado los lunes por la noche. La práctica de campo traviesa era temprano en la mañana. Era más fácil ducharse aquí que irse a casa, especialmente porque todavía tenía más trabajo por hacer.

«Trabajo. Genial, wiii». Se había pasado tres semanas haciendo cambios en una propuesta de presupuesto, tratando de ahorrarle dinero a la escuela, y aun dándole a sus estudiantes una oportunidad, pero todo lo que tenía para demostrarlo eran recortes.

Estaba de mal humor, e ir a correr generalmente ayudaba. Liberaba endorfinas, aumentaba el crecimiento neuronal y aumentaba el ácido fenilacético. Pero la bioquímica le estaba fallando esta noche, y sabía por qué.

Había pasado más de una semana desde la última vez que vio a Kate en el carnaval. Durante unos días estuvo bien, sin problema. Pensó que probablemente regresaría el fin de semana para seguir trabajando en su propuesta en Nitrovex. Tal vez la invitaría a cenar esta vez.

Pero Kate no regresó el fin de semana. Su breve mensaje decía que no estaba segura de cuándo volvería al pueblo.

La realidad era que no había querido enfrentar ese hecho. Sorprendente, ¿verdad? Para alguien que se suponía que debía amar el método científico. Hacer una pregunta, investigar los antecedentes, construir una hipótesis, probar con un experimento. ¿Funciona el procedimiento? ¿No? ¿Sí? Gruñó.

Los hechos eran: Kate vivía en Chicago. Amaba su trabajo. Él (todavía) vivía en Golden Grove. ¿Amaba él su trabajo?

Bajó la mirada hacia el banco del vestuario donde yacía su hoja de solicitud de presupuesto, cubierta con líneas de tachaduras rojas, burlándose de él.

¿Cómo se suponía que podía amar este trabajo cuando estaba siendo afectado por recortes presupuestarios? Cuando no podía dar a sus alumnos lo que necesitaban para aprender, para tener éxito.

El banquete del profesor de ciencias del año al que asistió en Des Moines casi lo empeoró. Muchas sonrisas, aplausos, golpes en la espalda. «¡Excelente trabajo! Eres un orgullo para tu lo que sea», y todos los otros clichés que parecían valer tanto como el papel en el que se imprimió esta hoja de presupuesto. Luego, volvió a la realidad.

Una que quizás ahora ya no incluía las visitas de Kate.

Comenzó a desempaquetar su bolsa de correr, revisando su ropa de calle.

—Creí haber visto tu coche.

Peter terminó de ponerse la camisa y vio a Lucius, con las manos en los bolsillos, apoyado en un casillero. Lo saludó.

—Síp. Ese soy yo. El concienzudo Clark, aquí hasta el amargo final.

—Ah. Supongo que ya has visto el informe presupuestario, entonces.

Peter golpeó el papel.

—Parece que tendrán que reemplazar el cartucho rojo de la impresora después de esto.

—En realidad, no hay cartucho rojo en una impresora.

Peter frunció el ceño.

—Lo sé. Pero por favor déjame tener al menos un comentario sardónico. ¿O eso también se ha recortado del presupuesto?

Lucius sonrió y se sentó.

—Y, ¿qué estás haciendo aquí? —le preguntó Peter.

—No estabas en tu oficina. Estaba preocupado.

Peter se levantó, encontró su cinturón y comenzó a pasarlo por las presillas de sus vaqueros. Miró a Lucius.

—No necesito que me supervises, papá.

—Oh, oh.

—Oh-oh, ¿qué?

—Solo veo esa mirada cuando algo anda mal.

—Ya te lo he dicho. Recortes de presupuesto.

Lucius lo miró fijamente, esperando.

—No pasa nada —reafirmó Peter.

—Seguro. ¿Has perdido tu calculadora de la suerte otra vez?

—No —Peter se sentó y se calzó el zapato derecho.

—¿Se te ha abollado el Mustang?

Silencio.

—Está bien, eso nos deja, veamos, una tortuga del

aula muerta, que Plutón ya no es un planeta, o... tiene algo que ver con una precuela de *Star Wars*.

—Ninguna de las anteriores.

Una pausa más.

—No vino Kate esta semana pasada, escuché —comentó Lucius como si nada.

Debió haberlo sacado de la línea directa de Carol.

—Nop.

—¿Va a egresar?

—No estoy seguro.

Lucius se sentó en el banco a su lado.

—Qué mal. Le debo veinte dólares por prometerme que te metería en ese tanque de agua.

Peter dejó de atarse el zapato y se sentó con los ojos inquisitivos.

Lucius sonrió.

—Es broma.

—Mira mi cara —Peter señaló su rostro—, no me estoy riendo.

—Perdona. Me agrada Kate.

—Bueno, a mí también. Y si preguntas si me gusta de verdad, te juro que...

Lucius agitó las manos en señal de rendición.

—No, no —hizo una pausa—. Es un poco difícil de entender, ¿no? Lo que sientes por alguien. Qué hacer al respecto.

Peter se puso el otro zapato y comenzó a atarlo.

—Sí, la gente es compleja —continuó Lucius.

—Lo siento, ¿te he hecho una pregunta?

—Solo digo que no es fácil entender a alguien por completo. Ser quién somos implica muchas cosas.

—Sí, el equivalente a ciento sesenta dólares en químicos.

—Me refería a nuestro pasado, nuestras elecciones.

—¿A dónde vas a parar con esto? Porque tengo que ir a tratar de descubrir cómo enseñar la diferencia entre ácidos y bases con un presupuesto de —consultó el papel a su lado—, catorce dólares y noventa y ocho centavos.

—Bien. Lo que quiero decir es que...

—Lo siento, para. Ahórrate esta escenita. Acercarme a Kate sería un error. Ser amigos, bien. Resolver problemas pasados, genial. Pero ahora vivimos en mundos diferentes.

—No lo sé. Parecía sentirse como en casa cuando estaba pintando caras en el carnaval.

Entonces, Peter la vio en su mente, riendo, bromeando con los niños mientras pintaba sus caras. Muy natural con los estudiantes. Se puso serio.

—Cierto, y luego se fue. Ya no vive aquí, Lucius. Su vida, la vida que eligió, está en Chicago, con su oficina en un rascacielos y su agua Armani o lo que sea. Siguió adelante. Está en la ciudad. Eso es lo que ella ha elegido. Ya no es una chica pueblerina.

—Y tú todavía estás en el instituto. El mismo en el que creciste, en el mismo pueblo.

Peter alzó la cabeza.

—Ay, cielos, por favor no me psicoanalices.

—Suenas como si estuvieras un poco celoso.

Peter había terminado de vestirse, por lo que se puso de pie.

—Pues ¿sabes qué? Tal vez sí lo esté. Tal vez estoy cansado de tener que sangrar cada semestre durante la temporada de presupuesto, tratando de suplicar por suficientes materiales para que mis estudiantes puedan tener la mínima oportunidad de aprender algo. Tal vez debería entrevistarme para ese trabajo en Chicago. Tal vez es hora de que siga adelante.

«Tal vez esta sea mi única oportunidad».

—Eso es un montón de «tal veces».

—Tal vez.

Lucius también se puso de pie y lo palmeó en la espalda.

—No te preocupes por los «tal vez». De ellos prácticamente está hecha toda la vida.

—Prefiero que las cosas sean un poco más concretas.

—Eres un científico. Te gusta que las cosas sean ordenadas, cuantificables y reproducibles. Así no es como la gente funciona.

—Excepto por la parte sobre reproducible.

Lucius asintió con la cabeza, riendo.

—Cierto. Bueno, espero que ya estés cansado de mi sabio consejo. Tengo mi propio sangrado que detener en mi oficina —se dio la vuelta para irse, pero se detuvo—. ¿Hasta mañana?

Peter se giró.

—Aquí estaré.

—Oh, y Brenda me preguntó si has cuadrado las cosas con Nitrovex para la excursión.

Peter dejó caer la cabeza hacia atrás y miró fijamente el techo. Casi se olvidaba de eso.

—Sí, si queda algo de dinero para poner gasolina en el autobús.

—Podemos compartir el coche si llega a eso.

Lucius abrió la puerta del vestuario y desapareció.

Peter estaba solo. El vestuario era grande, retumbante y vacío. El único sonido era el goteo constante de uno de los grifos en el cuarto de ducha. Caía pesada y rítmicamente. Algo le decía que todo era de alguna manera simbólico, pero no sabía qué sentido darle. Quizás Kate podría darle algunas pistas metafóricas, pero estaba en Chicago.

Se puso de pie, agarró sus papeles y colgó la bolsa de entrenamiento sobre su hombro. El folleto de la escuela Dixon todavía estaba en su oficina, y era hora de tomar alguna medida. Salía temprano el viernes. Tal vez podría conseguir un sustituto para la mañana y agendar una entrevista en Dixon esa misma tarde.

Tal vez era su turno de seguir adelante. Por mucho que amara esta ciudad, no iba a ninguna parte. Tal vez esta era la oportunidad que necesitaba. Tal vez era donde se suponía que debía estar. En Chicago. Donde vivía Kate.

Atravesó la puerta del vestuario.

Sí, Lucius tenía razón. Había usado demasiado la palabra «tal vez».

———

«Genial», pensó Kate, examinando la abolladura recién hecha en el lateral de la puerta del conductor mientras la cerraba. «Otra marca en mi coche. Sin una nota, por supuesto».

Levantó su bolso y se dirigió al ascensor del garaje ubicado bajo las oficinas de Garman en el centro de Chicago, esquivando una mancha babosa de algún líquido sin nombre que alguien había tirado por la puerta de su coche.

Revisó su lista mental para verificarla. Era miércoles, lo que significaba que tenía una reunión con todo su grupo sobre actualizaciones de proyectos, cambios en las políticas y bla, bla, bla. Luego, tenía que salirse del acuerdo de Hampstead en el que Milly había estado trabajando mientras ella trabajaba en Nitrovex. Luego tenía otra reunión, esa era con recursos humanos para repasar una nueva política de acoso sexual que necesitaba asegurarse de seguir, como si ese fuera problema suyo, pero tenían que informarla cara a cara por ley o algo así.

Suspiró cuando las puertas del ascensor se abrieron a las oficinas de Garman. Había hecho más trabajo de diseño en un día con la pintada de caras en el carnaval de lo que había hecho aquí en meses. Pero, como dijo Danni, ese era el precio por ir avanzando. Los encantos de la administración.

«Administración». Una palabra tan lánguida y sin vida. Implicando que lo máximo que podías lograr era solo para administrar, para simplemente sobrevivir.

¿Es eso lo que estaba haciendo aquí? ¿Sobreviviendo?

Cuando llegó a su oficina, saludó con la cabeza a una compañera de trabajo que le pasaba por un lado en el pasillo mientras abría la puerta. El limpio y utilitario espacio era el mismo de siempre, excepto que hoy estaba lleno de la oscuridad de la suave lluvia de la mañana. Encendió las luces de arriba, que iluminaron la habitación, pero con dureza. Al llegar a su escritorio, dejó caer sus llaves y su bolso. Tuvo un repentino impulso de abrir la ventana, para dejar entrar algo del aire fresco, sin importar lo lluvioso que fuera. Pero sabía que eso era imposible. Las ventanas de los pisos de arriba no se abrían, por supuesto. Por su propia seguridad.

Sus ojos se desviaron automáticamente hacia su planta de filodendro que había puesto en el alféizar de la ventana. Había olvidado lo mucho que le gustaba el color verde, lo refrescantemente vivo que era. Se había vuelto de color marrón.

Su teléfono zumbó. Revisó la pantalla.

—Hola, Milly —dijo—. Estaré ahí en seguida.

Su primera reunión era en tres minutos, y a Danni no le gustaba cuando llegaba tarde.

Tal vez, si tenía suerte, esta tarde podría sentarse detrás de su escritorio y trabajar de verdad en la próxima presentación de Nitrovex que expondría frente a Danni y la junta. Garman había logrado pasar a la siguiente ronda, pero aún no tenían el trabajo.

¿Y el apuesto hombre de ojos azules? Bueno, no tenía tiempo de pensar en él, ¿verdad?

# CAPÍTULO DIECIOCHO

—Señor Clark, me alegra verlo. Gracias por venir.

Un hombre alto vestido con una chaqueta de tweed marrón dirigió a Peter hacia una silla frente a su escritorio.

Peter se sentó.

El sol entraba por las altas ventanas con cortinas de terciopelo marrón. Los estudiantes de último curso de Dixon hacía cola afuera junto a la ventana, cada uno con su uniforme azul marino. Todo era remilgado, correcto y perfecto.

La parte de la entrevista que abarcaba un recorrido de la escuela Dixon ya había terminado. La escuela estuvo a la altura de lo que mostraban en su folleto. Terrenos señoriales, arcos de viejos árboles, atentos estudiantes marchando de camino a clase. Instalaciones de primer nivel con laboratorios separados para productos químicos orgánicos e inorgánicos. En Golden Grove tenía que compartir un salón con la clase de física y el club de ajedrez.

—Su currículum es impresionante —decía el hombre.

Stephen Volders. Stephen, no Steve, había descubierto Peter. Era el director de admisiones y parecía tomarse tan serio su trabajo como la pared de diplomas que miraba a Peter desde detrás de su escritorio.

Volders estaba revisando la carpeta que Peter había traído para respaldar las referencias que había enviado por correo. Asintió y lo miró por encima de sus lentes de lectura.

—Adam Butler. ¿Trabajó con él?

Peter asintió con la cabeza.

—Una pasantía de verano en Colorado. Antes de mi segundo año de posgrado.

«Cuando mi padre comenzaba a empeorar», recordó.

Volders asintió nuevamente.

—Bueno, ciertamente parece estar cualificado, señor Clark —puso la carpeta en su escritorio y golpeó los papeles hacia adentro hasta que quedaron parejos —. ¿Puedo preguntarle por qué está considerando dar clases en Dixon?

Peter había estado luchando con esa pregunta durante el viaje de cuatro horas hasta aquí, y todavía no tenía una respuesta adecuada. Se aclaró la garganta.

—Siento que es el momento de afrontar un desafío con metas más altas en mi carrera, para ver si puedo contribuir a la sociedad de una manera más saludable y productiva.

Era algo que Miss Iowa diría en la ronda final de un concurso de belleza o en la apelación de un convicto por libertad condicional anticipada.

Volders asintió, pero no dijo nada.

«Genial. Él tampoco me cree», pensó Peter.

—Y, ¿qué opinas de nuestras instalaciones? —le preguntó Volders, señalando hacia los jardines.

—Son muy agradables —Peter trató de sonar entusiasmado—. Estoy más acostumbrado a ver un contenedor de basura oxidado por la ventana de mi oficina —sonrió, pero Volders no lo hizo.

«De acuerdo, primera falla».

—Sí, nos enorgullece mantener pulcros terrenos. Por supuesto, la apariencia no lo es todo, pero es importante que los estudiantes se sientan orgullosos de su entorno. Si un estudiante se enorgullece de su entorno, se sentirá orgulloso de sí mismo. Si se enorgullece de sí mismo, será un mejor estudiante. ¿Entiende lo que quiero decir?

«No, pero bueno».

—Por supuesto —dijo Peter.

Volders se puso de pie, cruzando las manos detrás de la espalda mientras caminaba hacia la ventana.

—Tenemos altos estándares de excelencia académica en Dixon —explicó mientras miraba por la ventana—. Nuestros padres lo esperan, y nuestros estudiantes también. Tres de nuestros estudiantes se han adquirido una beca Rhodes —se giró, obviamente esperando el reconocimiento.

—Guau —fue todo lo que a Peter se le ocurrió decir.

—Sí, así es —Volders regresó a la ventana y limpió una mancha del cristal ondulado con su manga—. Y con un grado tan alto de logros, puedes entender por qué también esperamos ver ese tipo de dedicación y decoro de nuestro profesorado.

«Entonces, apuesto a que nunca has estado en un tanque de agua».

—Por supuesto —dijo Peter nuevamente, moviéndose en su asiento.

Volders se volvió.

—Le he pedido a dos de nuestros profesores actuales que le hagan una breve entrevista si no le importa.

Sin esperar una respuesta, se dirigió hacia la puerta y la abrió. Dos maestros bastante serios se presentaron en la sala, una mujer con un moño alto y apretado, y un hombre más bajo y viejo con patillas grises.

Peter reprimió su sonrisa. Si Lucius estuviera aquí, habría bromeado diciendo que se parecían a Susan Calvin e Isaac Asimov. Pero estaba bastante seguro de que estos tres no entenderían su chiste sobre ciencia ficción clásica.

La pareja le estrechó la mano sin decir nada y, luego, se sentaron.

—¿Empezamos? —preguntó Volders con un gesto de su mano.

———

¿Breve entrevista? La siguiente hora consistió en una ola de preguntas. Eran las habituales:

—¿Cómo se enteró del puesto?

«A través de mi adorable pero entrometido amigo, Lucius Potter».

—¿Por qué desea obtener este trabajo?

«Porque realmente me gusta el tweed».

—Hábleme sobre un desafío o conflicto que haya enfrentado en el trabajo y cómo lo enfrentó.

«Bueno, el otoño pasado, a Jake Showalter, nuestro mariscal de campo titular, se le quedó atrapado el dedo corazón en un tubo de ensayo por una apuesta, y tuvimos que llevarlo a la sala de emergencias porque tenía un partido esa noche».

¿Cuál sería tu trabajo ideal?

«Ser piloto del halcón milenario».

Se sintió como un prisionero en una película de guerra en blanco y negro: «¿Cuál es la ecuación química para la fotosíntesis? ¿Dónde están sus tropas? ¿Cuántas hay? ¡Habla, cerdo!»

A las tres y media, Volders se puso de pie y finalmente, por suerte, se había terminado. No estaba seguro de haber aprobado el intenso interrogatorio, pero para entonces no le importaba. Solo quería un poco de aire fresco.

Sus tres interrogadores se pusieron de pie.

—Muchas gracias por su tiempo —dijo Volders mientras los otros dos salían por donde habían venido. La puerta se cerró y Peter también se levantó.

—Señor Clark, apreciamos que se haya tomado el tiempo para responder nuestras preguntas. Sé que ha sido un proceso largo, pero puede entender nuestra necesidad de asegurar la más alta calidad del profesorado aquí en Dixon.

—Por supuesto.

Esa era la nueva respuesta de Peter a todo: «¿Entiendes que el tweed es esencial para que los estudiantes puedan procesar nuevos conceptos?» «Por supuesto». «Los deportes son, con seguridad, secundarios a los estudios en Dixon». «Por supuesto». «Si quieres este trabajo, tendrás que comerte esa planta de interior que está en el alféizar de mi ventana sin usar las manos». «Por supuesto».

Volders le tendió la mano y, con eso, la entrevista había terminado.

. . .

Peter se abrió paso por el campus hacia el estacionamiento de visitantes donde lo esperaba su coche. Los estudiantes pasaban de largo, algunos inmersos en una conversación, la mayoría ofreciéndole una breve sonrisa. Era un lugar suficientemente amigable, sin duda un campus magnífico. ¿Y el promedio de calificaciones de los estudiantes? Tendría que estar loco para rechazar un trabajo aquí. ¿Cierto?

Encontró su Camry. Azul oscuro, seis años, vagamente fuera de lugar entre la lluvia de Mercedes y BMWs.

Entró, cerró la puerta y repasó la entrevista.

Por unos tres minutos. Luego, como había hecho unas seis veces en el viaje hasta aquí, sacó su teléfono y seleccionó el mapa.

El Grupo Garman ya figuraba con una estrella dorada, al sur de su ubicación actual.

Depositó el teléfono y suspiró. No le había enviado un mensaje a Kate para decirle que estaría en Chicago para la entrevista. No quería que pensara que la estaba acosando o algo así. O que estaba considerando aceptar este trabajo solo para estar cerca de ella.

No quería que ella pensara eso, pero él tampoco estaba tan seguro.

No, esto se trataba de su carrera. Así como ella estaba trabajando en la suya. Si no tanteaba el terreno y miraba qué había allí afuera, ¿cómo podría saber si no había algo mejor?

Se mordió el costado de la lengua, asintiendo, pensando. Sí. ¿Cómo lo sabría?

Kate incluso lo había animado a entrevistarse para el trabajo.

Arrancó el coche, lo puso en marcha, tocó un ícono en su teléfono y lo colocó boca arriba en la guantera.

—Veintiséis minutos para llegar a Garman Group —sonó la aplicación de mapas alegremente.

———

Kate sorbió su café distraídamente mientras caminaba por el pasillo de regreso a su oficina, escaneando notas en una mano. Era viernes por la tarde, pero todavía tenía mucho que hacer antes de poder regresar a casa. No solo la propuesta de Nitrovex. Milly le había informado esa mañana de que uno de sus clientes anteriores quería una marca adicional para su sitio web.

Empujó la puerta con el pie mientras seguía estudiando las notas. «¿Para el próximo jueves? No puede ser...»

El agresivo sonido de un sacapuntas eléctrico hizo que alzara la mirada. Allí, sentado en su escritorio, en su silla, estaba Peter.

—Solía tener uno de estos —dijo, examinando la punta de un lápiz recién afilado como si fuera un diamante—. Hasta que a un estudiante se le ocurrió meterle un bolígrafo —alzó la vista, sonriendo.

A Kate casi se le cayó la taza de la mano.

—¡Ay dios mío! ¿Qué demonios haces aquí?

Llevaba puesta una camisa blanca de botones que abrazaba sus anchos hombros y una delgada corbata de rayas moradas.

Se movió hacia el escritorio y depositó sus papeles en una esquina. El café podía esperar. Es más, ya no necesitaba la cafeína, de todos modos. Su corazón latía a mil por hora.

Peter se puso de pie, caminó hacia las ventanas y apoyó las manos en la repisa.

—Solo vine a ver cómo vive la otra mitad. Bonita vista. ¿Esas son palomas reales?

Su corazón seguía dando vueltas. ¿Peter? ¿Aquí?

—¿Qué... Milly te ha dejado entrar?

Peter se volvió, sus ojos bailaron y asintió.

—Buena chica. Le pasé un billete de cinco para que me dejara sentarme en tu silla. Muy cómoda. Me gusta esa cosa de soporte lumbar.

Kate se unió a él en la ventana, las rodillas todavía un poco temblorosas. «Peter, aquí. En mi oficina». Miró a su alrededor rápidamente. ¿Estaba hecha un desastre? No, no estaba mal. ¿Cómo estaba su cabello? Debió haberse puesto su nuevo vestido de Michael Kors...

—Lo siento, debí haber llamado —se disculpó Peter.

—Sí, creo que sí —dijo Kate, pero no enojada.

Peter se cruzó de brazos.

—Pero pensé que, ya que estaba en la ciudad, ¿por qué no pasar por aquí?

Sí, ¿por qué no? Pero también, ¿por qué?

Giró hacia su derecha y sacó algo de una pequeña bolsa de papel blanca que se encontraba en la repisa de la ventana.

—Te he traído un regalo —lo sostuvo en la palma de su mano.

Era una bola de nieve.

El grabado de oro en la base decía «Bienvenido a Golden Grove». Había diminutas casas de ladrillo en una calle bordeada de ladrillos, era una miniatura y una belleza. Y en lugar de nieve, hojas naranjas y amarillas se arremolinaban en la luz del sol reflejada a través de la ventana. Probablemente lo había conseguido en Bailey's; allí tenían docenas para turistas.

La sacudió. Las hojas giraron como un tornado en miniatura. Si hubiera tenido tiempo para metáforas, lo habría llamado «su corazón», pero por favor.

—Gracias —dijo, alzando la mirada.

Peter sonrió y fue como un rayo de sol. «Tranquila», se dijo a sí misma.

—Es solo un pequeño recordatorio —dijo—. Algún día, cuando esté gris y oscuro afuera, o te sientas desanimada, tal vez te recuerde a otro lugar.

¿Sentimientos? ¿De Peter? Eso era casi tan sorprendente como que él estuviera aquí en su oficina.

Puso la baratija en el alféizar de la ventana.

—Entonces, ¿por qué estás aquí realmente?

Peter asintió con las manos en alto.

—Sí, lo siento. Debí haberlo dicho antes. Estaba en Highland Park. En la escuela Dixon.

Más latidos del corazón. «¿Fue a la entrevista?»

—¿Fuiste a la entrevista?

—Fue más bien como un interrogatorio, la verdad.

—Y entonces, ¿cómo te fue?

Se encogió de hombros.

—Bastante bien, supongo.

Bastante bien en el idioma de Peter usualmente significaba muy bien.

—Entonces... ¿todavía sigues optando por el trabajo?

—Supongo que sí. Aunque estoy seguro de que habrá muchos otros solicitantes. Es una escuela bastante prestigiosa.

—¿Supones que sí? Tenemos que trabajar en tus habilidades de autopromoción.

Peter se encogió de hombros, y algo de la luz desapareció de la habitación.

Kate le tocó el brazo.

—Bueno, Lo siento. Supongo que... no pretendo presionarte.

—No te preocupes —su sonrisa regresó—. Bonita oficina —dijo, asintiendo.

—Gracias. Pero no estoy segura de sí me la merezco.

—¿En serio? Bueno, ¿y ahora quién necesita trabajar en sus habilidades de autopromoción? —Peter se cruzó de brazos—. ¿Por qué dices eso?

Kate se encogió de hombros.

—Por ninguna razón, la verdad —trazó con el dedo algo de polvo del alféizar de la ventana—. Solía hacer más trabajo real de diseño. Cuando empecé. Ahora es como si la mitad de mi trabajo fueran reuniones.

¿Por qué le estaba contando esto?

Peter asintió.

—Reuniones. Dímelo a mí. Ya tuve suficientes de esas incluso hoy.

—Nunca me ha gustado ir a entrevistas. Todas esas preguntas incómodas: «¿Cuál es su mayor debilidad? ¿Dónde se ve dentro de tres años? Si pudieras hacer algo y cobrar, ¿qué harías?» —negó con la cabeza.

—Entonces, ¿qué harías? —le preguntó Peter.

—¿Mmm?

Un halo de sol enmarcaba su cabeza.

—Si pudieras hacer cualquier cosa, ¿qué harías? —repitió.

Kate respiró profundamente. La pregunta flotaba en el aire, y no tenía ni idea de cómo responderla.

—Ah. Bueno, sería algo con diseño gráfico. Logotipos, carteles, diseños de folletos. Una vez diseñé la portada de un libro para un amigo, fue muy divertido.

Peter se limitó a asentir, sin pronunciar palabra.

—Supongo que lo que realmente me gustaría hacer sería tener mi propio estudio de diseño.

¿De dónde venía esto? Pero la idea provocó algo en su interior.

—¿Por qué no haces eso? —preguntó Peter, que todavía tenía un halo.

Kate se movió para poder ver su rostro mejor y se apoyó contra el borde del alféizar de la ventana.

—Oh, eso sería más adelante. Además, ¿comenzar mi propia empresa? Demasiado arriesgado para mí en este momento.

Peter solo asintió lentamente, sonriendo.

De repente, se le ocurrió una idea.

—Oye, ¿cuánto tiempo estás en la ciudad?

—Ah. Estaba planeando volver esta noche.

Kate negó con la cabeza.

—No hasta que hayas cenado.

Peter sonrió.

—¿Qué tienes en mente?

Inclinó la cabeza.

—¿Qué opinas sobre la pizza de masa gruesa de Marinetti's con salsa de pepinillos?

La sonrisa de Peter creció.

—Suena horrible. ¿Cuándo comemos?

# CAPÍTULO DIECINUEVE

EL ESTÓMAGO DE PETER CASI SE HABÍA recuperado de la pizza tailandesa que se había tomado la noche anterior en Marinetti's, aunque algunos gruñidos residuales aún retumbaban en sus entrañas. Debían de haber sido los chiles amarillos que Kate había insistido se tomara. Pero estuvo bueno. Fantástico, en realidad.

Su Camry rodó por el distrito de los teatros hasta la dirección que Kate le había dado. Vio las escaleras que conducían a la plataforma L de Chicago en State and Lake. Kate todavía no estaba en la esquina, pero él llegó temprano.

Entró de nuevo al tráfico para dar la vuelta a la manzana. Kate había insistido en tomar el tren desde su departamento de West Loop para que él no tuviera que conducir hasta allí y de vuelta al centro.

Se habían quedado en Marinetti's hasta que cerraron, y se fueron solo después de recibir una mirada asesina de una hosca camarera hipster que apilaba sillas en la mesa junto a ellos. Después de eso, Kate lo había dejado en su hotel, una habitación de último minuto en un sencillo pero cómodo hotel Radisson.

Él había accedido, y sin demasiado esfuerzo, a quedarse una noche para que pudieran ver algunos sitios del centro antes de que tuviera que regresar a Golden Grove hoy. No estaba seguro de poder permitirse el tiempo, especialmente después de haberse perdido todas las clases del viernes. Tenía planeado hacer un examen el lunes en química 102, y necesitaba preparar el equipo para un examen de laboratorio que tenía el próximo viernes. Pero estaba bastante seguro de que podría hacer el trabajo con un par de noches más largas en la escuela.

Además, no había estado en el centro de Chicago en mucho tiempo, no desde que era un niño. Y también estaba Kate.

Estaba Kate, sí. Había estado animada y burbujeante la noche anterior en el restaurante. Riendo fácilmente, tocando su mano. Probablemente porque estaba en su territorio, por así decirlo.

Pero parecía que podrían haber estado en cualquier parte del mundo y no habría importado. Eran solo ellos dos en una pequeña mesa en la esquina, cada uno con una copa de Montoya Cabernet, garabateando en el mantel de papel con las ceras que ofrecían para mantener a los niños ocupados. Obviamente Kate era mejor que él en eso, dibujando ponis, sombreando corazones, incluso intentó hacer una caricatura de su rostro. Había insistido en arrancarlo del mantel y meterlo en su bolso.

—Mi obra maestra —lo llamó en broma.

Dio la vuelta a la manzana, y allí estaba ella, saludándolo, vestida con una linda chaqueta negra de doble botonadura, mallas negras y una sonrisa. Su corazón bailaba mientras se detenía.

—¿Necesita que la lleve, señorita? —preguntó, tratando de sonar como un taxista.

—No suelo irme con hombres extraños —dijo, abriendo la puerta.

—No suelo recoger a mujeres tan hermosas —dijo él cuando Kate entró en el coche.

Su sonrisa se expandió. Un coche tocó la bocina detrás de ellos.

—Vaya —dijo ella, cerrando la puerta—. ¿Alguna idea de adónde quieres ir? —le preguntó.

Se detuvo en el tráfico.

—Siempre quise ir al Instituto de Arte —dijo él.

Podía sentir como Kate alzaba sus cejas.

—¿Estás seguro? Podrías quedarte dormido. Todas esas aburridas obras de arte —tembló para darle dramatismo.

—Puedo soportarlo.

—Vale. Veamos... gira a la derecha en este semáforo.

———

Peter logró encontrar un espacio de estacionamiento a solo dos manzanas del museo en South Columbus, una hazaña que Kate declaró como milagrosa. «Puntos para el chico pueblerino», pensó.

Para mediodía, ya habían recorrido las galerías de arte de la India, África y Asia, habían visto algo de arte antiguo, y se habían pasado más o menos la última hora recorriendo el segundo nivel. Peter tenía que admitir que se había perdido cuando se trataba de las piezas en el nivel inferior, pero ahora hacía una demostración de señalarle una variedad de pinturas a ella. En particular, un

Gauguin y un Van Gogh en el ala del impresionismo.

Pasaron a la sección de arte moderno americano.

—Entonces, por aquí —decía Kate, tirando de él de la mano—, este es el famoso *Nighthawks* de...

—Edward Hopper —Peter terminó la frase por ella—. Sí, una pieza particularmente cruda.

Kate lo miró como si le hubiera salido un cuerno de la cabeza.

—Bien... —dijo ella.

Se giró y luego asintió.

—Esta es una de mis favoritas —anunció, señalando un gran cuadro de lo que parecía ser un planeta desintegrado descansando sobre un enorme carrete de alambre—. *The rock* —se acarició la barbilla—. Tan contundente, pero tan surrealista.

Kate se quedó sin palabras y lo siguió a una habitación al otro lado del pasillo.

Se apresuró hacia un cuadro de un paisaje marino poco notable.

—Un ejemplo particularmente maravilloso de Whistler, ¿no te parece? —dijo, señalando el cuadro. Observa las pinceladas amplias y ásperas.

Peter podía sentir como Kate lo miraba, y era genial. Ella extendió la mano y lo golpeó en el hombro.

—Bien —dijo ella—. Me vas a decir cómo conoces todas estas pinturas o te voy a tener que golpear.

Peter se giró con las cejas arqueadas en fingida sorpresa.

—¿Mmm? Oh —se volvió hacia el Whistler, con la mano en la barbilla, estudiándolo como si estuviera considerando comprarlo—. Creo que se podría decir que siempre he sido un conocedor de las artes —dijo con su peor acento pijo.

Kate levantó el brazo y él dio un paso atrás con las manos levantadas en forma de defensa.

—Está bien, está bien —aceptó, riendo—. Mis padres tenían un juego llamado... ¿*Masterpiece*?

Kate inclinó la cabeza. «Continua».

—Era un juego de subastas. Cada uno tenía estas pinturas con valores diferentes y tenías que venderlas. Todas las fotos que usaron eran del Museo de Arte de Chicago. No lo sabía hasta que he visto unas tres de ellas aquí.

Kate bajó el brazo, su cabeza aún ladeada. Pero había un mínimo indicio de una sonrisa.

—Ya sabía yo que aquí estaba pasando algo. ¿Cómo es que nunca jugamos ese juego?

Peter se encogió de hombros.

—No lo sé. Mis padres casi tenían que obligarme en la noche de juegos. Yo prefería una buena ronda de *Hoth Ice Planet Adventure*.

Kate soltó una carcajada, que resonó en el salón de mármol.

—Vamos —dijo ella, rodeando su brazo en el de Peter—. Vi una cafetería hace un rato. ¿Interesado?

Él asintió.

—Sí, la cafetería. Una de las pinturas más famosas de Edward Hopper, dedujo la combinación de la iluminación interior y exterior en un pastiche de rojos dorados que recuerda el período azul de Picasso, sin el azul, por supuesto.

Kate se abanicó dramáticamente.

—Ooh, me encanta cuando un hombre habla de arte.

—Edward Hopper. Postimpresionismo. Naturaleza muerta. Eh, amarillo. Pinturas. Marcos —se encogió de hombros—. Lo siento, eso es todo lo que tengo.

Ella sonrió suavemente.

—Eso está bien. Es suficiente.

Sus miradas se cruzaron por un sonriente y único momento. Entonces, sonó su reloj.

Peter se subió la manga y lo apagó.

—Perdona. Ese es mi recordatorio para mi laboratorio de la una en punto. Olvidé que todavía lo tenía puesto.

Kate hizo una mueca.

—¿Tienes que irte?

—No creo que haya nadie allí un sábado —sin embargo, la realidad de Golden Grove se había entrometido—. Pero necesitaré salir en un par de horas. Tengo que revisar dos planes de lecciones antes del lunes, y habiendo faltado ayer...

—No, claro —dijo ella, juntando sus manos en su regazo.

—Pero aún me quedan un par de horas. ¿Me muestras más cosas del museo?

—Creo que ya te he torturado lo suficiente. Estaba pensando que deberíamos comer y, luego, el Museo de Ciencia e Industria debería ser el próximo —dijo.

Peter arqueó las cejas y asintió.

—¿Estás segura? Podría quedarte dormido. Todas esas cosas aburridas de la ciencia.

Kate se encogió de hombros.

—Pensé que, si podías mantenerte despierto aquí, yo también podría. Además, siempre he sentido curiosidad por ver esa exposición que muestra la estructura molecular del uranio-235 como se caracteriza por la constante regestión de los átomos de carbono en relación con la teoría de la relatividad de Einstein.

—Bien jugado.

—Gracias.

Siguieron caminando, tomados del brazo.

---

Después de un almuerzo excesivamente caro, pero sabroso, de croissans de jamón y huevo, fruta y un café de diseño local, Peter recuperó su Camry de su afortunado estacionamiento, y se dirigieron hacia el sur en Lake Shore Drive.

—¿El tráfico siempre es tan malo? —preguntó, arriesgándose a cambiar de carril frente a una Hummer negra que se aproximaba hacia ellos.

—Probablemente haya un festival en el Millennium Park —dijo Kate—, o una convención en McCormick. O tal vez solo es el tráfico normal del sábado. Es difícil de decir.

Llegaron al Museo de Ciencia e Industria a las dos, aunque les tomó otra media hora encontrar un lugar para estacionar y comprar los billetes. Los sábados siempre había mucha gente.

Una vez dentro, agarraron un mapa y entraron en la rotonda, que resonaba con voces y chillidos de niños.

—Mmm. Entonces, ¿hacia dónde vamos? —preguntó Kate.

Peter dobló el mapa.

—¿Qué tal si simplemente vagamos y vemos qué encontramos?

Kate asintió en conformidad.

---

Vagaron, vieron sus pulsos latir en el corazón animado gigante, trataron de predecir dónde iría la pelota en la máquina de pinball más grande del mundo y sintieron la niebla fría de un tornado simulado. A Kate le encantaron los pollitos en la sección de genética e incluso encontró interesantes los cuerpos rebanados, aunque espeluznantes. Pasaron por alto la exposición *Farm Tech*. Ya había visto suficientes cosechadoras y tallos de maíz en su vida.

Cuando llegaron al nivel inferior del museo, pasaron junto a un cartel que anunciaba «El maravilloso mago de Oz».

Era su libro favorito cuando era niña.

—¿Entramos? —le preguntó a Peter.

Parecía vacilante. Era más un área para niños que para adultos.

—Claro —aceptó finalmente—. Después de ti.

Entraron justo cuando una ráfaga de tres niños salía corriendo. Una vez dentro, sin embargo, todo estaba en silencio.

Había una pantalla donde podías sentir el latido del corazón del Hombre de hojalata, y una pantalla recortada donde podías tomarte una foto como un Mono volador. Lo cual hicieron.

—Mira —dijo Peter delante de ella—, creo que estos son para ti.

Estaba señalando un par de zapatos plateados gigantes montados en una plataforma rosa. Había una niña parada dentro de ellas, chasqueando los talones. Cuando lo hacía, un letrero en letras rosadas se iluminaba frente a ella. «No hay lugar como el hogar».

Kate se unió a él.

—Pensé que se suponía que eran color rubí —comentó.

Peter estaba leyendo el letrero al lado de la exhibición.

—Aquí dice que eran plateados en el libro. Usaron rubí en la película para contrastar con el camino de baldosas amarillas —alzó la cabeza—. Y pensabas que la ciencia era aburrida.

—La ciencia, no. Los científicos, quizás —bromeó Kate.

—¡Au! —se quejó él, pero estaba sonriendo. La chica en los zapatos había bajado y pasó a la siguiente exhibición—. Solo por eso, es tu turno —anunció, señalando los zapatos gigantes.

—Oh oh —dijo ella.

—¿No crees que tus pies vayan a encajar?

Este jugueteo, era como cuando eran niños.

—¿Qué debo hacer? —preguntó ella, quitándose los zapatos.

—Salta —respondió Peter, tomando su mano. Era fuerte y suave al mismo tiempo. Kate se apoyó en él un poco más de lo necesario y deslizó sus pies dentro de los zapatos gigantes.

La habitación estaba vacía, casi en silencio. Una bola de discoteca arremolinaba estrellas espejadas alrededor de la oscura habitación.

—Ahora —dijo Peter—, choca los talones y di: «No hay lugar como el hogar».

Su corazón latía ferozmente en su pecho. La pintura frente a ella era de la Ciudad Esmeralda con un camino de baldosas amarillas en espiral que conducía a sus puertas. Arriba estaba el cielo azul y vacío.

Kate cerró los ojos y tragó saliva.

—No hay lugar como el hogar —dijo, y chocó los zapatos plateados tres veces.

Abrió los ojos. El cielo sobre la Ciudad Esmeralda

estaba adornado con parpadeantes luces LED rosadas. «No hay lugar como el hogar».

Kate tragó saliva de nuevo.

—¿Kate? —la llamó Peter, su voz un tanto distante.

—¿Mmm?

—Acabo de recibir un mensaje. Tengo que irme.

———

Kate salió de los zapatos plateados y recogió sus propios zapatos de la alfombra.

—¿Un mensaje? ¿De quién?

—De Lucius —respondió, su rostro ilegible.

Comenzaron a caminar hacia la salida.

Oh oh.

—¿Va todo bien? —preguntó ella, tratando de no pensar lo peor.

—Nada grave —dijo mientras comenzaba a responder el mensaje—. Agua en el piso del laboratorio saliendo de un fregadero bloqueado. Y Barney se ha vuelto a escapar.

—¿Quién es Barney?

Peter separó sus manos aproximadamente un metro.

—Un dragón barbudo, de este tamaño más o menos.

—Ah, sí. ¿No es el que ganó el concurso de barba en Golden Grove hace unas semanas?

—Este tipo es un lagarto.

Kate asintió.

—Exactamente.

Una sonrisa.

—Ya se ha escapado antes. Por lo general se esconde en la sala de mantenimiento donde están los calentadores.

Habían llegado a uno de los pasillos que conducían a la rotonda principal. El ruido de la multitud era más fuerte, resonando en las paredes de mármol.

—Ah, las alegrías de la enseñanza —bromeó ella, forzando un tono alegre—. Me alegra que no sea nada serio.

La expresión de Peter no había cambiado.

—No, es solo que... necesito regresar.

—Ah. Claro.

Se lo habían pasado muy bien, bromeando, riendo. Coqueteando. Kate no había pensado en el final. Pero aquí estaba. De nuevo.

—Mira, Kate, lo siento. Incluso si me voy ahora, no llegaré a Golden Grove antes de las ocho. Entre una cacería de lagartos y el agua podría ser una larga noche. No puedo dejar que Lucius se encargue de eso solo.

Kate estaba agitando sus manos.

—No, no, está bien. Necesitas estar allí.

Y así era, porque él era Peter, y allí es a donde pertenecía. Su corazón se sentía sombrío y lejano. Todo había ido muy bien. ¿Pero qué esperaba ella? Peter tenía que regresar en algún momento.

—¿Dónde puedo dejarte? —preguntó él mientras se detenían debajo de los aviones que colgaban en la sección de aviación.

—No te preocupes. Puedo tomar el tren eléctrico a la estación Millennium. Será fácil llegar a casa desde allí.

—¿Segura?

—Oye, soy una chica de ciudad en estos días.

Se suponía que era una broma, pero no hizo gracia. Peter sonrió de todos modos, una sonrisa torcida pero triste.

Y, luego, la besó.

La alcanzó con su brazo, la acercó hacia él con un movimiento suave, se inclinó y la besó.

No saltaron chispas de verdad tras los ojos de Kate, pero había fuegos artificiales explotando en alguna parte. La habitación reverberaba. Cuando la soltó, mantuvo un fuerte agarre en sus brazos. Podía olerlo, como a aire fresco y menta, y su corazón intentó recuperar el equilibrio.

Kate podía sentir las miradas de las personas a su alrededor, pero no le importaba.

—¿A qué se debe eso? —preguntó Kate finalmente.

—Dicen que, si besas a alguien bajo el ala del avión, es buena suerte.

Kate alzó la vista por encima de su cabeza. Efectivamente, estaban parados bajo el ala del enorme 727 que estaba suspendido sobre ellos.

Lo fulminó con la mirada.

—Nadie dice eso.

Sus ojos brillaron.

—Bueno, lo harán ahora.

Puede que Kate se hubiera derretido, no estaba segura.

Estaba aquí, en sus brazos, a salvo. «Por favor, mundo, solo vete unos segundos más».

Pero, como ya sabía que pasaría, todo se vino abajo. Y ahora él tenía que irse.

—Volveré a Golden Grove el domingo por la noche —ofreció.

—Qué coincidencia —dijo Peter—. Yo también.

———

Peter se había ido.

La ciudad era grande, fría y gris. Kate bajó los escalones. Estaba un poco más lejos de la estación de tren de lo que pensaba, pero no quería que Peter se sintiera obligado a llevarla a ningún lado. Sería un largo viaje a casa, pero tenía tiempo.

Todo el tiempo del mundo.

Debería estar feliz, ¿verdad? ¿Eufórica, tal vez? Las cosas finalmente estaban avanzando con Nitrovex. Avanzando y hacia arriba.

Habría ayudado si supiera lo que sentía por Peter. Podría haber categorizado sus sentimientos, etiquetándolos como colores en una paleta. Pero estaban demasiado mezclados, esparcidos por toda la página en una mezcla turbia. Excepto por tal vez uno. El rojo intenso del miedo.

El sol comenzaba a zambullirse detrás de los edificios en el oeste, pero el cielo todavía era azul, brillante y claro. Era una escena fugazmente familiar.

Excepto que no tenía zapatos plateados que chocar. Y aún más desconcertante, ya no estaba tan segura de dónde estaba su hogar.

Porque las palabras colgaban en su corazón en letras rosadas brillantes.

«No hay lugar como el hogar».

# CAPÍTULO VEINTE

EL VIAJE DE VUELTA A GOLDEN GROVE AL DÍA siguiente fue familiar, pero tenso. Kate lo atribuyó a los nervios. Debía presentar su propuesta principal para Nitrovex ese martes frente a su comité de cambio de marca. Si les gustaba, ganaría el trato para Garman. Volvería una vez más para terminar, y eso sería todo.

Eran la Super Bowl y la Serie Mundial juntos. Si ganaba esto, sería la heroína en el trabajo, y su carrera obtendría el impulso que necesitaba para seguir adelante.

Hacia dónde, exactamente, todavía no lo sabía. Eso tendría que venir después.

Carol estaba en una reunión del centro comunitario esa noche, lo cual era bueno porque Kate necesitaba tiempo a solas para trabajar. La excursión del día anterior en Chicago con Peter, aunque divertida, había consumido algo de tiempo, y Kate necesitaba que cada diapositiva y gráficos fueran perfectos para el martes. Todavía no tenía definidos el eslogan o logotipo principal, y esos eran su mayor obstáculo. Sin eso, sus posibilidades de obtener el contrato disminuían.

Pero tenía otro día más o menos para pensar en algo en el último momento. Siempre y cuando pudiera mantener a raya las distracciones.

Se encontró mirando por la ventana del comedor, a través de las drapeadas cortinas de encaje, hacia la casa de Peter. La mayoría de las distracciones de la Super Bowl y la Serie Mundial vivían al lado.

Frotándose los ojos, miró su reloj. Carol no volvería a casa hasta dentro de un par de horas más o menos. Tal vez debería tomarse un descanso, una siesta corta, incluso. Se sentía cansada. No cansada como si acabara de correr una carrera de un kilómetro. Cansada como si le dolieran los huesos. «¿Esto es lo que se siente al llegar a los treinta?»

Se levantó y se dirigió a su habitación. Su antigua habitación en su antigua casa. Las escaleras todavía crujían en los mismos lugares. Recordó cuando de niña solía tratar de ver si podía llegar hasta la cima sin hacer ni un chirrido. Practicaba para cuándo tuviera que llegar tarde a casa, no despertar a sus padres. Algo que nunca tuvo que hacer.

Su habitación estaba al final del pasillo, al frente de la casa, debajo de la claraboya y sobre el porche. Aparentemente, la había elegido ella cuando se mudaron. Sus padres le dijeron eso. Era muy joven como para recordarlo. Pero fue una buena decisión. «Muy artístico», había pensado, «como el desván de un pintor en París».

Se dejó caer en la cama, calculando los familiares rebotes. El techo se inclinaba sobre ella donde estaba la claraboya. Una vez estuvo cargado con carteles, pinturas y dibujos. Y sí, el mural que había pintado de My Little Pony.

Fue en el verano. Pasó días trabajando en ello, verificando que los colores coincidieran con los de las cajas en las que venían los juguetes.

Probablemente fue ahí cuando sus padres comenzaron a preocuparse de que ella fuera una artista. Se podía dar cuenta. Ellos eran científicos. El arte era algo que hacías los fines de semana o mientras mirabas televisión, como una distracción. No para ganarte la vida. Muriendo de hambre en un apartamento con un sucio papel tapiz en Nueva York, fumando cigarrillos de clavos de olor. Kate sonrió, imaginando a Lucius fumando sus cigarrillos de clavos de olor, sonriendo a través de su enorme bigote de morsa.

«¡Cómo cambiamos!»

Ahora, el techo estaba en blanco, perfecto para pensar, para dejar atrás el pasado. Pero eso había resultado difícil de hacer en las últimas semanas. No pensaba que sería tan difícil estar de vuelta. Golden Grove era solo un lugar como cualquier otro. Sin embargo, su pueblo natal tenía otros planes. Se había filtrado y se había extendido en su interior como pintura fresca de acuarela. O tal vez era el lavado del agua, revelando lo que había estado allí todo el tiempo. Que estaba en su hogar.

Negó con la cabeza, aún acostada en la cama. «No, el hogar es donde lo haces. Tú lo haces, no te hace a ti». Esto solo eran viejos recuerdos tirando de ella. ¿Qué era lo que decían? Solo recuerdas lo bueno y olvidas lo malo.

Un pensamiento se desenterró de su mente. ¿El armario?

Se irguió. Se levantó de la cama, quitándose los zapatos mientras iba hacia la puerta del armario. Lo abrió y buscó a tientas, por un lado, la cuerda del cable que encendía la luz. El pequeño espacio todavía olía a ropa vieja y polvo con un ligero tinte de bolas de naftalina. Justo como lo recordaba.

Se colocó de cuclillas bajo algunos de los viejos vestidos de Carol y apartó algunas cajas de zapatos que estaban en el piso de tablones de pino. Ahí. En la esquina, una de las ranuras del piso era un poco más ancha que su vecina, con algunas marcas de arañazos cerca del borde.

Extendió el brazo y tiró del borde de la tabla con la uña. Se le resbaló un par de veces, pero consiguió tirar de ella lentamente. La agarró y la levantó hacia un lado. Con el corazón latiendo más fuerte, metió la mano dentro del agujero, tanteando. Sus dedos se cerraron sobre una bolsa de tela, que agarró y sacó a través de la pequeña abertura.

Regresó a la cama, se sentó con las piernas cruzadas y arrojó la bolsa sobre dl edredón.

Sacó una variedad de baratijas. Algunas fotos, algunas monedas. Un sello sin usar, una pelota de goma. Algunas pulseras de alambre de colores que había hecho con un kit que le regalaron en su tercer cumpleaños. Recordó haberle regalado un collar de plata que le había hecho a Peter por su cumpleaños ese año. Había estado tan avergonzado...

Lo esparció todo con los dedos. Su papel de calificaciones de segundo curso. Sonrió. Todas «satisfactorias». Una foto de Kate en Halloween con el disfraz de poni que su madre había tratado de hacer, con la vieja peluca rubia de su madre como cola.

Atisbó una nota doblada en papel rosa. Estaba deteriorada, como si hubiera estado metida en un bolsillo durante mucho tiempo. La desdobló, la leyó, y se quedó quieta durante un momento. Luego, comenzó a meter todas las cosas en la bolsa. Hizo una pausa, tomó la nota, la dobló y la metió en el bolsillo de su camisa.

La bolsa volvió al espacio secreto en el piso del armario. Era donde pertenecía, atrapada en el tiempo, de vuelta a una niña que ya no estaba allí.

Suspiró mientras se hundía en la cama de nuevo. Se estaba volviendo demasiado insoportable, la presión. Estar aquí, este trabajo.

Le picaban los ojos. ¿Cómo se suponía que debía hacer esto?

No, sabía que lo que realmente quería decir era, ¿cómo se suponía que debía hacer esto sola?

Y eso era todo. Aceptar la palabra, dejar que incluso fuera posible, apretó su corazón, y soltó un grito ahogado. Derramó una lágrima, y la limpió.

Bueno, realmente no tenía otra opción, ¿verdad? De hecho, las decisiones las había tomado hacía mucho tiempo. Solo que se estaba dando cuenta ahora.

Olfateó y se enderezó, echó un vistazo por la ventana del segundo piso a la casa de al lado.

La luz del porche seguía encendida, con un amarillo brillante. Un faro, si quería ser poética. Pero no podía permitírselo. Todavía no.

Se levantó y bajó la persiana, y la habitación se oscureció.

———

Peter se lo pensó por un momento, pero luego volvió a tocar el timbre. Tal vez lo estaba presionando. Tal vez Kate estaba dentro, mirándolo, escondiéndose en la cocina. Tal vez fue un error, el beso en Chicago. Fue espontáneo, pero Kate no se apartó. Tal vez debería solo...

La puerta se abrió, y Kate apareció, sonriendo. Estaba descalza y llevaba puesto un vestido de flores. Peter no la había visto con un vestido antes. Al menos, no desde la primaria. Se veía bien, ligera y fresca. Sus uñas de los pies estaban pintadas de rojo.—Peter, Peter —dijo un poco en voz alta.

—¿Puedo entrar? —preguntó.

Kate hizo una reverencia extravagantemente.

—Entre, buen señor —tropezó ligeramente cuando dio un paso atrás.

Peter abrió la puerta de la pantalla y la dejó cerrarse detrás de él.

—Vi tu coche. Se me ocurrió pasar a saludar.

Kate sonrió, radiante.

—¡Maravilloso! ¡Maravilloso! —se giró, caminó hacia un sofá y se dejó caer, acariciando el asiento a su lado—. Ven y siéntate a mi lado, Peter.

Peter le echó un vistazo a la botella de vino y la copa que reposaban en la mesa al lado del sofá. La copa estaba vacía.

—Tal vez debería volver luego —respondió.

Kate negó con la cabeza.

—No, no, siéntate y cuéntame lo que has estado haciendo.

—¿Desde ayer? —inquirió conforme se sentaba a su lado.

Kate se sentó sobre sus piernas y se movió hacia él.

—No te importa si me acerco a ti, ¿verdad? —le preguntó.

No.

—Bien. No me gustan los anti-acercadores.

—A mí tampoco.

—Entonces estamos de acuerdo. Siguiente orden del día. Deshacerse de la viceprisidanta de opiraciones del lugar con los químicos malolientes.

—¿Penny?

Kate se llevó el dedo a los labios.

—No digas su nombre o aparecerá y t-te sacará los ojos a arañazosss.

—¿Todavía estás enfadada con ella?

—Está tretando de sabutearme.

—No es así. Penny es una profesional.

—Es una bruja… profesional —se rio en su cara—. ¡Casi te digo una palabrota, Peter! —con la sonrisa desvaneciéndose, entrecerró los ojos y señaló su estómago—. Mi inssstinto me dice que debo tener cuedado.

—Creo que tu instinto no está en condiciones de decirte nada en este momento.

Kate sonrió.

—¡Era un chiste! Bien por ti, Peter. Yo también me sé un chiste.

—Qué bien.

—¿Por qué el alcohol no es una solución? —se inclinó hacia delante, con una gran sonrisa en su rostro, lista para reírse.

—Ya me lo sé —dijo él.

Kate cara frunció el ceño con molestia, pero luego pareció ponerse a pensar.

—Bien, y qué tal, ¿cuál es la diferencia entre un mol y una molécula?

—No sé, ¿cuál es? —Peter le siguió el juego.

—Prepárate, porque esto es divertido —resopló y, luego, miró al techo como si estuviera pensando mucho, hasta que finalmente recitó—: Una molácula es la parte más pequiña de un elemento químico que tiene las propedades químicas de ese elemento, y.... un mol es un pequeño roedor desagradable que cava túneles en tu j-jardín —se cayó hacia adelante, riéndose contra su rodilla.

Peter negó con la cabeza.

—Vamos, Kate, creo que necesitas irte a la cama —se puso en pie.

Kate hizo una mueca y, luego, saludó.

—Sí, señor master de química profesor del año —levantó la botella de vino de la mesa y la sacudió—. Guau... ¿cuánto de esto ti has tomao?

—¿Yo? No he tomado nada. Parece que tú te has tomado una copa o tres.

Kate levantó dos dedos.

—Solo tres ángstroms. O dos litros. O un montón de moles. Muchos moles.

Peter la tomó del brazo y trató de ponerla de pie.

—Está bien, Einstein, aquí vamos.

Kate meneó el dedo.

—No, Eisenstein fue un físico y también dirigió películas —se echó a reír—. Dirigió *El acorezado Potenskin*, apuesto a que no lo sabías, señor científico —se apoyó contra él, levantó la vista y eructó en su rostro.

—¡Buf! Guau, Kate, sí, eso es increíble. Vamos, a la camita.

La cara de Kate se arrugó en una mueca.

—No digas «camita», Peter, porque suena como «vomitar», y yo no quiero vomitar. Vomitarte —sonrió y, luego, cayó contra él y le echó los brazos al cuello—. ¿Sabes qué, Teper? ¿Peter?

Peter la sostuvo por su cintura para evitar que se deslizara por su pecho mientras ella se apoyaba contra él. Deseó que fuera bajo diferentes circunstancias.

—¿Qué?

—Te escribí una nota.

—¿En serio?

Kate asintió.

—Síp. Escribí una nota, y fue una buena nota, la nota que escribí —susurró en su rostro—. Fue una nota de amor.

—Ah.

La tenía en la base de las escaleras, todavía apoyada sobre él.

—Sí, te lo escribí en sexto de primeria, y era una nota de amor y decía que te amaba.

—Eso es muy lindo, Kate. Venga, vamos a la camita.

Kate sacudió la cabeza vigorosamente.

—Has dicho «camita» otra vez. No digas «camita». No mi gusta «camita».

—Perdona. Venga, vamos.

—Espera, espara, espera, Peter. Peter, espira.

—¿Qué pasa?

—¿Puedo decirte algo?

—Claro.

Kate sonrió ampliamente.

—Te escribí una nota.

—Ya me lo has dicho.

Su labio inferior hizo un puchero.

—¿Sí?

—Sí.

—Bueno, ¿qué decía la nota? ¿Fue una buena nota?

—No sé... nunca me la diste.

La sonrisa volvió a aparecer en su rostro.

—¡Lo sé! —entonces, susurró de nuevo—. Era una nota de amor —apuntó al techo—. La encontré arriba en mi habitación, junto a mi camita —se detuvo, frunciendo el ceño—. Oh, no, he dicho «camita».

Peter negó con la cabeza.

—¿Recuerdas cuando dije que el alcohol no era el problema, sino la solución?

—Síp. Ese era mi chiste.

—Estaba equivocado —intentó levantarla por los brazos—. Bueno, vamos a tu habitación.

De repente, Kate lo empujó, tropezando ligeramente.

—¿Cómo te atreves a llavarme a mi habiteción allá arriba? Apenas te conozco, varlot.

—¿Varlot?

—Sí. Es lo que dicen en las viejas películas cuando un hombre era un varlot contra una niña, lo que tú eres. Un varlot, no una niña. Yo soy la niña —se señaló a sí misma—. Voy a dormir en el sofá si no te importa, pero creo que premero tengo qui vomitar.

De repente, lo volvió a empujar, atravesó la estrecha puerta del baño al lado de la escalera y la cerró de golpe. En unos segundos, Peter escuchó un ataque de arcadas.

—¿Kate? —la llamó.

Su respuesta fue otra arcada.

Peter probó la manija de la puerta. Estaba cerrada.

—Varlot —dijo ella mientras vomitaba al otro lado de la puerta.

Unos segundos después, tiró de la cadena del inodoro. La puerta se abrió y crujió mientras una Kate en ruinas salía, luciendo como un cachorro mojado.

Peter se acercó a ella rápidamente y le rodeó los hombros con los brazos.

—¡Oye! ¿Estás bien?

—¿Es normal que la habiteción gire como un carrusel boquiabejo?

—No.

—Entonces creo que estoy bien —afirmó Kate mientras miraba por encima de su hombro—. Sabes, nunca antes había vomitado en esa habiteción.

—Eso es genial. Estoy muy orgulloso de ti —dijo Peter.

Alcanzó una toalla de mano de un estante que se encontraba detrás de ella y golpeó la manilla del agua fría. Mojó la toalla, cerró el grifo y le limpió la cara. Se veía tan pálida, como una niñita.

Con un brazo todavía alrededor de ella, la guio hasta la sala de estar. Sacó una manta del sofá y la arrojó al suelo con una mano. Entonces, guio a Kate suavemente hacia abajo, la recostó y, luego, le levantó los pies sobre una almohada en el otro extremo. Tomó una almohada de la silla más cercana y la colocó debajo de su cabeza.

—Ven, aquí hay una almohada.

Kate lo miró con sus grandes ojos marrones que comenzaron a llenarse de lágrimas.

—Pero yo no te traje nada.

Peter sonrió y le colocó un mechón de cabello que tenía en la cara detrás de la oreja. Kate se recostó, y su sonrisa regresó en cuanto él recuperó la manta del suelo y la colocó suavemente sobre ella. Peter se arrodilló a su lado, su brazo descansando a un lado del sofá.

—Buenas noches, Kate.

Pensó en besarla en la frente.

Kate, sonriente, se acurrucó en el sofá y cerró los ojos. En unos segundos, ya estaba dormida.

Peter se levantó, aun observándola. Con el pecho subiendo y bajando, se encontró viéndola como esa niña de su casa del árbol. El cabello ondulado se derramaba alrededor de su rostro, una pizca de pecas decoraba los alrededores de sus ojos. Angelical e infantil al mismo tiempo. No la sofisticada mujer profesional que parecía estar tan fuera de su alcance, sino una simple chica pueblerina.

Peter sabía que Kate había estado trabajando duro. Quizás demasiado duro. Y se sintió un poco culpable por eso. ¿Le estaba haciendo la vida más difícil? Tal vez ese beso había sido un error.

Ladeó la cabeza, y atisbó un trozo de papel rosa que se asomaba del bolsillo superior de su vestido. Curioso, lo sacó lentamente. Estaba arrugado, viejo y tenía un tenue olor a fresas. Era un trozo de papel rosa con líneas regladas del cuaderno de una niña. Se sentó en una silla, desplegó la nota y la extendió sobre su rodilla. Estaba escrita con bolígrafo rojo, adornada con pequeños corazones y florituras de una feliz niña loca por el arte.

«Querido Peter,
He decidido que te super amo.
-Katie.

PD: Yo fui quien rompió tu figura favorita de *Star Wars*, el robot de oro».

# CAPÍTULO VEINTIUNO

EL DOLOR DE CABEZA NO ERA TAN HORRIBLE COMO había esperado. Pero el vino sí. Vino barato, de la alacena superior de Carol. Probablemente el que había usado para cocinar hacía años y había dejado allí.

Sin embargo, tuvo un buen lunes. Su presentación estaba lista, y la había revisado dos o tres veces. Todavía faltaban algunas partes, pero esperaba poder evadirlas lo suficientemente bien como para llegar a la ronda final de candidatos de marca la próxima semana.

Cambió el peso de un pie al otro. Estaba parada en el porche delantero de Peter. El sol se estaba poniendo, y las hojas caídas crujían en las frías sombras.

Su dedo tocó el timbre. Era una de esos timbres antiguos que sonaba como una campana real en el porche. Estaba preocupada de que le provocara dolor de cabeza nuevamente, pero la resaca parecía haber disminuido finalmente.

Quería llamar a Peter para disculparse. Estaba avergonzada, como si temiera que llamara a sus padres o algo así, y que la castigaran. Como si todavía estuvieran en la escuela y necesitara que él le guardara algún profundo y oscuro secreto.

Miró a través de las cortinas al costado de la puerta principal de Peter. Las luces estaban encendidas, pero no había nadie en la sala de estar.

Quizás no estaba en casa. Tal vez la estaba evitando por lo de anoche.

No sabía por qué había hecho eso, beberse casi una botella de vino entera. No era típico de ella, ¿verdad?

Volvió a tocar la campana. Pensó que podía escuchar pasos. ¿Qué le diría?

«Peter, la verdad es que no soy tan exquisita. Me encanta el vino barato...»

«Peter, estudios han demostrado que un poco de vino antes de acostarte te ayuda a dormir mejor, hasta que vomitas...»

«Peter, deberías saber que solo bebo cuando vuelvo a mi pueblo natal a lidiar con un proyecto muy estresante, y con un tipo que parece que no puedo sacarme de la cabeza...»

«Peter, yo...»

La puerta se abrió.

—Hola, Kate.

No cerró la puerta de golpe. Eso era buena señal.

—Lo siento, estaba en el patio —se disculpó.

La mosquitera seguía cerrada, pero ella no esperó.

—Peter, solo quería disculparme por lo de anoche.

Peter negó con la cabeza y sonrió.

—No tienes que disculparte. Estás bajo mucho estrés.

«Sí, estrés. Eso me sirve».

—Bueno, solo quería que supieras que normalmente, ya sabes, no bebo tanto.

—Olvídalo —empujó la mosquitera para abrir la puerta completamente—. ¿Entras?

—Probablemente estés ocupado. «El trabajo de un maestro nunca termina», ¿no?

Otro chiste malo.

—En realidad, ya he terminado por hoy.

—Ah. Bien.

Kate entró adentro. La mosquitera se cerró de nuevo a sus espaldas con un clic.

Siempre le había gustado la casa de los Clark, casi más que la suya. Parecía tan hogareña por alguna razón. Tenía un gran porche delantero muy envolvente, dos pisos con mucho carácter. Podría ser un hostal si alguien quisiera trabajar en eso. Sin embargo, era terriblemente grande para una sola persona.

Peter no la había cambiado mucho, aunque había algunos indicios de que un hombre vivía aquí solo. Una bicicleta inclinada en la esquina. Pantalones cortos deportivos sobre una silla del comedor.

Había música sonando de fondo. Eso le trajo un recuerdo. Cuando trabajó un verano en el puesto de maíz dulce a las afueras del pueblo. Al señor Peterson le encantaba escuchar la radio de canciones antiguas. El título rebotó de su memoria. *Don't do your love.*

—Linda canción —comentó.

AL principio, Peter parecía estar confundido, pero enseguida lo pilló.

—Ah, eso. Se supone que debo ayudar a elegir la música para el baile de bienvenida de este sábado. El tema es los ochenta.

—Eso he oído.

—Ya sabes cómo es. Pasan treinta años y todo vuelve a ser retro y genial.

—Mmm —Kate se balanceó sobre sus talones. Luego, se aclaró la garganta.

—Bueno —dijo ella—. Supongo que debería...

—¿Quieres ver mi estrella? —preguntó él al mismo tiempo.

———

Peter miró a través del telescopio y, luego, ajustó el enfoque. Entornó los ojos para echar un vistazo por el ocular, que se puso borroso y, luego, se enfocó. En el centro había un pequeño y tenue punto. Verificó nuevamente las coordenadas en un pequeño trozo de papel azul para asegurarse.

—Ahí está si quieres verla —anunció.

Estaban en su porche trasero. Un ventilador de techo giraba lentamente sobre ellos. El telescopio estaba posado sobre un trípode de latón cerca de la barandilla, en un ángulo que apuntaba más allá de los árboles. Qué suerte tenía él de que la estrella estuviera en la posición correcta esta noche.

Kate se acercó a su lado.

—¿Miro por aquí? —preguntó, señalando el ocular.

—Síp.

Se agachó, con las rodillas dobladas, y entrecerró los ojos por el ocular. Los ojos de Peter se posaron en los vaqueros que tan bien le quedaban.

—¿Cómo se llama? ¿La estrella de la muerte de Peter?

—Oficialmente, se llama 6890:1457:1. Pero yo la llamé Lucky.

Kate alzó la vista.

—¿La llamas Lucky star?

—Por mi perro, Lucky.

—Oh, Lucky —dijo, pareciendo recordar—. Me encantaba Lucky, el pequeño bastardo —volvió al ocular—. Sabes, a pesar de lo técnico que es esto, también es genial —dijo—. Quiero decir, quién sabe si hay vida en un planeta girando alrededor de esa estrella. Y lleva el nombre de Lucky.

Peter sonrió, con la cabeza ladeada.

—Sabes, esa es probablemente la cosa más friki que te he escuchado decir.

—Ah, ya veo —dijo mientras se levantaba, sonriendo—. Te estás emocionando, ¿eh? Bueno, ¿qué tal si yo...?

Dio un paso adelante, pero su pie se chocó contra una de las patas del trípode del telescopio, lo cual la hizo tropezar. Peter inmediatamente extendió su brazo, atrapándola, mientras Kate agarraba frenéticamente el hombro de él para evitar caerse. La gravedad hizo el resto. Ambos tropezaron y cayeron en el mueble de mimbre acolchado con los pies retorcidos, y Kate aterrizó cara a cara sobre Peter con un «*¡uuf!*»

Tan rápido como sucedió, ambos estaban paralizados, con los brazos apretados, mirándose las caras, separados por centímetros, las bocas y los ojos muy abiertos. El momento de silencio vergonzoso se rompió cuando ambos estallaron en una carcajada simultánea. Kate rodó sobre Peter y se dejó caer a su lado en el asiento acolchado.

—Buena movida, Clark —dijo

—¿Yo? Ajá, tú fuiste la que se tropezó. Yo solo fui el receptor.

—Mmm... no, creo que pusiste esa cosa del trípode allí a propósito.

—Yo no tengo esa labia. Soy un científico, ¿recuerdas? Solo nos interesan los fríos y duros hechos.

—Cierto. Reacciones químicas en el cerebro.

Peter podía oler su perfume. Si solo se trataba de sustancias químicas en su cerebro, ciertamente estaban efervescentes. Se aclaró la garganta.

—Entonces, Kate, ya que estás aquí...

—¿Sí?

—Hay algo que quería preguntarte.

Kate se volvió hacia él, con los ojos marrones enfocados. Estaba tan cerca...

—¿El qué?

—No es gran cosa, de verdad. Es más bien un favor. Probablemente ni siquiera estés en el pueblo.

—Está bien, entonces olvídalo —se dio media vuelta.

—No, quiero decir, que puede que estés por aquí. Si estás en el pueblo.

Kate se volteó de nuevo hacia él.

—No lo sabré a menos que me digas de qué se trata primero.

—Cierto. Es que este baile de bienvenida es esta semana. El sábado por la noche.

—Eso dijiste —Kate se quedó mirándolo, asintiendo y esperando.

—Y a los maestros se les permite ir. Con los estudiantes. No con los estudiantes, por supuesto, sino junto con los estudiantes. Si ellos quieren ir. Los profesores.

Ella todavía estaba mirándolo, asintiendo.

Peter se sentía como un estúpido adolescente. Esto no debería ser tan difícil. «Dilo ya, no es gran cosa».

—Entonces, me preguntaba... si estás por aquí, por

supuesto, porque probablemente estarás de regreso en Chicago para entonces. Lo más probable, ¿verdad?

Kate asintió de nuevo con una leve sonrisa. Estaba haciéndolo a propósito.

—Ay, Dios, Kate, estoy tratando de invitarte al baile de bienvenida —soltó Peter.

Kate se echó a reír a carcajadas agarrando su rodilla y, luego, levantó la vista.

—Eso no ha sido tan difícil, ¿verdad?

—No debería haberlo sido, pero sí lo ha sido.

—Ay, pero estabas tan mono.

—Bueno, aún no has respondido a mi pregunta —dijo.

Una sonrisa.

—En verdad no me lo has preguntado —contraatacó ella.

Peter suspiró.

—Cierto.

Se puso de rodillas y la miró con las manos entrelazadas.

—Kate Brady, ¿me harías el honor y el placer de posiblemente ir conmigo al baile de bienvenida del instituto Golden Grove, que en realidad será en lo que ahora es el centro comunitario, el próximo sábado por la noche a las nueve *post meridiem*?

—Si estoy en el pueblo.

—Si estás en el pueblo —repitió.

—Sí —respondió finalmente, radiante.

—Gracias. Me duele la rodilla.

Se levantó y se dejó caer en la silla de mimbre junto a ella, frotándose la rodilla derecha.

—Te estás haciendo viejo.

—No tan viejo como tú.

Kate le propinó un golpetazo.

—Solo por cuatro días. Apenas tenemos treinta años.

Reinó el silencio de nuevo. Ambos se mecían en la silla de mimbre de un lado a otro, mientras las luces de la calle brillaban a través de los árboles casi desnudos.

Kate se acercó a él.

—¿Peter? —dijo ella suavemente.

—¿Sí?

—¿Qué significa «*post meridiem*»?

———

Kate se apoyó en la barandilla que daba al patio trasero de Peter y miró hacia arriba. El cielo estaba despejado. Las estrellas estaban enormes, silenciosas y por todas partes. Era casi abrumador. Había olvidado cuántas estrellas había. Las luces de la ciudad las ahogaban en Chicago.

Se estremeció.

—Gracias de nuevo por dejarme usar tu chaqueta.

Tenía la chaqueta azul marino de algodón de Peter envuelta alrededor de sus hombros. Era lo suficientemente larga como para poder esconder las manos en los extremos de las mangas. Le gustaba eso.

—Ciertamente. Las noches se están poniendo más frías.

—Es verdad.

Kate se volvió para mirarlo, apoyándose en la barandilla del porche de madera.

—No me hablaste mucho ayer sobre el trabajo en Dixon.

Se encogió de hombros.

—No hay mucho que decir. Tienen que revisar

mis credenciales, repasar las notas de la entrevista. Estoy seguro de que hay muchos otros solicitantes.

—¿Pero podrías conseguirlo? —sondeó ella.

Peter se volvió a encoger de hombros.

—Supongo que es posible —respondió.

No parecía muy emocionado. Al menos, no tan emocionado como ella esperaba.

—¿Te gustó la escuela?

—La escuela era increíble. Los laboratorios eran increíbles, los árboles eran increíbles, todos los estudiantes se veían increíbles. Todo era muy... remilgado.

—¿Qué?

—Olvídalo —sus hombros estaban caídos, sus ojos mirando más allá de ella.

Este tema se estaba convirtiendo en un callejón sin salida.

Kate entrelazó sus dedos.

—Entonces, me he estado preguntando...

—¿Sí?

—¿Qué problemas han hecho que te conviertas en el soltero más codiciado de todo Golden Grove?

—¿Qué?

—Estoy segura de que algo ha estado burbujeando en ese encantador vaso de precipitados tuyo al que llamas corazón.

Peter se recostó en el sofá, con los brazos extendidos a cada lado.

—Nada aparte de los químicos habituales. Principalmente proteínas. Albúminas, globulinas. Hoy me comí una banana, así que probablemente haya algo de potasio.

Kate asintió.

—Mmm. Albúminas y globulinas y potasio. Ay, dios —se movió y se sentó junto a él.

Peter mantuvo su brazo reposando en el respaldo de la silla detrás de ella.

—¿Y quién dice que sea el soltero más codiciado del pueblo?

Entonces, él sí que tenía curiosidad.

—Al parecer casi todas las mujeres sanas del pueblo con las que me encuentro.

Peter resopló.

—Dicen eso de cualquier hombre menor de treinta años que aun tenga pulso.

Kate asintió con la cabeza.

—Mmm, ya veo. ¿Y qué hay de, eh... Penny Fitch? —preguntó ella con indiferencia.

—Es solo una amiga. Si acaso.

Kate se echó a reír.

—¿Penny? Pero pensé que tú... pensé que todos los chicos se sentían atraídos por ella.

—Sí, tal vez algunos de mis amigos. En la secundaria. Además, estos últimos años han sido difíciles para ella. Se divorció hace unos años, antes de volver a mudarse aquí.

—¿De verdad? Me imaginé que ya se habría casado con un multimillonario y que estaría cargando con alrededor de cinco niños en una furgoneta.

Se encogió de hombros.

—Las cosas no siempre salen como piensas a veces.

Kate no dijo nada por un momento. Estaba pensando en este porche. Escenas de veranos de hace años.

—Debe ser muy duro estar aquí. Sin tu padre.

Peter apartó la mirada, bajó el brazo del respaldo y se pasó los dedos por el pelo, que cayó casi exactamente en el mismo lugar.

—Sí que hay momentos. Pero es lo que hay.

Su corazón tiró hacia él. Sintió como si ahora tuviera que decir algo importante. Tal vez lo suficiente como para romper la amistad que había reavivado con él. Tal vez lo suficiente como para arruinar cualquier posibilidad de algo más.

—Esa es una de las cosas que me encantan de ti, Peter.

Su mirada se volvió hacia ella.

—¿Qué cosa?

—Tu lealtad, tu amor —apartó la mirada—. No estoy segura de haber podido hacer el mismo sacrificio por ninguno de mis padres.

Era vergonzoso decirlo en voz alta, pero cierto.

—Bueno, no tenía muchas opciones. Mi madre necesitaba ayuda, y mi padre era... mi padre.

—No puedo imaginar lo difícil que fue para ella.

—Yo no tuve que hacerlo. Pude verlo —su semblante se quedó pétreo por un momento, pero luego se suavizó—. Pero ella era una guerrera.

—Lo siento, Peter.

—No tienes por qué.

—No, me refiero a todo —estiró el brazo y le tocó la mano. Sus dedos se cerraron alrededor de los de ella, y estuvieron en silencio por un rato.

Kate trató de encontrar algo alentador que decir, cualquier cosa.

—Bueno, sabes que te va bien aquí, ¿verdad? Con la enseñanza. No resultó tan malo.

—Supongo que no.

—¿Es solitario?

—A veces.

Una leve brisa movió su cabello. Pudo oler a Peter en la chaqueta que llevaba puesta.

Él se acercó un poco más.

—Aunque nunca se sabe quién podría aparecer —agregó.

Su corazón dio un vuelco.

—Cierto.

—Por ejemplo, digamos, un vendedor ambulante.

—Vendedora —corrigió ella.

—Vendedora. O una nueva profesora en la escuela.

Kate asintió.

—¿Una nueva maestra en el pueblo? Eso solo funciona en el Occidente.

Peter asintió.

—Cierto. Esta película de la que hablamos de trata de una chica moderna, ¿verdad?

—Yo diría que sí.

—Entonces tendría que ser alguien valiente.

Kate negó con la cabeza.

—Prefiero el término «altamente motivada».

—Está bien, entonces alguien altamente motivada y, por supuesto, tiene que ser muy bonita, aunque ella no crea que sea muy bonita.

Kate solo asintió y se acercó a él. Peter la rodeó con el brazo.

—Y, veamos... tendría, ¿qué? ¿Ojos azules?

—Marrones.

—Claro, por supuesto. Ojos marrones y cabello ondulado, probablemente rubio rojizo. Algo que brille a la luz de las estrellas como diamantes en oro hilado.

Ella asintió.

—Guau, eso es bastante colorido para ser un científico.

—Calla, estoy inspirado. Y podría tener una pizca de pecas alrededor de su nariz como polvo de diente

de león —trazó el costado de su nariz con el dedo—.
¿Sabes? Algo así como ese look de la chica perfecta.

—Mmm —fue todo lo que ella pudo decir mientras asentía.

Su cara estaba a centímetros de distancia.

—¿Conoces a alguien así? —le preguntó.

—Quizás conozca a alguien —susurró ella mientras cerraba los ojos.

De repente, estaba en una casa del árbol, de rodillas en el suelo, inclinada hacia adelante, con un vestido morado. Broches de plástico amarillo con forma de flor en su cabello. Olía a fresas y a tablones de pinos. «Por favor, Dios, no dejes que nuestros aparatos se peguen».

Peter la besó, largo y tendido, lentamente esta vez, su brazo derecho extendiéndose alrededor de su espalda, su izquierdo acunando su cuello. Se sentía como si estuviera en casa. No en su casa, no en este pueblo, sino aquí. Con Peter, en este porche.

Fue más que un beso. Era una confirmación de lo que había faltado todos estos años. Más que un sueño borroso, alimentado por la nostalgia. Era real esta vez.

Se separaron, las narices casi se tocaban.

—Este ha sido mucho mejor que el de segundo de la ESO —dijo él—. Incluso mejor que el de Chicago. Creo que le estamos cogiendo el tranquillo a esto.

Un perro ladró, las estrellas miraban en silencio.

—Sí —coincidió de todo corazón.

Había estado bien. Era lo correcto, ¿no?

Entonces, ¿por qué tenía esa sensación de hundimiento y pesadez en su pecho?

El manto de estrellas frías que se extendía sobre ella le recordó dónde estaba. Este no era el resplandor del cielo eternamente iluminado de Chicago. Era un recordatorio inevitable de que, incluso aquí en los brazos de Peter, todavía estaban a millas de distancia.

Pero esos pensamientos podían esperar hasta más tarde. Todo saldría bien, de alguna manera.

Tenía que salir bien, ¿verdad?

# CAPÍTULO VEINTIDÓS

PETER ESCUCHÓ EL GOLPE EN EL MARCO DE LA puerta de su oficina. Supo quién era sin siquiera mirar hacia arriba.

—¿Llegaste temprano? —le preguntó Lucius.

—Aparentemente —hizo una pausa—. Tengo algunas pruebas de laboratorio que calificar antes de la excursión a Nitrovex esta tarde.

Lucius asintió con la cabeza.

—La excursión. Me había olvidado de eso. ¿Quieres que me haga cargo?

Peter levantó la cabeza. Era tentador. Había perdido la noche anterior después de que Kate apareciera, excelente perdida, pero, aun así, se había atrasado. Sin embargo, podría verla allí. Kate tenía su presentación después del almuerzo...

—No, puedo manejármelas. Solo quedan unos pocos más —bostezó.

—¿No te pusiste con eso anoche?

—Me distraje un poco.

—Mmm. Hace tanto tiempo que no me distraigo —se quejó Lucius.

Peter alzó la vista.

—Deberías intentarlo alguna vez —volvió a centrarse en sus exámenes—. Tal vez con Carol —sugirió con una sonrisa. Eso debería hacerlo callar.

Y eso hizo, por un momento.

—Bueno, me alegro mucho por ti, Peter. Déjame ser el primero en darte la bienvenida al maravilloso mundo del amor.

Peter levantó las manos.

—Espera, espera. Cálmate. Nadie está diciendo nada sobre el amor.

Fue solo un beso, ¿verdad? ¿O fueron tres? Técnicamente fueron cinco.

Lucius alzó las manos en señal de disculpa.

—Perdona. No quise ofenderte, doctor Clark.

—Disculpa aceptada.

—Simplemente no olvides lo que le pasó al hombre que de repente consiguió todo lo que quería. Vivió feliz para siempre.

Peter resopló.

—¿De verdad? ¿Me estás citando a Willy Wonka?

Lucius se encogió de hombros.

—Me estoy quedando sin consejos que darte —agarró su chaqueta—. Nos vemos a la hora del almuerzo. El martes tocan patatas fritas.

—Genial.

Peter se recostó en su silla. ¿Feliz para siempre? Eso no era posible. ¿No era eso solo para cuentos de hadas? Había disfrutado del tiempo que había pasado con Kate, por supuesto, pero eso no duraría mucho más. La realidad lo había golpeado con fuerza en la mañana. Él vivía aquí, Kate vivía en Chicago. Ella trabajaba para una prestigiosa empresa en el centro de Chicago. Él trabajaba, miró alrededor de su pequeña oficina y suspiró, en una caja en Golden Grove.

¿El trabajo de Dixon? Casi esperaba que no lo llamaran. Eso le ahorraría tener que tomar una decisión. Porque no estaba seguro de lo que diría. ¿Tomar un trabajo más que todo para estar cerca de Kate?

No podía negar sus sentimientos por ella, incluso si bromeaba con que solo eran sustancias químicas disparándose alrededor de su cerebro, jugando al pinball con sus sinapsis. Peter sabía que era más que eso. Siempre lo había sido.

Cerró los ojos y presionó una mano contra su sien.

Todo lo que veía era su rostro dorado, fresco y sonriente.

———

Kate finalmente había revisado todas las sugerencias que había recibido esa mañana desde su oficina en casa. La mayoría eran solo ajustes a su propuesta, pero todavía estaba preocupada. ¿Había estado en este proyecto por cuánto? ¿Casi cuatro semanas? En ese tiempo, por lo general, ya lo habría resuelto todo, o al menos lo suficiente como para entregarlo a sus subordinados para que lo terminaran. Pero este proyecto de Nitrovex había sido una piedra en el zapato desde el principio.

Había habido distracciones, ciertamente. Pero debería ser capaz de manejar el trabajo junto a un profesor de química digno de besar, ¿no?

Oyó crujir las escaleras. Carol entró por la puerta momentos después, y parecía preocupada.

—¿Todo listo para la reunión? Has estado en eso toda la mañana.

—No tuve tanto tiempo como esperaba para repasarlo todo anoche.

—Ah. ¿Te distrajiste?

—Se podría decir que sí.

Carol asintió.

—Mmm. Ha pasado tanto tiempo desde la última vez que me distraje —dijo conforme se dirigía hacia la cocina.

—¿De verdad? Deberías intentarlo alguna vez —le gritó Kate—. Quizás con Lucius —agregó.

Una taza traqueteó en el fregadero de la cocina. Eso la atrapó.

Carol regresó unos momentos más tarde con dos tazas de café y se sentó junto a Kate.

—Aquí está el periódico semanal —dejó caer el Town Crier sobre el portátil de Kate.

Había una foto en la portada de John Wells estrechándole la mano a una niña sonriente y dándole la placa de la feria de becas. *Stacy*. Kate esperaba sentir la punzada de amargura que solía sentir cada vez que recordaba la feria, pero en su lugar también se encontró sonriendo. ¡Bien por ella! Debajo de la foto de Stacy había fotos del carnaval. Una era de Peter en medio de la zambullida en el tanque de agua. La sonrisa creció en su rostro. «Bien».

Abrió el periódico, golpeando el pliegue del medio para que quedara plano. Obituarios. Mabel Webster, 96. «Vaya». Anuncios de nacimiento. Un Tucker, un Carter, un Harper, un Hayden (no estaba segura de si era niño o niña), y dos Jaydens. Compromisos y bodas...

Más fotos del carnaval. Oh, oh, una de ella pintando caras. «La ejecutiva de marketing de Chicago, Kate Brady, regresa a su pueblo natal y pinta una mariposa en la mejilla de Abby Grossman, de tercero de primaria. ¡Gracias por la ayuda, Kate!»

¿«Ejecutiva de Chicago»? ¡Guau! ¿Así era como la veían en Golden Grove? ¿Así era como la veía Peter?

Tenía sentido. Se había metido en este negocio por el diseño gráfico, lo cual le permitía convertir una idea creativa en algo físico que se podía ver. Sin embargo, últimamente se dedicaba más a la administración de proyectos que a crear obras de arte para ellos. Una vez que obtuviera el proyecto de Nitrovex, la parte de administración aumentaría. Una subida más en la escalera de Garman. En Chicago.

—¿Alguna buena noticia esta semana? —le preguntó Carol.

Kate dejó caer el periódico.

—¿Mmm? Ah. No lo sé. Lo de siempre, supongo. Gente muriendo y naciendo, gente casándose.

Se sintió aliviada cuando Carol simplemente asintió y dijo:

—Igual que siempre.

Mientras Carol volvía a la cocina, los ojos de Kate volvieron a enfocarse en la foto de Peter que decoraba la portada. Su cara se veía tan tonta, tan adorable...

Miró por la ventana del comedor hacia la casa al otro lado del patio. Podía ver el porche trasero, la silla de mimbre acolchada. Frunció el ceño cuando la silla de mimbre apareció en su mente, pero, rápidamente, la apartó.

Bien, solo fue un beso. Su frente se arrugó. De acuerdo, dos. Espera, tres...

No, esto no era como si hubiera besado a un chico nuevo que estaba empezando a conocer. Ella conocía a Peter.

Y ese era el problema. Era obvio que Peter no estaba entusiasmado con el trabajo de Dixon. En teoría, no debería haber comparación entre sumideros desbordados y lagartos sueltos y una escuela secundaria privada que parecía una las universidades más prestigiosas. Pero ella misma lo había dicho. Peter sabía lo que estaba haciendo aquí. Amaba a sus alumnos y no le importaba el dinero. Lo había demostrado con su padre, quedándose aquí en lugar de correr tras un trabajo mejor.

Se masajeó las sienes con la cabeza entre las manos. Pensar en lo agradable que sería para ella si Peter viviera en Chicago era egoísta. De todos modos, probablemente era lo mejor. Después de todo lo que había trabajado para llegar a donde estaba, este no era el momento para distraerse. Finalmente estaba teniendo éxito. ¿Cierto?

# CAPÍTULO VEINTITRÉS

Kate aparcó su coche justo enfrente de las oficinas de Nitrovex.

«Respira hondo. La Super Bowl, ¿recuerdas?» La habían llamado desde la oficina en Chicago cuando venía en camino, y habían sido solidarios, pero firmes, sobre lo que tenía que lograr. La reunión de hoy decidiría si volvería a Golden Grove la próxima semana para finalizarlo todo o si regresaría mañana a Chicago para explicar por qué había perdido el proyecto. Todo lo demás no tenía importancia. En este momento, tenía un trabajo que hacer.

Agarró su maletín y subió los cortos escalones de piedra hacia las puertas principales de Nitrovex.

Hoy había un nuevo jugador. El nieto de John estaba aquí. Corey Steele, el jefe de la división europea de Nitrovex. Puede que ser nativa de este pueblo le otorgara una ventaja con John, pero Steele no era de aquí, e iba a tener que ganárselo también.

Había explorado su perfil en la página web de Nitrovex. Tenía la misma edad que ella. Era joven para su puesto, pero contaba con muchas credenciales al pie de su foto. Guapo, supuso, si no eras el tipo de mujer que prefería una sonrisa torcida y brillantes ojos azules. Steele tenía una especie de cara afilada y una expresión de ojos acerados que coincidía con su nombre, aunque puede que eso fuera solo por las fotos. Tienes que lucir fuerte cuando eres un poderoso e influyente corporativo.

Mientras marchaba por el pasillo, sintió que iba a la batalla. «Concéntrate. Eres una ejecutiva de marketing». El *Town Crier* estaba de acuerdo. Eso es lo que ella era. No una tonta pinta-techos friki del arte, ¿verdad?

La recepcionista estaba en su lugar en la recepción, sonriendo, con el pelo recogido.

—Hola, Kate. Puedes instalarte en la sala de conferencias. John está terminando con otra reunión —le informó.

¿Con su competencia?

—Gracias, Sandy —se colocó la cartera y el bolso sobre su hombro, y caminó por el pasillo.

Encontró la sala de conferencias, sacó su portátil y comenzó a prepararse. Tenía unos veinte minutos antes de su presentación y quería que todo fluyera perfectamente.

Hecho esto, tuvo tiempo de ir a tomarse un vaso de agua, que sabía que ofrecían en la sala de descanso al final del pasillo. No era su marca de agua habitual, pero estaría bien.

La escuchó antes de verla. Su risa musical, su voz tan alegre, charlando con alguien en la sala de descanso. Kate se detuvo, y luego, siguió caminando. Podía soportar un breve encuentro con Penny Fitch antes de la reunión. Entonces, oyó la segunda voz. Fuerte, alegre. La misma voz que había acariciado sus oídos la noche anterior en un fresco porche iluminado por las estrellas.

Peter. ¿Qué estaba haciendo él aquí? ¿Y qué estaba haciendo aquí hablando con Penny? ¿Qué pasaba con estos dos, que se juntaban a cada oportunidad?

Se metió en el baño femenino, a una puerta de la sala de descanso. No había nadie aquí adentro. Bien. Dejó que la puerta se cerrara, pero, luego, metió la mano y, escuchó. Frunció el ceño. No podía entender lo que decían, pero definitivamente estaban siendo amables. Era temprano en la tarde. ¿No debería estar Peter en clase? No había mencionado nada sobre una visita a Nitrovex anoche. Pero entonces, si era para ver a Penny, no habría él...

«De acuerdo, esto es ridículo. Debe haber alguna razón...»

—Vale —decía Peter desde el pasillo—. ¿Nos vemos luego?

«¿Nos vemos luego?» ¿Nos vemos dónde y por qué, y cómo que luego?

—Claro —dijo la voz de Penny—. Y gracias por entenderlo.

—Debería darte las gracias —dijo Peter—. Esto lleva tiempo retrasado. Me alegra que finalmente pudiéramos programarlo.

¿Programar qué? Kate oyó los tacones de Penny golpeando por el pasillo en la dirección opuesta y, rápidamente, cerró la puerta. No necesitaba que Peter la pillara espiando su pequeña cita.

Presionó el secador de mano y dejó que rugiera por un rato. Luego, sacó la cabeza por la puerta. Todo despejado.

Hizo una pausa, apoyada en la pared junto a una

pintura al óleo de un combinado. No podía preocuparse por la cita de Peter y Penny. Tenía una presentación en unos minutos.

—¿Kate? ¿Buscas algo? —era John Wells, que venía por el pasillo detrás de ella.

Kate se alejó de la pared.

—Ah. No, solo estaba estirando las piernas. Antes de la presentación.

El señor Wells pasó de largo, dirigiéndose hacia la zona de la recepción, cerca de la parte delantera del edificio. Kate lo siguió automáticamente.

—¿Tienes todo lo que necesitas? —le preguntó.

Ella asintió.

—Sí, gracias. Has sido de mucha ayuda.

—Solo lo mejor para uno de los nuestros.

Kate tragó saliva.

—Espero que no estés nerviosa —dijo él—. Toda la junta va a estar aquí esta tarde, nada más y nada menos.

Se suponía que era una broma, ella lo sabía, así que trató de reírse lo mejor que pudo.

—Me irá bien —dijo mientras cruzaba la esquina hacia el área de recepción.

Estuvo a punto de chocarse contra la espalda de Peter. Su talón cedió, pero logró no caerse sobre él. No podía decidir si eso era algo bueno o malo.

Peter se volvió, los ojos azules fijos en ella.

—Bueno, Peter —dijo John con las manos en las caderas—. ¿Preparado para llevar a sus impresionables mentes jóvenes alrededor de nuestras instalaciones?

¿Qué significaba eso? Entonces, se acordó. El primer viaje a Nitrovex, en el Mustang. Había mencionado una excursión a la que siempre llevaba a sus estudiantes.

Peter no respondió al principio, todavía mirando fijamente a Kate. Luego, se volvió hacia John.

—Vamos a tratar de no dejar que nadie caiga en la centrífuga si podemos.

John se echó a reír.

—Se lo agradecería. Acaban de limpiarla el mes pasado —se inclinó para mirar más allá de Peter—. Penny.

Kate aún no había notado a Penny porque seguía tambaleando un poco. Pero allí estaba ella, detrás de Peter, con una sonrisa radiante.

—Se podría decir que esta es la semana de los reencuentros para vosotros tres, ¿no? —anunció John.

Debieron de haberle dado la misma mirada en blanco porque hizo un gesto y dijo:

—Estabais todos en la misma clase de instituto, ¿no? —preguntó John.

Penny asintió con la cabeza.

—Sí, supongo que sí. ¡Vamos, Griffins! —añadió con un pequeño golpe de puño.

«¿Vamos, Griffins?» Kate tuvo que forzarse para no poner los ojos en blanco.

—Peter, tú eras el corredor, ¿verdad? —preguntó John, tocando su mentón con el dedo. Se volvió hacia Kate—. Y Kate aquí... Creo que mi esposa mencionó algo una vez...

—Ganó tu feria de becas —soltó Peter.

Los ojos de Kate se hicieron enormes. Si hubiera podido disparar láser con ellos, le habría quemado su cerebro de ojos azules.

John estaba asintiendo, con las cejas levantadas.

—Ah sí, ¿verdad?

—Fue hace mucho tiempo dijo Kate, mirando alrededor de la habitación.

«Este sería un buen momento para que uno de estos grandes tanques de almacenamiento explote, ¿no?» Solo un *boom*, y todo habría terminado.

John estaba acariciando su barbilla, mirando hacia arriba.

—Ahora estoy tratando de recordar ese nombre. Brady, Brady... Mi esposa fue jueza algunos años, pero...

—Señor Wells, si pudiera hablar con usted antes de la presentación —intervino Penny, avanzando para tocarle el brazo a John.

Él asintió y la siguió hacia una pared lateral.

Kate dio un paso atrás. Esto no era bueno. La parte posterior de su cuello estaba caliente, por lo que lo frotó. Era como una pesadilla del túnel del tiempo. Penny por allí, mostrando su perfecta sonrisa de pantera, soplando el silbato, susurrándole al juez, a John Wells. Casi podía leer sus labios. «Fue descalificada. Es una tramposa, John. Hizo trampa entonces, y está haciendo trampa ahora. Peter la ayudó. Míralos, todos adorables. Ella lo usó para tratar de ganar esta propuesta».

Kate se frotó los ojos. John le estaba diciendo algo a Penny.

—¿Kate? —Peter le tocó el brazo.

—¿Por qué le has dicho eso? —siseó.

Peter negó con la cabeza.

—Lo siento, Kate. Lo iba a recordar, de todos modos. Sé que estás avergonzada por ello, pero la verdad es que sí ganaste.

—Sí, por solo unos cinco minutos —gesticuló con la cabeza hacia Penny—. Mírala. Me está delatando.

—No te está delatando. Lo está distrayendo. No te preocupes.

Kate resopló.

—No te preocupes. La presentación más importante de mi vida es en —miró su reloj— doce minutos. Ya estaba preocupada. Ahora solo estoy... —se zafó de su brazo y se fue de nuevo por el pasillo.

La sala de conferencias estaba vacía, pero no por mucho tiempo. Pronto, los principales miembros de la junta de la compañía se presentarían allí. Corey Steele, partes interesadas, todos mirándola, preguntándose quién era esta chica, esta supuesta experta, la que les iba a decir exactamente lo que su compañía necesitaba.

Y allí estaría John Wells, sentado en la silla central, con frescas noticias en su cabeza provenientes de Penny Fitch sobre que estaba mirando a una tramposa, una mujer tan inepta que tuvo que usar la ayuda de su pequeño amor de secundaria, de nuevo, solo para hacer el trabajo.

Tomó un sorbo de su tibia botella de agua y, luego, la levantó en el aire. «Por mí».

———

—Bueno, Kate, creo que has hecho un gran trabajo.

—Eres demasiado amable, John.

Kate estaba apagando su portátil y desconectando algunos cables. La presentación estuvo bastante bien, a pesar de todo el ruido previo al juego. De alguna manera, la había hecho darlo todo de sí. No tenía nada que perder.

Hubo muchas sonrisas y contacto visual. John no se levantó de un salto para señalarla con el dedo y gritar «¡Tramposa!» mientras dos matones de fuertes brazos la agarraban para llevarla lejos. Eso probablemente vendría en sus sueños esta noche. Corey Steele había asentido lo suficiente como para hacerla sentir que podría habérselo ganado. A menos que solo estuviera siendo cortés. Había resultado ser un tipo bastante agradable a pesar de su nombre metálico.

No pudo evitar notar que Penny, que se había sentado al lado del señor Steele, lo miró por el rabillo del ojo varias veces. ¿Estaría pasando algo entre ellos? ¿Seducía Penny a cada hombre sano del condado? ¿O es que finalmente estaba sintiendo algo de culpa en su pequeña alma marchita?

Tanto daba. «Penny puede cuidarse sola. Peter puede cuidarse solo». Estaba agotada, cansada, y la semana aún no había terminado. Ahora tenía que regresar a Chicago, donde esperaría la llamada de Nitrovex para ver si Garman había llegado a la ronda final. Serían unos largos días.

La mayoría había salido de la sala de conferencias. John se quedó, sentado en el borde de la mesa, mirando alrededor de la habitación.

—Todavía me estoy acostumbrando a estas nuevas instalaciones. No se parece en nada al granero de postes con piso de tierra en el que comenzamos.

Kate sonrió y asintió mientras seguía guardando sus cosas.

—Seguro que sí.

¿Había algo en su mente?

—Sabes, tengo que confesar que es difícil para una vieja cabra como yo aceptar algunos de estos cambios. Páginas web, nuevos logotipos, marcas. Mi nieto me dice que lo necesito, y estoy seguro de que tiene razón. Es solo que a veces es difícil dejar atrás el pasado.

La estaba mirando. Había algo profundo en sus

arrugados ojos azules que le recordó a su abuelo, un hombre que había muerto cuando ella tenía diez años, dejando solo recuerdos del humo de la pipa, historias y empujones de columpios.

—Supongo que todos tenemos que enfrentar el futuro en algún momento —respondió, forzando una media sonrisa—. A mí me parece que lo estás haciendo bastante bien.

Se rio.

—Algunos días son mejores que otros. Cometí muchos errores, di algunos pasos en falso en el camino. Algunos por mi culpa, otros no. El truco era seguir avanzando.

Kate terminó de meter su portátil en su estuche y lo cerró. Todo guardado. Alzó la correa sobre su hombro. John seguía sentado, mirándola, con los brazos cruzados y una sonrisa simpática en su rostro. Tenía ganas de abrazarlo por alguna razón, quizás por no ponérselo tan difícil y todo eso. Ya había sido un largo día.

—Te avisaremos el viernes a más tardar —dijo al fin, poniéndose de pie—. Una vez que tenga la oportunidad de revisar la propuesta de los otros tres candidatos con el resto del comité, elegiremos a dos.

—Suena bien.

—Por mi parte, espero verte de nuevo en dos semanas.

—Esperemos que sí —dijo ella, sonriendo.

Sin embargo, parte de ella deseaba que esto fuera todo. Sería más fácil terminar y desaparecer para siempre. ¿Pero no era así siempre?

—Bueno, tengo otra cita esperando en mi oficina —le estrechó la mano y le dio un par de palmaditas en el brazo.

Kate solo sonrió, y el señor Wells desapareció por la puerta.

—¿Kate?

Era una nueva voz. Penny.

Kate se giró. «Sé cortés», se dijo a sí misma. Solo unos minutos más.

—¿Sí?

Penny estaba de pie en la puerta. Tenía una pequeña sonrisa de disculpa en su rostro, las manos cruzadas delante de su cintura.

—Solo quería decir que hiciste un gran trabajo. Allí adentro —hizo un gesto con la mano.

¿Un cumplido? ¿De Penny Fitch?

—Gracias. Nunca estoy segura de si John solo está siendo amable conmigo.

—No, aunque parezca un blandengue, John es un cliente bastante duro —Penny asintió, con una sonrisa tímida en su rostro.

Parecía más pequeña de lo que solía ser. O tal vez simplemente normal.

—Bueno, si te sirve de algo, voy a votar para que trabajemos con Garman —agregó.

Kate sabía que debía de parecer estar sorprendida.

—¿De verdad? Gracias.

¿Esto era culpa?

—Hay algo más —dijo Penny—. Algo que me gustaría decir. Una especie de confesión, supongo. Quisiera disculparme. Necesito disculparme, en realidad.

Kate forzó una risa nerviosa.

—¿Disculparte? ¿Disculparte por qué? —dijo ella, aunque ya sabía la respuesta.

«Déjame sacar mi lista...»

—Se trata de la escuela. Sobre la feria de becas y lo que hice en aquel entonces —Penny hizo una pausa, buscando las palabras—. Sé que fue hace mucho tiempo, y solo éramos unos niños. Pero esa no es ninguna excusa o una buena razón... —miró hacia otro lado y, luego, volvió mirarla a ella—. Pero estaba desesperada, Kate.

—No comprendo qué quieres decir —Kate cambió el peso de un pie al otro y comenzó a frotarse la muñeca.

—Yo era la nueva en la escuela. Peor aún, yo era la chica nueva de la clase de último año. Puse buena cara, pero todos vosotros os conocíais desde la primaria, crecisteis juntos. Yo era la extraña, alguien a quien estudiar y categorizar desde el principio. Empollona, friki, matemática, atleta... —los marcó con los dedos—. Después del primer día, ya podía notar quién iba a hablar conmigo y quién se reiría a mis espaldas.

Kate sintió algo nuevo. ¿Una punzada de simpatía?

—Supongo que siempre es difícil entrar a una nueva escuela de esa manera.

Penny se encogió de hombros.

—Tenía algo de práctica. Era mi tercer instituto.

Kate levantó una ceja. Por mucho que Golden Grove se hubiera sido como una cárcel emocional algunas veces, no había pensado en la estabilidad que también le había dado. Un instituto había sido lo suficientemente difícil, pero ¿haber tenido que ir a tres?

—Y, bueno, supongo que estaba celosa —dijo Penny, mirando hacia abajo, luego hacia arriba, sonriendo—. Especialmente de ti.

«¿De mí?», dijo Kate con la mirada.

—¿Por qué?

—Por Peter, por supuesto —Penny lo dijo como si fuera obvio—. Fue el único que fue amable conmigo cuando me mudé a tu calle ese verano. No solo como si estuviera tratando de conquistar a la chica nueva, sino realmente amable. Mientras todos los demás iban a fiestas en la piscina y se divertían, él corría conmigo a veces. Le encantaba la química y odiaba a Jar Jar Binks. Teníamos mucho en común. Pensé que tal vez esa era mi oportunidad. Nunca antes me había quedado en un lugar el tiempo suficiente para tener un novio.

Hizo una pausa, mirando hacia otro lado.

—Debería haberlo sabido, considerando lo mucho que hablaba de ti. Katie esto y Katie lo otro... —suspiró y sacudió la cabeza—. Las chicas pueden ser tan estúpidas. Los chicos también, supongo. Sabía que Peter probablemente solo te estaba ayudando con tu proyecto de beca porque le gustabas, pero cuando tuve la oportunidad de intentar quitarte de en medio, la tomé. Le dije a los jueces que habías hecho trampa, que habías recibido ayuda de él cuando yo sabía que no era así, no realmente —respiró hondo—. Es de lo que más me avergüenzo en mi vida.

Luego miró a Kate, con sus ojos azules llenos de lágrimas.

—Sé que suena bastante desesperado. ¿Quién quiere tener un chico de esa manera? Pero yo tenía diecisiete años, y él era lindo, y yo estaba sola y asustada. Estaba segura de que no querrías tener nada que ver con él después de eso. Esa parte funcionó muy bien. Apenas hablaste con él en el último año. Sin embargo, no contaba con un pequeño detalle.

—¿Qué detalle? —preguntó Kate, su cerebro dando vueltas.

Penny sonrió y, luego, se echó a reír.

—¿Tú qué crees? Peter te quiere a ti, Kate.

¿Quiere? El corazón de Kate hizo sonar una alarma.

—Cuando estábamos en el instituto, quieres decir. No seas tonta.

—Por aquel entonces, sí, pero ahora también.

«No. No confíes en ella. Es Penny Fitch, la bruja tenue. Está jugando todas sus cartas».

—Oh —dijo Kate débilmente—. No, solo somos amigos. Solo éramos amigos. Es amable con todos.

Penny extendió la mano, tocándole el brazo y apretándolo.

—Vamos, Kate. Ya no estamos en el instituto —entrelazó sus dedos frente a ella—. Después de mi divorcio, cuando me mudé aquí para trabajar en Nitrovex, admito que pensé en Peter. Probablemente suena gracioso, pero Golden Grove siempre es lo más parecido a un hogar que he llegado a tener.

Kate se dio cuenta de que las uñas se estaba clavando en las palmas de las manos, y las abrió.

—Y sí, Peter y yo salimos a tomar un café un par de veces, y siempre fue muy amable —dijo Penny.

«Sí, ya hemos establecido el factor de amabilidad», pensó Kate.

—¿Todavía estás enamorada de él? —le preguntó con voz cuidadosa.

—¿Todavía? Nunca estuve enamorada de Peter. Me gustaba la idea de él, claro. Es como algo que se ve bien en la teoría, ¿sabes? Como debería ser, ¿verdad? Y luego simplemente... no lo es.

Kate respiró hondo, no se le ocurrió nada que decir. Pero sabía perfectamente, exactamente lo que Penny quería decir.

—Supongo que se podría decir que simplemente no había... ¿química? —lo dijo como una pregunta, como si Kate pudiera de alguna manera darle la respuesta.

Kate asintió con la cabeza. Química.

Entonces sus ojos se entrecerraron.

¿Química? Moles. Ángstroms. Moléculas.

Tragó saliva.

Ojos azules que te derriten el corazón. Sonrisas torcidas y desarmadoras. Tranquilas, suaves y tranquilizadoras voces de pueblo pequeño que te hacían sentir como si estuvieras a salvo en casa. Química.

—Entonces, supongo que estás un poco enojada conmigo, ¿eh?

Kate se dio cuenta de que había estado mirando al final del pasillo, hacia la nada. Miró a Penny. Y la bruja tenue se había ido. Solo era otra mujer, como ella, alguien que solo estaba intentando pasar de niña a adulta.

Kate lo había dicho ella misma. «Todo el mundo tiene que crecer tarde o temprano». Penny lo había hecho, y tal vez Kate también necesitaba hacerlo.

Sonrió, sacudiendo la cabeza.

—No es necesario pedir disculpas —dijo—. La verdad, yo también lo siento.

Penny ladeó la cabeza.

—¿Lo sientes? ¿Por qué?.

Kate sonrió.

—Supongo que por no invitarte a una fiesta en la piscina ese verano... dejémoslo ahí por ahora.

Penny le ofreció una sonrisa y un asentimiento.

—Bien —entonces, se volvió y se fue.

Kate se quedó allí por un momento. Se sentía como cuando tenía ocho años y su madre la había pillado burlándose de Elizabeth, la niña de su clase que ceceaba. No era un sentimiento que hubiera querido repetir.

Lo entendió todo de golpe y se estremeció por dentro. Si sacábamos a Penny, la bruja tenue, del pasado, Penny Finch era básicamente una persona normal y agradable que hacía su trabajo. Al igual que Kate. Excepto tal vez, por el momento, la parte agradable.

Agachó la cabeza. «Todo el mundo tiene que crecer tarde o temprano». Eran sus propias palabras, y ella ni siquiera las había escuchado.

¿Qué más se había perdido?

«Te quiere a ti, Kate». No se atrevía a creer eso. Ahora no. Eso significaría demasiado. Más que un beso improvisado en un museo. O bajo las estrellas. O en cualquier parte.

Demasiado. No importaba lo que Penny creyera. Los adultos tenían responsabilidades después de todo.

Kate se apresuró a regresar a la sala de conferencias, comenzó a recoger sus cosas. Necesitaba salir de aquí, volver a Chicago. Tenía que terminar este proyecto y, luego, podría pensar. Necesitaba tiempo para pensar.

Metió algunos cables en su bolso. «Eso es», asintió para sí misma. «Solo un poco de tiempo para pensar».

Sin embargo, adentro, en el fondo de su corazón, sabía que no necesitaba más tiempo para pensar. Nunca lo había necesitado, no desde que fue emboscada por su familiar sonrisa torcida frente a Ray's Diner semanas atrás.

Ella amaba a Peter. Eso era algo que no iba a cambiar.

———

Miró su reloj y aceleró el paso por el pasillo. Cuanto antes regresara a Chicago, mejor. Resolvería este trabajo, su carrera, y su vida.

Se detuvo. Peter estaba de pie en la entrada principal, con las manos en los bolsillos. Alto e inevitable como una barricada. La única cosa entre ella y la salida de escape. Estaba hablando con un estudiante, que asintió y se dirigió a la puerta principal. La excursión debía de haber terminado.

Se quedó allí, medio esperando, medio asustada de que él se girara y la viera.

Se dio la vuelta. No. Tenía un trabajo que hacer. Y un largo viaje de regreso. No podía lidiar con esto en este momento.

Aparte del ardor en sus ojos, estaba bien. Y ese ladrillo de plomo en su estómago. Y el espacio vacío en su pecho.

Empujó una puerta lateral que conducía al estacionamiento de visitantes y se detuvo por un momento. Se secó los ojos con el dorso de la mano.

Tal vez podría hacer que Danni volviera para exponer la presentación final, si es que ganaban. Ella se quedaría en Chicago y...

Se puso rígida. No. Este era su contrato, su trabajo.

Bajó las escaleras y caminó hacia su coche.

Volvería una vez más si era necesario, pero eso sería todo. El trabajo estaba hecho.

———

Peter observaba desde la ventana del área de recepción que daba al aparcamiento de visitantes de Nitrovex. El autobús escolar acababa de salir de la entrada, pero eso no era lo que estaba viendo irse.

Podía ver su perfil, de pie en la parte superior de las escaleras con su abrigo de lana marrón claro, rígido y liso, y el viento de octubre que le revolvía el pelo.

«Una última mirada, ¿eh?» dijo una voz sin nombre.

Kate se echó el bolso sobre el hombro y, de repente, parecía toda una profesional. Su cabello recogido hacia atrás, su rostro primitivo. Como si fuera otra persona.

Su corazón se revolvió. «Ve tras ella. Atrápala. Bésala».

Kate comenzó a bajar las escaleras. Una mano le limpió la cara.

Había esperado esto, ¿no? Sabía que Kate iba a volver. Se había acostumbrado a tenerla cerca, aunque sabía que Chicago era donde tenía que estar. Era donde siempre había querido estar.

«Haz algo. Haz algo realmente romántico. Corre tras ella. Intercéptala. Lánzale rosas. Agárrala, bésala y llévala a tu coche mientras los trabajadores de la fábrica aplauden».

«Detenla».

Dejó que se marchara.

Kate bajó por el camino hacia el aparcamiento. Entró en su coche. Retrocedió, se detuvo, avanzó y se fue.

# CAPÍTULO VEINTICUATRO

Kate permaneció en la casa de Carol solo el tiempo suficiente para recoger su equipaje y meterlo en el asiento trasero de su coche. No estaba segura de que Carol se hubiera creído la excusa cuando le explicó que necesitaba regresar a Chicago esta noche. Sí, la presentación había ido bien, pero aún quedaba mucho trabajo por hacer.

Su escarabajo amarillo flotó por la I-88 en silencio. El camino era recto y simple. En el fondo, Kate estaba tratando de mantener su mente en la carretera. Intentó poner varias estaciones de radio y listas de reproducción del iPhone, pero todas las canciones parecían molestarla.

A un lado, fluía el campo, aburrido, sin vida, monótono. Al otro lado, vio granjas blancas con tanques de propano en forma de píldora. Vio un molino oxidado luchando por moverse con la brisa.

Comenzó a llorar sin saber por qué, y eso la asustó.

Su coche siguió avanzando. Caía la noche, lenta y aburrida. Chicago regresó lentamente a su vida, cada edificio era más alto y estaba más cerca a su vecino, hasta que todo lo que se veía era hormigón, asfalto y rascacielos. Un lugar que solía parecerle emocionante y vivo, ahora le parecía ruidoso, barato y sin vida. Sabía que nada había cambiado, excepto tal vez ella.

Una noche de descanso en su cama arrugada había ayudado un poco, pero estaba tan agotada que se podría haber dormido en cualquier parte.

Después de estacionar su coche en el garaje de la oficina, se arregló el maquillaje y convocó su cara de juego. Su oficina era la misma. Limpia, antiséptica, simple, y lista para el trabajo. «De vuelta al trabajo», pensó. Eso era lo que necesitaba. Eso era lo que la trajo aquí.

¿Aquí... a dónde, exactamente? ¿Subiendo esta «escalera» de la que seguía hablando? ¿Una oficina más grande, con mejores salarios, horas más largas y fines de semana más cortos? ¿Para qué?

Se pasó todo el día imaginándose en una ordenada oficina en Golden Grove. Tal vez arriba de la panadería, con pisos de madera, el olor a pan fresco a la deriva y un croissant matutino con una taza para llevar de The Screamin 'Bean sentada a su lado. Trabajando en un ordenador de pantalla grande. No analizando números, sino haciendo trabajo de diseño. Nada grande, solo lo suficiente como para pagar las facturas y tener algo de tiempo para sí misma.

Después de su última, y aburrida, reunión, cerró su portátil y miró por la alta ventana de vidrio. El cielo estaba gris, sin nubes, sin lluvia, solo gris. Golden Grove parecía otro mundo, como Narnia u Oz. Como un lugar al que, para llegar, necesitabas atravesar un armario mágico o volar en un tornado.

Como el globo de nieve posado en la esquina de su escritorio. Lo cogió entre las manos. Diminutas hojas naranjas y rojas flotaban en cámara lenta, pasando por antiguas casas de ladrillo y una iglesia con un campanario blanco perfecto. Solo era algo que distraídamente recoges y sacudes, y vuelves a poner en el estante antes de volver a la vida real.

Debió haberlo sabido. Se suponía que iba a ser solo un trabajo. Unas pocas semanas, tal vez un mes. Se suponía que Peter no volvería a ser su amigo. No se suponía que debían sentarse junto a la vieja casa del árbol o mirar las estrellas. No se suponía que debía besarla. Ya debería haber terminado todo, pero, en cambio, todo estaba echo un lío. Como las hojas caídas, o el pasado, o el cristal de un móvil en ruinas.

Por un instante, pensó en regresar esa misma noche. Subirse al coche y conducir de regreso al pueblo del globo de nieve, de regreso a su casa. Subir a su porche delantero y a sus brazos.

Entonces, se dio cuenta de por qué había llorado ayer. Fue por la perdida. Pérdida del pasado, grabada para siempre, para bien o para mal. Pérdida del futuro, desconocido e incognoscible.

Se quedó mirando a la nada por la ventana hasta mucho después de que el sol se pusiera. Las luces de la calle proyectaban la única luz que entraba a su oficina, y Kate miraba la luz naranja pálida a los lados de las paredes mientras permanecía sentada sola y silenciosa en la oscuridad.

———

El resto de la semana fue bastante confusa. El jueves, incluso antes de lo previsto, Garman recibió la noticia de Nitrovex de que la propuesta preliminar de Kate para el cambio de marca era una de las dos últimas finalistas. La reunión con el equipo de Garman, a la tarde siguiente, también fue un éxito. Kate entró, confiada, con su vestido azul marino, presentó sus diseños, sus planes, su nuevo eslogan.

«El arte de las soluciones». Se le había ocurrido la idea en medio de la noche, cuando se supone que aparecen todas las buenas ideas de la nada. Estaba medio dormida, pensando en las pinturas del Instituto de Arte, como si estuviera en ellas, flotando en un nenúfar de Monet, corriendo por las suaves colinas verdes en forma de melón de una pintura de Grant Wood. Y así se le ocurrió.

No se trataba solo de química. También tenía su arte, aunque pareciera que solo se trataba de mezclar tanques de líquido espumoso. Tal y como Peter le había dicho. «Hay un arte, incluso una belleza, en la química». Poner las moléculas juntas para obtener la solución correcta. Una pequeña pieza mal puesta y todo se dañaría. Incluso había recordado que Nitrovex hacía agentes aglutinantes para pinturas y materiales de arte.

A la junta de Garman le había encantado la idea y el logotipo que había diseñado. Una estilizada paleta de pintor que también parecía un vaso de precipitados. Se ajustaba perfectamente a la propuesta en la que ya había estado trabajando. Eran justo las dos últimas piezas, la piedra angular que hacía que todo encajara. Finalmente había hecho clic. Al menos algo le iba bien en la vida.

Pasó el sábado en la oficina, rodeada de compañeros de trabajo que la felicitaban. Este era el tramo final. Debía regresar a Nitrovex el próximo viernes para la última presentación y, luego, al siguiente proyecto. No más visitas a Golden Grove, consiguiera ganar el proyecto o no. Nitrovex pasaría a ser gestionado por el personal más joven. Adelante y hacia arriba para Kate.

Debería estar feliz. ¿Cierto?

Esa noche, miró por la ventana de su apartamento, con las manos en el bolsillo de la bata. La vista era de un similar edificio de apartamentos situado al otro lado de la calle, bancos rectangulares, algunos iluminados, otros no. Estaba mirando a la nada inexpresivamente. Se preguntó si alguien igualmente feliz la estaría mirando desde la oscuridad de su sala de estar.

Esta era la parte donde se suponía que debía estar extasiada. Sus jefes estaban impresionados, su primer gran proyecto parecía estar destinado al éxito.

Cogió su teléfono y abrió la aplicación de música. Una variedad de listas de reproducción sugeridas apareció en la pantalla, una que mostraba a cuatro tipos gruñones con delineador de ojos y un enorme cabello rubio.

«Pop de los ochenta». Sonrió con tristeza, pensando en el baile de esta noche y en el hecho de que le había prometido a Peter que estaría allí.

Puso una canción, y la música cursi y sintetizada rebotó de su móvil. Cogió su copa y tomó un sorbo de vino. Era de una caja que quedaba en la nevera, pero estaba sorprendentemente bueno. Otra sonrisa. Pero esa no era la solución, ¿verdad?

Peter probablemente estaría en la pista de baile en ese momento, con alguien, ¿no? Siguiendo con su vida después de que ella lo dejara de nuevo.

Agarró su teléfono y se dirigió al sofá, con sus esponjosas zapatillas rosadas revoloteando por el piso de madera del comedor. Buscó en la lista de reproducción y la encontró. *Don't do your love.*

*Don't do your love...* ¿Qué significaba eso? ¿Cómo haces el amor? Bueno, esa era la pregunta del año, ¿no? Y cualquier maestro le habría fallado en esa prueba. Especialmente Peter.

Pensó en echarse a llorar, pero estaba demasiado cansada. Volvería a Golden Grove el viernes, pues había hecho un gran trabajo. «Bien por mí». Pero Peter estaría ocupado dando clases, haciendo lo que debía hacer, donde debía hacerlo.

¿Y ella? ¿Dónde se suponía que debía estar? ¿Aquí? ¿Empujando más papeles, elaborando más propuestas?

Se puso de pie, se acercó a la ventana y miró hacia las estrellas. No había tantas como la manta que cubría Golden Grove, pero sí unas pocas. Solo lo suficiente, quizá. Solo una, incluso.

Su propia *Lucky star*.

Estaba allí, en algún lugar, brillando con ojos azules y una sonrisa torcida. Quería extender la mano y agarrarla, tirar de ella para nunca dejarla ir de nuevo.

¿Pero tenía el coraje de aprovechar esa oportunidad?

———

El viejo gimnasio del centro comunitario era como Peter lo recordaba de cuando estaba en el instituto. Un poco más pequeño. Seguía teniendo el mismo olor a humedad rancia que todo viejo gimnasio tiene tras décadas de educación física y sudorosas prácticas de baloncesto. Parecían haber pasado años ya desde que se había celebrado el carnaval aquí.

El baile de bienvenida había empezado hacía al

menos media hora. Un DJ con gafas de sol de color rosa brillante bombardeaba música de los ochenta desde un par de altavoces ubicados a ambos lados del escenario, tratando de entusiasmar a los chicos.

Y lo estaban. Una multitud de ellos, vestidos con lo que internet les decía que usaban las personas en los años ochenta, rebotaban en la pista de baile en medio del gimnasio. Calentadores, corbatas finitas, cabellos despeinados, hombreras gigantes, medias rotas.

Tenía que sonreír. Todo era exagerado, pero divertido.

La sonrisa se desvaneció.

Bueno, divertido al menos para los chicos.

Una bola de discoteca giraba junto al aro de baloncesto retraído, desplegando fragmentos de luz brillante sobre el piso del gimnasio. Los estudiantes se emparejaron y comenzaron a bailar lentamente, la mayoría de ellos con torpeza, sin mirarse a los ojos.

¿Por qué la gente siempre tenía tanto miedo?

—Han venido muchos estudiantes.

Era Lucius quien se había acercado sigilosamente a él, bebiendo un ponche rosa de un vaso de plástico.

—Sí, no está nada mal. Creo que tener un tema ayuda.

—Pensé que no estarías aquí.

—Tengo que estar. Soy uno de los supervisores —sonrió y saludó con la mano a otro maestro que pasaba de largo.

—Mmm —Lucius se cruzó de brazos y observó a los estudiantes rotando en parejas en el viejo piso del gimnasio. La música reverberó de las paredes de bloques de hormigón—. ¿Puedo contarte una historia?

—Ay, Dios, Lucius, no puedo soportar una historia en este momento.

—Es una corta —prometió.

—¿Se trata sobre cómo un caballero salva a una princesa y termina contigo diciéndole que vaya tras Kate en su caballo blanco?

—¿Entonces la has escuchado antes?

—Todas las he escuchado antes.

—Bueno, estabas bastante cerca. El caballero es un químico solitario, y el caballo blanco iba a ser un Mustang rojo.

—Genial. Siempre y cuando no se enamoren y vivan felices para siempre —cogió un pretzel de la mesa de aperitivos y lo mordió. Estaba duro. No tenía hambre de todos modos.

—Sí, eso es lo gracioso sobre el amor.

Peter resopló. Él nunca había encontrado nada gracioso sobre el amor en su vida.

—¿Qué cosa?

—Que es impredecible.

Peter lo señaló con un dedo.

—En eso tienes razón. Mira, si fuera un experimento, sería cuantificable. Pones dos cosas adentro, sacas una. Mantienes los elementos circundantes iguales. Mismo calor, mismo oxígeno. El mismo resultado cada vez, no importa cuántas veces lo repitas.

Lucius se rio entre dientes.

—Estamos hablando de amor, Peter. No es un experimento repetible. Los elementos circundantes cambian. El calor cambia. No es como si dejaras caer sodio en el agua y lo vieras explotar.

—Ya lo sé. Pero sería mucho más fácil así.

—Sí, pero no sería tan divertido. O real —tomó un sorbo de su ponche.

—Eres un dador, Peter. Eso es lo que hace el amor. Dar. Le diste a tu padre y a tu madre.

—No tenía otra opción. Él era mi padre. Y mi madre me necesitaba.

Lucius sacudió la cabeza, una sonrisa gentil arqueó su bigote gris.

—No solo tus padres. La mayoría de la gente haría eso. Dar es tu carrera.

La mirada de Peter debió haber parecido una pregunta porque Lucius continuó.

—Tú eres un maestro. Das todos los días. Tu tiempo, tu conocimiento. A tus alumnos. No solo eso, quieres dar donde se necesite. Por eso no te gustó Dixon. No te necesitan allí. Pero Golden Grove sí. Y lo extraño de dar es que crees que estás perdiendo algo, pero realmente estás ganando algo mejor.

Peter guardó silencio. Entendía lo que Lucius estaba diciendo, pero no estaba de humor para pensar profundamente en este momento.

—¿Y la razón para esta conversación es...?

Lucius se encogió de hombros.

—Te quedaste aquí por amor, una vez. Tal vez ahora deberías irte por eso mismo.

Lo dijo de manera casual, pero golpeó a Peter como un peso en el pecho. ¿Eso es lo que esto era? ¿Amor?

—¿No estás poniendo el carro antes que los bueyes?

Lucius hizo una pausa.

—Sabes, cuanto más envejezco, más creo que ir al grano es el camino a seguir. Bailamos alrededor del problema, pensamos, hablamos, repetimos, nos retorcemos las manos, reconsideramos, hablamos nuevamente y, luego, seguimos y hacemos lo que sabíamos que eventualmente haríamos de todos modos, excepto que ahora es seis meses más tarde y tenemos reflujo ácido y una migraña.

«Has acertado con lo de la migraña», pensó Peter. Debía estar envejeciendo. ¿Treinta años es viejo? El sonido del bajo le estaba dando dolor de cabeza.

—Tal vez todo lo que digo es que no te arrepientas de perderte algo solo porque tienes miedo o crees que no eres digno o algo igualmente estúpido —Lucius hizo una pausa—. No te encuentres veinte o treinta años más adelante preguntándote qué pasaría si lo hubieras hecho.

Peter miró a su amigo. Había algo en sus ojos que no había visto antes. ¿Arrepentimiento?

—Ya no depende de mí, ¿no? —hizo un gesto con su taza—. Ella está allí, yo estoy aquí.

Lucius se encogió de hombros.

—La distancia puede ser un problema. Pero algunas distancias se miden menos en kilómetros que en actitud.

—Caray, Lucius, sé que tienes buenas intenciones, pero realmente no puedo soportar más tópicos hippies esta noche.

—Perdona. Me estoy quedando sin material nuevamente.

El DJ estaba tocando otra canción de los ochenta. Esta la reconoció. *Don't do your love*, de White... algo. ¿Tiger? ¿Buffalo? ¿Elephant? No podía recordarlo. Era la misma que estaba sonando esa noche. Con Kate. El coro sonó.

—¿Qué significa *«don't do your love»*? —murmuró Peter.

—Ni idea. Yo soy más de Zeppelin.

Peter sabía que su amigo estaba haciendo todo lo

posible por brindarle apoyo moral; se suponía que Peter debía estar aquí con Kate. Esta noche se suponía que sería algo así como una fantástica y romántica escena para recuperar el tiempo perdido, ambos dando vueltas bajo la bola de discoteca en el baile principal que nunca tuvieron en el instituto.

Se imaginó a Kate con calentadores y el pelo esponjoso de los ochenta. Se preguntó si él se habría tropezado con sus propios pies. Se preguntó por qué no estaban allí en la pista bailando *Don't do your love*. Se preguntó si había cometido un gran error.

Había dejado que Kate siguiera su camino una vez, en el instituto. Pensó que era lo mejor. Aunque nunca tuvo la intención de hacerlo, la había lastimado. Eran jóvenes. Sanarían, seguirían adelante.

Pero aquí estaba, doce años después, aun solo y actuando como si estuviera esperando que el tiempo se revirtiera para traer de vuelta a ese amor de la juventud con otra oportunidad. Y ella habría regresado, y él se habría enamorado de ella otra vez, ¿y qué estaba haciendo él al respecto?

—Cuéntame otra historia, Lucius —le pidió.

Su amigo lo miró y, luego, se giró. Entonces, dijo:

—Había una vez un niño llamado Peter que era muy amable y muy inteligente. Todas las chicas de química 2 lo amaban porque era un bombón.

Peter resopló y tomó un trago de su ponche.

—Peter vivía solo en un enorme castillo viejo porque tenía demasiado miedo de salir a donde estaban los monstruos. La más mala de los monstruos se llamaba Kate.

Peter echó un vistazo a su amigo y, luego, volvió a mirar hacia adelante.

—Kate era tan mala que atormentaba a Peter día y

noche. Durante el día, intentaba tomar su mano y hablar sobre sentimientos. Y, por la noche, lo amenazaba con besarlo.

—¿Esto va a alguna parte?

—Dame una oportunidad. Me lo estoy inventando a medida que avanzo. Un día, Peter se dio cuenta de que era un idiota y que, si no movía su trasero y dejaba de ser un cobarde, perdería a Kate para siempre. Entonces, condujo a Chicago, la metió en su rugiente Mustang rojo, la trajo a casa y vivieron felices para siempre. Fin. ¿Qué te ha parecido?

—Te has olvidado de algunos detalles, pero... — Peter no dijo nada durante unos diez segundos. Luego, miró a Lucius directamente a los ojos—. Esa es la mejor historia que he escuchado. ¿Puedes vigilar esta mesa de pretzels por mí, por favor?

—Por supuesto que sí.

Peter divisó a Dale Schwartz, el director del centro comunitario, caminando junto a las dobles puertas laterales, sonriendo y balanceándose sobre sus talones.

Tenía un gran favor que pedirle.

# CAPÍTULO VEINTICINCO

Era el siguiente viernes por la tarde, poco después de las tres en punto. El contingente completo de los miembros de la junta de Nitrovex estaba dispuesto ante Kate alrededor de la mesa de conferencias. Garman ya tenía el proyecto. Kate decidió mostrarle el eslogan a John Wells a principios de semana, y le gustó tanto la idea que canceló la reunión con la otra compañía que aún estaba bajo consideración. Había tenido éxito con su primer gran proyecto. Debería haber sido lo más destacado en su vida, pero todavía estaba nerviosa. Este no era solo su concepto. Estos eran sus diseños reales. Se había pasado toda la semana creándolos con el departamento de arte. Fue lo más divertido que había hecho en Garman desde hacía mucho, pero ahora no tenía tiempo para pensar en eso.

Cruzó las manos en su regazo e hizo contacto visual con los rostros que la rodeaban.

—Nitrovex no se trata solo de tradición, sino de innovación. No solo sobre el pasado, sino sobre el futuro. No solo químicos marrones malolientes que se arremolinan en un gran tanque, sino también sobre materiales y colores para la industria del arte.

Eso obtuvo algunas risas.

Kate tocó una tecla en su portátil, haciendo que la última diapositiva de la presentación con su nuevo logo de Nitrovex se desvaneciera de la pantalla dramáticamente.

—Entonces, qué mejor manera de mostrarle a la industria todos estos componentes. «Nitrovex: el arte de las soluciones».

Hubo murmullos de aprobación y cabeceos. John sonrió, y Penny incluso aplaudió. Corey Steele, que sonreía a su lado, extendió la mano y, sin decir palabra, le apretó el brazo.

Pasó a la siguiente diapositiva. El nuevo logotipo se entremezclaba con algunos materiales de Nitrovex, ahora en un diseño suave y curvo. Limpio, fresco, pero no demasiado moderno. Sus diseños. Y les gustó, a juzgar por los gestos de aprobación.

Se suponía que esta era la parte en la que su cerebro hacía volteretas. En la que ella bombeaba su puño con un «sí» silencioso. Pero todo le parecía tan soso y estéril como las vacías paredes blancas de la sala de conferencias.

Una vez finalizada la presentación final, los miembros de Nitrovex se retiraron, algunos estrechándole la mano y felicitándola como si ahora fuera parte del equipo. Kate sonrió superficialmente.

El último en irse fue John.

—Kate, supe desde el principio que entendías mi compañía.

—Ay, John. Tengo a toda una compañía detrás de mí. Yo solo soy la portavoz.

—No, no, yo tenía razón sobre ti —John ajustó su sombrero de semillas de maíz—. He disfrutado de tenerte por aquí en las últimas semanas. Siento que te conozco, ¿sabes? Quiero decir, que tú eres una de nosotros.

Kate se limitó a sonreír. Y, por primera vez, no discutió ese hecho. Incluso parecía de verdad.

—Aprecio eso, John. Muchísimo —comenzó a doblar su portátil y a desenchufar cables, ahora por última vez.

John miró su reloj.

—¿Te vas pronto? —le preguntó.

Kate ladeó la cabeza.

—Tan pronto como lo guarde todo.

No había razón para quedarse, ¿o sí?

—¿Estás planeando pasar por la panadería antes de irte? Puede que no regreses por un tiempo, ¿sabes? Soy partidario de las garras de oso.

¿Por qué parecía estar tratando de retrasarla?

—No, creo que simplemente me pondré en camino.

Él asintió.

—Vale. Te dejo con eso, entonces. ¡Y felicitaciones! —sonrió, extendiendo la mano—. Te lo mereces.

Kate le devolvió la sonrisa y el apretón de manos y, entonces, él se fue.

¿Se lo merecía de verdad? Tal vez era hora de seguir su sueño, esos sueños que había dejado aquí, pintados como su mural.

Podría dirigir su propia empresa de diseño gráfico. La idea golpeó su corazón, pero no con miedo. Se había puesto a trabajar en los detalles en su mente durante el fin de semana, después de la sesión de las últimas semanas con su departamento de diseño. Solo por diversión.

Podría comenzar con una oficina en casa, y tal vez usar un asistente virtual para el papeleo. Los primeros meses podrían ser escasos, pero con su experiencia y algunos trabajos de Nitrovex, podría funcionar.

La idea la entusiasmó. Y la sorprendió.

Su teléfono sonó, interrumpiendo sus pensamientos. Lo sacó de su cartera.

—Hola, Katie. ¿Sigues en el pueblo? —era Carol.

—No por mucho tiempo. Mi reunión ya ha terminado.

—Ay, querida.

Kate frunció el ceño.

—¿Por qué? ¿Qué pasa?

—Nada serio, la verdad. Bueno, nada demasiado serio.

Kate escuchó un ruido metálico en el fondo y algunos gritos.

—¿Te encuentras bien? ¿Qué está sucediendo?

—Bueno, en realidad no es nada. Solo esperaba que pudieses pasar por el centro comunitario antes de irte. Hay un...

Otro ruido fuerte, que sonó como un platillo ahogado en una tuba, la interrumpió. Luego, escuchó más ruidos y gritos.

Kate se levantó de su silla y agarró su abrigo y las llaves. Esto sonaba serio.

—Carol, ¿no deberías llamar al número de emergencias?

—Oh, no, querida. Estoy segura de que podremos apagarlo antes de que se propague. En el centro comunitario.

—¿Propague? ¿Hay un incendio?

Todo esto sonaba algo sospechoso.

—Y Lucius dice que siempre hay una pequeña

hinchazón cuando se rompe un hueso. Pero no te preocupes por mí, aquí en el Centro Comunitario. Estoy segura de que tienes muchas cosas importantes que hacer.

—Carol, ¿estás herida? ¿Debería llamar a una ambulancia?

—Oh, no hay necesidad de eso querida —dijo Carol rápidamente—. Lucius es un... eh, auxiliar médico... persona cualificada. ¿Estás de camino al centro comunitario?

¿ «Auxiliar médico persona cualificada»? Bien, o Carol se había tomado una dosis doble de sus píldoras o tal vez esta era una repetición de su primer día en el pueblo. El corazón de Kate latió con fuerza.

—i necesitas ayuda...

—Es solo que no estamos seguros de si los mapaches tienen rabia o no, y parecen estar terriblemente hambrientos.

Kate entrecerró los ojos, pero sintió una sonrisa tirar de su boca.

—¿Mapaches, dices?

—Mapaches o zarigüeyas. U osos, es difícil saberlo. Las luces son bastante tenues aquí en el centro comunitario.

Carol era pésima mintiendo. Pero era posible que le estuviera pasando algo realmente malo. Necesitaba echarle un vistazo.

—Está bien, Carol, voy en camino.

Su sonrisa seguía ensanchándose, pero su corazón también latía aceleradamente. Algo más estaba sucediendo, y no estaba segura de si estaba lista para descubrir qué era.

---

¿A quién quería engañar? ¿Cómo no iba a estar lista? Estaba lista desde la primaria. El centro comunitario estaba a unas dos cuadras del centro del pueblo. A kilómetros del estacionamiento de Nitrovex. Llegó allí en diez minutos y aparcó el escarabajo delante de las puertas principales.

El edificio parecía tranquilo mientras subía los escalones. No había camiones de bomberos o coches de policía. Ni llamas saliendo de las ventanas del segundo piso, ni mapaches rabiosos, zarigüeyas u osos bramando mientras huían por la puerta principal. Ningún ruido, de hecho.

Empujó una de las gruesas puertas delanteras de madera.

El pasillo principal también estaba tranquilo y oscuro. Caminó lentamente, tratando de escuchar cualquier señal de angustia.

El lugar estaba vacío. No había estado en esta sección la noche del carnaval cuando había estado iluminada con gente y actividad. Se había quedado en el gimnasio, donde había menos recuerdos.

Esto fue como retroceder en el tiempo. Lo recordaba todo. La antigua vitrina de trofeos de roble a la derecha, que ahora estaba llena de proyectos de arte locales. Los relojes redondos en las paredes, aunque la mayoría marcaban la hora equivocada. Las tejas blanquecinas. El olor a moho, polvo y limpiador de pisos. Los suelos de linóleo a rayas blancas y negras, resbaladizos y desgastados, que hacían eco de sus pasos.

—¿Carol? ¿Hola?

Proviniendo desde el final del pasillo, escuchó algo. Música. Débil pero familiar. Una canción... *Why you got to be so cold, baby? Why you got to make me cry?*

Se reflejaba y rebotaba, aunque la demora hizo que fuera difícil de entender.

*Why you got to hold me down, baby? When you gonna make me fly?*

Entonces, llegó el coro y Kate comenzó a cantar, suavemente.

—*Don't do your love, don't do your love, don't do your love...*

Siguió caminando lentamente con sus pies rozando el viejo linóleo. La débil música parecía venir de la parte trasera de la escuela, donde solía estar el gimnasio.

*Why you gotta leave me low, honey? Why you gotta steal my fun? Why you always on the run, lady? Are you gonna be the one?*

Era la canción de su lista de reproducción de los ochenta. La que Peter estaba escuchando en su casa esa noche. Esa noche. No estaba segura de si su corazón latía con fuerza por la esperanza o el miedo.

Giró a la izquierda en la esquina y entró al pasillo que conducía al gimnasio. El pasillo estaba oscuro, iluminado solamente por la luz que entraba por debajo de las puertas de las aulas. Pero podía ver luces intermitentes al final del pasillo, junto a la entrada del gimnasio.

¿Coches de policía? No, estas eran luces multicolores, como las luces de Navidad, pero más brillantes y más grandes.

La música se hacía más fuerte cuanto más se acercaba. Claramente, provenía del gimnasio. Todavía no había señales de nadie. Todo lo que necesitaba era una máquina de niebla, y estaría en una película de terror barata.

Se acercó a la puerta y vio la silueta de alguien.

No tenía un hacha o una motosierra encendida, por lo que descartó la película de terror. Y, definitivamente, la persona era más alta que Carol.

La música estaba fuerte, el bajo retumbaba. Podía sentirlo en su pecho. ¿O era su corazón?

*Why you gotta leave me low, honey? Why you gotta steal my fun?*

La silueta no se movió, solo estaba de pie con las manos cruzadas. Era un hombre, podía notarlo ahora y, aunque no podía ver su rostro, sabía que estaba sonriendo. No estaba segura de cómo lo sabía. «Ah». Sí, ahora estaba segura.

*Don't do your love, don't do your love, don't doooooooooooooo... your love.*

La canción terminó, pero el sonido reverberó por el pasillo por unos momentos antes de evaporarse. Comenzó una nueva canción, esta era más lenta y suave, una balada. Teclados, mucho bajo. ¿Otra canción de los ochenta?

Se encontraba a unos seis metros de la figura en la puerta. Podía ver que llevaba un traje... No, no un traje. Un esmoquin. Un esmoquin blanco. Un esmoquin blanco con solapas anchas de borde negro y rayas negras de satén bajando por los pantalones. La raya del cabello por el medio, y emplumado a los lados. Y, debajo de la cara sonriente y la sonrisa torcida, había una enorme pajarita de mariposa negra.

Era horrible. Era ochentero. Era hermoso.

Era Peter.

# CAPÍTULO VEINTISÉIS

La música golpeó y se arremolinó cuando llegó la parte más acelerada de la canción. Las luces detrás de Peter se atenuaron, y Kate pudo ver más claramente el resto del gimnasio.

Serpentinas retorcidas colgaban de los viejos aros de baloncesto, formando un arco hacia las vigas del techo, de las cuales colgaban los recortes de cartón de PacMan, los cubos de Rubik y los discos que giraban lentamente en el aire. Las luces multicolores montadas en postes parpadeaban aleatoriamente mientras una bola de discoteca, que colgaba del viejo marcador en el centro del techo, giraba y proyectaba cuadrados de luces de colores alrededor de la sala.

—Bienvenida al baile de bienvenida del instituto Golden Grove —anunció Peter. Ladeó la cabeza—. ¿Viene sin una cita, señorita?

Kate se había llevado la mano a la boca y estaba mirando a izquierda y derecha, aun asimilándolo todo.

—Supongo que sí —replicó.

Peter le tendió el brazo.

—Entonces, sería totalmente increíble y guay si

me concediera el honor y el placer de acompañarme al baile, que está sucediendo ahora a las —miró su reloj—, tres cincuenta y cinco.

—*Post meridiem* —agregó ella.

—*Post meridiem.*

Kate le echó un vistazo de nuevo a la sala. Había globos de color neón esparcidos por el suelo. A un lado, había largas mesas cubiertas con manteles a rayas de cebra en las que reposaban bandejas de cupcakes y un tazón de ponche rosa. Un enorme cartel de papel marrón en el centro del piso del gimnasio decía «¡Bienvenido a los años 80!» pintado en letras rosas, amarillas y verdes. Todo era brillante, estridente y perfecto.

—¿Me concedería este baile? —preguntó él.

—Vale —dijo ella, porque parecía ser la única palabra que le quedaba en el cerebro.

Peter se giró y gritó:

—¡Ha dicho que sí!

Una multitud de personas vitoreando apareció por ambos lados del escenario, donde se habían estado escondiendo. La mayoría iba vestida con una variedad de prendas de los ochenta: trajes con corbatas delgadas, montones de cabellos alborotados, suéteres multicolores, chaquetas con hombreras gigantes, muchachas con gafas de sol y camisas rotas que colgaban de sus hombros.

Peter dio un paso hacia delante, con el brazo aún extendido. Kate se quitó sus tacones y entrelazó su brazo con el suyo mientras Peter la guiaba hacia el centro de la pista.

—¿Qué piensas? —le preguntó Peter.

Kate no podía pensar.

—¿Tú has hecho todo esto?

—Con mucha ayuda de algunos amigos —gestionó con la cabeza por encima de su hombro hacia alguien.

Lucius se acercó a ellos. Venía del el tazón de ponche sosteniendo un vaso de plástico. Kate soltó una carcajada. Parecía que acababa de salir de un episodio de *Miami Vice*. Vestía una camiseta rosa pastel bajo una chaqueta azul gris brillante y, en su cabeza, un salmonete rubio increíblemente falso que le corría por los hombros.

—Creo que no le gusta mi atuendo —dijo, mirando a Peter.

—Te ves... te ves... —fue todo lo que Kate pudo decir, con las manos sobre las rodillas, muriéndose de la risa—. ¿En qué parte del mundo conseguiste esta ropa?

—No lo sé. Tendrás que preguntarle a mi cita.

Una mano le apretó el brazo, y Kate se giró.

Era Carol, vestida con pantalones cortos de color rosa intenso sobre un leotardo verde lima, con calentadores morados y tenis a cuadros en blanco y negro. Su cabello despeinado y recogido en la cabeza, y llevaba una camiseta que decía «SAVE FERRIS».

Kate casi se cayó al suelo, resoplando. Pensó que iba a orinarse los pantalones.

—Qué guay, tronca —dijo Carol con una sonrisa.

Kate agarró a Peter por el brazo e intentó ponerse de pie. Cuando finalmente pudo hablar de nuevo, dijo:

—Entonces, los mapaches, el ruido y el fuego... todo fue solo para traerme aquí, ¿no?

—Básicamente —dijo Peter—. Penny también ayudó. Programó tu reunión por la tarde para que la banda pudiera estar aquí para instalarse. No podían venir hasta que terminaran las clases —saludó a un grupo de chicos al otro lado del gimnasio, saltando al ritmo de la música. En el escenario, detrás de ellos, había una pila de instrumentos de música—. Accidentalmente dejamos caer un platillo en el sousafón. No se lo digas al director de la banda.

—Qué guay, tronco —dijo Carol nuevamente.

—Eh, Lucius, ahora podría ser un buen momento para que tú y Carol vayáis a tomar un ponche o algo —sugirió Peter.

—Vamos, cari —dijo Lucius, captando la indirecta—. En plan, vamos a tomarnos un ponche súper guay del Paraguay.

—Fabuloso —respondió Carol, tomando su brazo—. Adiós, Katie.

—Adiós —dijo Kate, y los vio irse—. Eso tiene que haber sido lo más divertido que he visto jamás —se volvió hacia Peter y volvió a reírse—. Lo siento, no creo que pueda acostumbrarme a ese pelo.

—¿No te gusta el pelo? Me pasé dos minutos trabajando en este pelo.

Kate levantó ambas manos y lo sacudió.

—Me gusta más el nuevo Peter.

Él asintió.

—Ponlo como tú quieras.

La música continuó sonando. Los estudiantes, e incluso algunos maestros, estaban dando vueltas alrededor de la pista. Ahora era oficialmente una fiesta.

—Peter, ¿por qué has hecho todo esto?

—Fue una buena cantidad de trabajo, créeme. Tuvimos que guardar las decoraciones del baile del sábado pasado. Tuve que hacer que Dale Schwarz convenciera al club de baile para que practicaran mañana por la tarde en lugar de hoy. Además, no todos los estudiantes han podido venir, son en su mayoría solo los del último año.

—No, te he preguntado que por qué has hecho esto.

—Me prometiste un baile.

—Yo no hice tal cosa.

—Bueno... entonces... deberías haberlo hecho.

Se detuvo, mirando a su alrededor.

—Sí, debería haberlo hecho —coincidió ella.

Peter le tomó la mano.

—Espera un momento —se detuvo como si estuviera escuchando algo, todavía sosteniendo su mano—. Se acerca el baile lento —dijo finalmente.

Kate ladeó la cabeza. En ese mismo momento, un teclado almibarado comenzó a tocar una balada.

—¿Cómo lo sabías?

Se encogió de hombros.

—Es una habilidad adquirida. Los chicos aprenden a descubrir cuándo se acerca el baile lento. Si hay tres canciones rápidas, entonces le pides a la chica que baile en la cuarta. Haces ese baile sin ninguna presión. Es un baile rápido, ¿verdad? Ahora, el DJ generalmente intenta ponerlo interesante, lo que significa que la quinta canción suele ser un baile lento. Luego miras a la chica y dices: «Oh, guau, un baile lento. Ya que estamos aquí...»

Kate asintió.

—Eso es muy científico.

—Gracias.

—No estoy segura de que eso sea un cumplido —replicó ella.

—Bueno, llegados a este punto, tomaré lo que pueda.

Kate se echó a reír.

—¿Los chicos son así de astutos?

—Cuando se trata de chicas hermosas, estamos muy motivados. Además, le pagué al DJ diez dólares para asegurarme de que todas nuestras canciones sean bailes lentos —extendió los brazos hasta alcanzar su cintura.

Kate se acercó. La canción continuó. Comenzaron a rotar juntos bajo la bola de discoteca.

—No tenías que hacer todo esto —dijo, haciendo un gesto con la cabeza.

—Pero tenía muchas, muchas ganas de hacerlo.

—¿Por qué? —su corazón latía con fuerza, esperando la respuesta.

—Lucius me contó una historia.

Esa no era la respuesta que estaba esperando.

—¿En serio?

—Se trataba de Kate el Monstruo.

—En serio —le lanzó una mirada a Lucius, que estaba con Carol junto al ponche.

Lucius la vio y levantó su copa hacia ella, sonriendo.

—La parte del monstruo no era tan importante como la parte en que yo era un cobarde y te perdía para siempre.

«¿Perderme?»

Peter la estrechó contra sí aún más. Su mano reposaba cálida y segura sobre su espalda. La guio mientras se movían lentamente por el piso de madera.

Kate echó un vistazo a su alrededor.

—Todos nos están mirando —dijo.

—Lo sé.

—Nunca podrás superar esto. Tus alumnos...

—Lo sé.

Kate hizo una pausa, recordando. Mapaches y zarigüeyas y osos.

—Voy a matar a Carol.

—Oh, no la culpes. Fue mi idea.

—Entonces voy a matarte a ti.

Pero Kate no podía dejar de sonreír.

—No hasta que hayamos terminado de bailar. Es el baile de bienvenida, ¿recuerdas?

La música seguía sonando, la luz multicolor de la bola de discoteca creaba estrellas soñolientas por su cabello. Las vio girar por el suelo, como dispersos pedazos de vidrio coloreado.

La pista de baile se había despejado. Solo estaban ellos dos ahora.

—Entonces, estaba pensando —comenzó Peter mientras giraban.

—¿Sí?

—Estaba pensando que tal vez no estamos tan separados el uno del otro como pensamos.

Kate apretó su mano, el calor de su pecho la calentaba.

—No veo cómo podríamos acercarnos mucho más.

—No, quiero decir, tal vez es como... un... ¿Cómo se llama cuando dos palabras suenan igual, pero tienen dos significados diferentes? Como «vino» la bebida y «vino» el verbo.

—¿Homónimos?

—Eso. Como un homónimo. Hay química, y luego está la química.

—Pero... esas siguen siendo la misma palabra.

Peter frunció el ceño.

—Bueno, la clase de gramática de la señora Harper fue hace mucho tiempo. Lo que quiero decir es que la química puede ser productos químicos y reacciones, etc., pero... —le tomó la mano—. También puede significar algo intangible entre dos personas.

—Entonces... ¿Qué hay entre nosotros?

—En este momento, tu extremadamente atractivo vestido de negocios y este esmoquin que pica.

—No, señor Tangible, ¿qué hay entre nosotros?

Peter no dijo nada por un momento.

—Nada que no deberíamos haber dejado atrás.

Comenzó una nueva canción. Otra lenta. Estaban casi entrelazados ahora.

—Peter, no quiero que aceptes ese trabajo de Chicago. Te necesitan aquí. Es a donde perteneces.

Kate esperó su respuesta, sin aliento.

—Yo mismo he llegado a esa conclusión —su rostro se acercó—. Además, todavía estaría demasiado lejos de ti.

El pecho de Kate golpeó.

—¿En serio?

Dejaron de moverse. Kate se puso ligeramente de puntillas.

—Entonces... ¿Cómo de lejos quieres estar?

—Así de lejos —Peter la atrajo hacia sí mismo, ahuecó su rostro y la besó.

Los estudiantes y los profesores vitorearon. Carol y Lucius vitorearon. Kate pensó que tal vez incluso las estúpidas estrellas, los pájaros y los grillos vitorearon.

—¿Peter?

Sus brazos aún la rodeaban. Definitivamente había sido una bienvenida.

—¿Mmm?

—Estoy cansada de tener miedo. Es agotador, ¿sabes?

—Estoy de acuerdo.

—Es tan poco conveniente. Creo que tal vez deberíamos dejar de tener tanto miedo —Kate hizo girar un mechón del cabello de Peter junto a su oreja—. Quizás deberíamos confiar el uno en el otro un poco más. Tal vez deberíamos lanzar racimos de hojas al aire y ver a dónde vuelan. Tal vez deberíamos tomarnos unos batidos de tarta.

—Eso es un montón de «tal veces».

Kate sonrió mientras se movía hacia esos ojos azules otra vez.

—Tal vez.

El segundo beso fue aún más merecedor de vítores, y la multitud de estudiantes lo no sé quedó corta.

—Hay demasiada gente aquí —dijo Kate.

—Estoy de acuerdo. Vamos —dijo él—. Tengo algo que mostrarte.

———

Peter la condujo de la mano por el gimnasio y hacia la puerta trasera de la escuela, la puerta que ella solía tomar cuando volvía a casa desde el instituto. La abrió y la atravesó.

El día había decidido ser soleado. La gravilla que ella recordaba había desaparecido, siendo reemplazada por mantillo de madera. El suelo estaba salpicado de hojas anaranjadas y amarillas que una brisa de otoño soplaba en pequeños remolinos.

Peter pasó por su lado y tomó su mano de nuevo. Kate quería preguntar a dónde iban, pero se limitó a seguirlo.

Dieron solo unos pocos pasos hasta que se dio cuenta de que la estaba llevando al árbol. El árbol era el punto de encuentro de su infancia, su casa de juegos secreta hasta tercero de primaria. Kate solía traer sus Barbies, él solía traer alguna cosa de robot con la que estuviera obsesionado esa semana. Hacía tanto tiempo. Levantó la vista. Todavía era un árbol enorme, sus brazos se extendían sobre casi todo el patio de recreo. Algunas de sus hojas todavía se aferraban a las ramas, agitando la luz del sol en su rostro.

Caminaron detrás de él y, luego, se detuvieron.

Peter se volvió y la tomó de la mano. Respiró hondo.

Ella exhaló, temblorosa.

—Katie Brady, he decidido que te super amo —confesó Peter.

«¿Super amo?» Su nota...

—Me encanta que bailaras conmigo a pesar de que todos nos estaban mirando. Me encanta que fueras mi primer beso y, aunque yo no fuera tuyo, sigue siendo el mejor.

Kate se apoyó contra el tronco del árbol para sostenerse, todavía sosteniendo sus manos.

—Me encanta cómo resoplas cuando te ríes con ganas y te inclinas con las manos sobre las rodillas —prosiguió.

—Ay, dios...

—Me encanta cómo se arruga el puente de tu nariz cuando estás enojada, y me encantan tus pies.

Kate bajó la mirada.

—¿Mis pies? —inquirió.

—Eh, solo creo que tienes lindos pies.

—Vale...

—Me encanta que siempre me hayas parecido hermosa, sin importar la edad que tengas o si tienes frenillos o conduces un escarabajo o sorbes el fondo de tu batido con la pajita. Simplemente... te amo.

Kate lo miró a la cara. La brisa sopló un mechón de su cabello.

No sabía qué decir. Era lo que siempre había querido, ¿no?

—Peter, yo... —suspiró, dejando caer las manos de las suyas, buscando sus ojos—. ¿Por qué me has traído aquí?

Él sonrió.

—Porque quería decirte algo. Lejos de todos los demás. Solo nosotros dos.

Kate tragó saliva.

—¿Qué me quieres decir?

—Sé que era solo la secundaria. Sé que solo éramos niños. Pero no puedo evitar sentir que nos hemos perdido algo que podría haber sido genial, que tal vez debería haber sido genial. Pero no me lo voy a perder otra vez. Y, si te vas, si vuelves a Chicago, está bien. Te seguiré porque eso es lo que hace el amor. Por fin... Por fin creo que he aprendido que el lugar simplemente no importa. Quiero decir, que está bien vivir en un maravilloso piso en el centro de Chicago, pero aun así puedes sentirte tan solo como un chico en un apartamento de una habitación con un aire acondicionado dañado en Golden Grove.

Tenía los ojos calientes, húmedos. «Sí, sigue hablando. Dime qué es el amor, Peter, porque necesito saberlo, y necesito que seas tú».

—Y.... lo siento, Kate. Debí haber dicho algo antes. Debí haber hecho algo antes. Debí haber sido más valiente, supongo. Pero te fuiste, y luego mi padre murió, y estaba cansado de que la gente que amaba se fuera. Y tenía miedo. Sé que tú también te vas a ir, y la única forma de evitar que eso suceda es siguiéndote.

Se detuvo, sus ojos no rogaban, eran fuertes, sólidos, un hombre.

Ella, por otro lado, no tenía palabras, y sus ojos ahora estaban demasiado húmedos como para ver nada más que su borroso y hermoso rostro.

—Entonces, te voy a seguir, Kate. Y, si tú no quieres, tendrás que decir «Peter, no me sigas», y darme una bofetada y pincharme los neumáticos o algo así porque, de lo contrario, voy a acampar en tu puerta.

—No tengo puerta. Vivo en un alto edificio.

—Bien, entonces acamparé en tu lobby, o en tu vestíbulo, o lo que sea que tengas. Y me haré amigo de todos tus vecinos y los pondré de mi lado hasta que veas que estábamos destinados a estar juntos —entonces, se detuvo.

Kate se secó las lágrimas que se habían derramado sobre su sonrisa.

—¿Ha sido demasiado lo de «destinados a estar juntos»? —le preguntó él.

—Ha sido absoluta y científicamente perfecto —respondió ella, lanzándose contra él.

Su beso fue cálido y brillante. Kate se puso de puntillas. Tuvo un pensamiento extraño y fugaz de que iba a querer hacer muchos ejercicios de pantorrilla en el futuro.

Se separaron, todavía abrazados. Peter olía limpio y brillante, como el sol. Sus brazos eran el lugar más seguro y cálido en el que había estado. Apoyó la cabeza sobre su hombro.

—Todavía no creo que acepte el trabajo de Dixon.

—Lo sé —dijo ella, todavía acurrucada contra su pecho.

—Pero probablemente pueda encontrar algo más.

O te veré los fines de semana. O compre un helicóptero y aprenda a volar, todavía no lo sé.

Kate retrocedió y alzó la cabeza.

—No necesitas comprar un helicóptero, Peter. Creo que voy a renunciar a mi trabajo.

Su rostro era una mezcla de euforia y preocupación.

—¿Qué? ¿Por qué?

—No me encanta. No como tú amas la enseñanza. Como renuncias a los fines de semana para perseguir lagartijas y limpiar pisos solo para ayudar a tus chicos a aprender.

—Es bastante glamoroso, lo admito —bromeó—. Pero no quiero que renuncies a tu trabajo. ¿Qué harías sino?

Kate se encogió de hombros y sintió como si se hubiera quitado un peso de encima de los hombros al mismo tiempo.

—Aún no estoy segura. Se me acaba de ocurrir esta semana, creo. Echo de menos ser creativa. Tal vez pueda comenzar mi propia empresa de diseño gráfico. Tal vez incluso aquí. En Golden Grove.

Sus ojos ardieron.

—¿Aquí? ¿Estás segura?

Kate se rio entre dientes.

—No. Pero veamos qué pasa.

Peter se apartó de ella.

—Casi lo olvido —añadió—. Quería que tuvieras algo.

—¿Qué? —lo miró con la cabeza inclinada, curiosa, mientras él metía la mano en el bolsillo derecho de su esmoquin y sacaba una cuerda plateada. Entonces, tomó su mano izquierda y le abrió los dedos.

—Esto —dijo, y lo colocó en la palma de su mano.

Kate miró hacia abajo con los ojos muy abiertos.

Era el collar que ella le había hecho en tercero de primaria.

—Le agregué un corazón —dijo—. Espero que te parezca bien.

Sus ojos se cerraron cuando su mano se cerró alrededor de ese pequeño, simple e insignificante objeto que ahora lo significaba todo en el mundo para ella. Simple y soso. No era nada especial para nadie excepto para ellos.

Ella amaba a Peter. Siempre lo había amado, de alguna manera. Lo sabía porque nunca había amado a nadie más. No es que los otros fueran malos o estúpidos. Simplemente no eran Peter. Incluso cuando no había estado con ella, él estaba allí. Él era su raíz, como este pueblo. Este lento, desesperadamente tonto, maravilloso y adorable pueblo pequeño, con todos sus recuerdos, buenos y malos, como en todas partes y todo lo demás en la vida. «Quienes somos en el presente incluye quiénes fuimos en el pasado». Eso había dicho Carol. Pero siempre puedes cambiar tu futuro.

Y allí estaba, su futuro, esperándola, observándola con sus claros ojos azules, la brisa de otoño revolviendo su cabello, el sol de la tarde creando un halo a sus espaldas. Casi se rio, la metáfora del ángel era tan cursi.

—¿Qué? —preguntó él, como siempre, bellamente, irremediablemente ajeno.

—Nada —dijo, sonriendo—. Todo está bien. Todo está bien.

# EPÍLOGO

LA PRIMAVERA FINALMENTE HABÍA LLEGADO PARA quedarse. El aroma de la tierra fresca volaba por el pueblo con cada brisa en cuanto los granjeros comenzaron a labrar la tierra. Carol no temía dejar sus caléndulas afuera toda la noche en el viejo porche de Katie. La amenaza de las heladas se había disipado. Y la boda más grande de la temporada era hoy.

La novia y el novio esquivaron el alpiste que les arrojaban un grupo de amigos y familiares alineados en los escalones de la iglesia.

Peter y Kate bajaron los escalones, tomados de la mano, seguidos de vítores y buenos deseos. Se detuvieron en la parte inferior de las escaleras mientras Kate sacaba las semillas del cabello rebelde de Peter.

Los estudiantes también salieron de la iglesia, la mayoría animando al «señor C». La escuela había terminado hace una semana, y este era el comienzo perfecto del verano.

Kate vio a John Wells caminando hacia ella. Lo saludó, casi riendo. Era la primera vez que Kate lo veía usando un traje en su vida, pero aún llevaba su sombrero favorito de semillas de maíz.

—Kate, felicidades —dijo mientras le estrechaba la mano—. A ti también, Peter.

—Gracias, señor.

Se volvió hacia Kate.

—Gracias por los nuevos folletos. Sandy me los mostró el otro día. Se ven muy bien.

—De nada.

Chasqueó los dedos.

—Ah, y recuerda que tenemos una sesión de planificación la primera semana después de que regreses. El superintendente y el representante de Arts Share también estarán allí.

Kate asintió con la cabeza.

—Estaré lista. Ya tengo muchas ideas para el próximo año escolar.

—¡Seguro que sí! Me alegra que hayas decidido subir a bordo.

Kate sonrió, mirando a Peter por el rabillo del ojo.

—Yo también.

—¿Arts Share? —le preguntó Peter en cuanto John se hubo ido.

—Lo siento, me lo acaba de decir esta semana. John acordó ayudar a financiar algunas excursiones de arte para los estudiantes de las escuelas del área.

—Bien —dijo Peter, asintiendo—. ¿Seguro que puedes manejar eso junto con tu trabajo de Lucky Star?

Se les ocurrió el nombre de su nueva empresa de diseño gráfico juntos.

—No es un problema. Ser mi propia jefa me da mucha flexibilidad.

—Solo recuerda dejar tu trabajo aquí mientras estamos en la luna de miel.

—Oh, no te preocupes —le dio un beso en la mejilla—. Estoy segura de que tendré muchas distracciones para mantenerme ocupada.

Peter sonrió, esa sonrisa torcida y cálida que ahora era toda suya.

Extrañaba un poco Chicago, pero se había sentido mejor dejando al grupo Garman con el acuerdo de Nitrovex bajo su supervisión. Ya estaban recibiendo más ofertas de empresas de tamaño similar. Les iría bien. Y lo habían entendido cuando les dijo que iba a empezar a trabajar por su cuenta. Danni incluso le había deseado suerte con un sorpresivo abrazo.

Era un riesgo comenzar su propia compañía, pero la libertad valía la pena. Miró a su esposo, que estaba ocupado recibiendo felicitaciones. Además, tenía innegablemente mejores beneficios adicionales aquí.

¿Y Golden Grove? Se dio cuenta hacía un tiempo que la había ayudado a hacerse quien era. Y no era perfecto, ningún lugar lo era, pero era su hogar y el de Peter. Quizás no para siempre, pero sí por ahora, y eso era suficientemente bueno.

Peter le pasó la mano por la cintura y se volvió hacia ella, sonriendo.

—Se me olvidó decirte lo hermosa que te ves.

—No, no lo olvidaste. Me lo dijiste una vez cuando estábamos en la parte delantera de la iglesia y dos veces en el pasillo después de salir del altar.

—Ah.

—Pero, eh... siempre puedes decírmelo otra vez.

—Te ves hermosa.

—Gracias. Y gracias por no usar el esmoquin que usaste en el baile de bienvenida el otoño pasado.

—Bueno, dijiste que, si lo hacía, te divorciarías de mí justo en cuanto nos diéramos los votos.

—Correcto —le rozó el cuello de la camisa por debajo del esmoquin—. Veo que le quitaste la mancha a la camisa.

—¿La del baile? Me tomó un buen rato. El lápiz labial es difícil de quitar. Tuve que usar diez mililitros de peróxido de hidrógeno, veinte mililitros de ácido acético y cinco milésimas de amoníaco.

Kate se inclinó hacia delante y le susurró al oído:

—Quizás quieras recordar esa solución.

Lucius bajó los escalones, luciendo decididamente elegante con su esmoquin negro. Entrelazada en su brazo, estaba Carol con un vestido naranja claro. Ambos estaban radiantes.

—Bueno, ¿estáis seguros de que lo tenéis todo bajo control? —preguntó Kate.

Carol agitó su mano.

—¡No hay problema! Lucius y yo cuidaremos la casa y regaremos las plantas. Vosotros dos, solo divertíos.

—Oh, lo haremos —dijo Kate, guiñándole un ojo a Peter.

—¿A dónde dijisteis que ibais? —les preguntó Lucius.

—Chicago, luego Costa Rica durante una semana, y ¿desde allí...? —Peter le echó un vistazo a Kate, expectante.

—Vamos a vivir el presente día a día.

Lucius asintió con la cabeza.

—Buena idea —extendió ambos brazos, caminó hacia Peter y le dio un abrazo acentuado con unos pocos golpes en la espalda—. Te deseo todo lo mejor para ti y tu nueva esposa, amigo mío.

A Kate le gustó el sonido de la palabra «esposa».

Después, se acercó a Kate, la sostuvo a la distancia de los brazos por un momento y, luego, la atrajo hacia sí y le dio un beso en la mejilla. Su bigote sí que hacía cosquillas.

—Os deseamos todo lo mejor —dijo Lucius.

—Ha dicho «os deseamos» —dijo Peter suavemente, dándole un leve codazo a Kate.

Lucius pareció perdido por un momento.

—¿Eso qué es?

—Nada... nada —Peter se llevó la mano al bolsillo de la chaqueta, buscando algo—. Eso me recuerda algo. Tenemos un regalo para los dos.

—¿Un regalo? —preguntó Carol.

Peter sacó una pequeña tarjeta, que le entregó a Kate.

—Sí —dijo Kate—. Una tarjeta de regalo que Ray hizo por nosotros. Vale para un año de batidos de tarta gratis, pero solo si es compartido por Carol Harding y Lucius Potter —le entregó la tarjeta a Carol, que parecía haberse quedado sin palabras.

—Bueno, adiós, adiós —se despidió Kate mientras ella y Peter se daban la vuelta para bajar por la acera.

—Me di cuenta de que Carol atrapó el ramo —le susurró Peter al oído mientras caminaban hacia el coche.

—Debía hacerlo. Se lo arrojé directamente a ella.

—Recuérdame agregar «astuta» a mi lista de «razones por las que amo a Kate».

—Me sentí mal por Penny, estando aquí sola —gesticuló con la cabeza hacia el risueño grupo de damas de honor.

—¿Cuándo viene ese Remington Steele al pueblo otra vez?

—Sabes que se llama «Corey Steele», y por lo que ella me dice en sus indirectas no tan casuales, no vendrá hasta dentro de varias semanas.

—Entonces... —Peter extendió su brazo, y chocaron los puños—, poderes de emparejamiento activados.

—Eres el empollón más adorable —se rio y agarró la mano de su nuevo esposo para tirar de él hacia la acera. Tenían que moverse si querían llegar a su hotel en Chicago antes del anochecer.

El Mustang los esperaba junto a la acera, reluciente de arriba abajo. Aparte del imán de «Recién casados» pegado en la parte posterior y algunas serpentinas pegadas al parachoques, parecía que acababa de salir del estacionamiento. Los chicos de la clase de artes industriales habían hecho un gran trabajo agregando un poco de brillo extra.

Kate le dio un codazo a su nuevo esposo.

—Oye. Mira.

Peter se giró Y, luego, sonrió.

Carol y Lucius estaban tomados de la mano.

Peter sostuvo la puerta del copiloto abierta para Kate, y ella se acurrucó adentro, alisando su vestido de encaje blanco a su alrededor.

Una pareja mayor, probablemente de setenta años, se acercó desde la acera.

—Hola —saludó la mujer, sonriendo—. Sé que no nos conoces, pero solo queríamos felicitarte.

—Solo estamos de visita —agregó el hombre—. Tienes un pueblo encantador.

—Gracias —contestó Kate, y lo decía en serio.

—No queremos retenerte —añadió la mujer y, luego, compartió una mirada cómplice con su marido—. Estamos celebrando nuestro quincuagésimo aniversario de boda mañana.

—Bueno, entonces, deberíamos felicitaros —dijo Kate.

El hombre asintió con la cabeza.

—Gracias. Parece que fue ayer cuando nos conocimos en una cita a ciegas. Seis meses después, también nos dirigíamos a nuestra luna de miel, aunque en un coche un poco más viejo que este —hizo una pausa y miró a su esposa—. Cincuenta años.

—Entonces, ¿qué os unió a vosotros dos? —preguntó la mujer.

—Oh, no seas entrometida —la reprendió el hombre, poniendo una mano sobre el hombro de su esposa.

Kate y Peter se miraron, sonriendo.

—Oh —dijo Kate—. Lo normal. Nos conocimos en el instituto.

—Y éramos vecinos.

—Luego, me arrojó gusanos.

—Luego, nos besamos en una casa del árbol.

—Rompió mi proyecto de arte y me impidió entrar a la escuela de arte.

—Y ella se fue para siempre, para nunca volver.

La pareja mayor asentía, un poco confundida.

—Pero entonces el destino nos volvió a unir.

—El destino y dos entrometidos viejos amigos.

—Y el tiempo.

—Y trípodes telescópicos estratégicamente ubicados.

—Pero sobre todo el tiempo, ¿verdad?

—Mmmm... sí. El tiempo.

Kate asintió con la cabeza.

—Y los errores. Y los aparatos. Y... casas en los árboles.

—Un poco de vino también ayuda.

Kate hizo una mueca.

—Ah, y la química. No te olvides de la química —añadió.

Peter asintió con la cabeza.

—Síp. Muchísima química —coincidió él.

—Mucha —Kate asintió y se inclinó para besarlo.

**FIN**

Querido lector,

Esperamos que hayas disfrutado leyendo *Llámalo química*. Tómese un momento para dejar una reseña, incluso si es breve. Tu opinión es importante para nosotros.

Atentamente,

D.J. Van Oss y el equipo de Next Chapter

Llámalo Química
ISBN: 978-4-86752-583-8
Edición en rústica

Publicado por
Next Chapter
1-60-20 Minami-Otsuka
170-0005 Toshima-Ku, Tokyo
+818035793528

3 Agosto 2021

www.ingramcontent.com/pod-product-compliance
Lightning Source LLC
LaVergne TN
LVHW031428170726
843492LV00010B/2903